Lola Bensky

Roman traduit de l'anglais par Bernard Cohen

Titre original : *Lola Bensky*

Éditeur original : Hamish Hamilton, Penguin Books, Australie

Cette traduction a été publiée en accord avec l'agence littéraire

Anne Edelstein Literary Agency L.L.C., New York

39 rue Cortambert, 75116 Paris

www.editionsdelagrandeourse.com

ISBN 979-10-91416-06-1

LILY BRETT

Lola Bensky

La Grande Ourse

À David,
pour ces décennies d'amour,
avec amour

1

Lola Bensky était assise sur un tabouret aussi haut qu'inconfortable. Elle sentait les fils en nylon de ses bas résille s'incruster dans la chair de ses cuisses.

Elle avait glissé une poignée de mouchoirs en papier sous les mailles, dans l'intérieur de chaque cuisse. L'idée était d'empêcher ainsi ses jambes de frotter l'une contre l'autre et de lui irriter la peau, mais les mouchoirs s'étaient effilochés et maintenant la peau sortait à travers les mailles en petits losanges roses, luisants et boursouflés.

Elle s'est redressée pour tenter de trouver une position moins pénible. Elle n'aimait pas s'asseoir sur des tabourets. Et elle n'aimait pas être trop en hauteur. Elle a remarqué un débris de mouchoir sur le sol, pris sous son pied gauche. Elle a résolu de rester absolument immobile. Et de suivre un régime.

Jimi Hendrix, qui avait pris place sur un siège un peu plus bas que le sien, l'a regardée. Son visage exprimait une sorte de sérénité. Aucune trace du Jimi Hendrix qui, à peine une demi-heure plus tôt, copulait avec le support de son micro et baisait sa guitare. Aucune trace du Jimi Hendrix dont l'instrument avait gémi, râlé, vibré dans le staccato frénétique et charnel qui l'unissait à son corps.

Jimi Hendrix a retiré le foulard en soie aux motifs vivement colorés qu'il s'était noué autour du cou. « Vous êtes bien installée ? s'est-il inquiété avec une douceur et une politesse inattendues. – Oui, oui », a-t-elle répondu en tentant de décoller discrètement ses cuisses.

Elle s'est dit que Jimi Hendrix, lui, n'avait sans doute jamais eu besoin de faire un régime. Qu'il devait être naturellement mince. Pas elle, jamais. Elle possédait une photo d'elle dans le camp de personnes déplacées où elle était née, en Allemagne. Elle avait trois mois sur ce cliché, et déjà elle était potelée. Comment un bébé né dans un camp de personnes déplacées pouvait-il être potelé ? Lola était certaine que peu d'internés, en majorité des juifs qui avaient survécu aux camps de la mort, avaient dû être potelés.

Lola avait chaud. La loge de Jimi Hendrix, où ils se trouvaient maintenant, était minuscule. Et trop chauffée. Et Lola était trop couverte. C'était l'hiver à Londres et elle n'était pas habituée aux hivers rigoureux. Elle avait grandi à Melbourne, en Australie, où l'hiver se distingue à peine du printemps ou de l'automne.

Elle a jeté un coup d'œil aux questions qu'elle avait préparées. « Vous n'allez pas me demander "c'est quoi, votre truc ?", j'espère, a voulu savoir Jimi Hendrix. – Non », a-t-elle soufflé, un peu décontenancée. Elle ne savait pas qu'il avait un truc. Est-ce que jouer de la guitare avec ses dents en était un ? Ou tirer la langue et l'agiter dans tous les sens ? Ou bien caresser le manche de sa guitare ? Aucune idée.

Ce que Lola savait, c'est qu'il était né en 1942 d'une mère qui venait juste d'avoir dix-sept ans et d'un père qui était à l'armée. Que dans sa prime enfance il avait été confié à plusieurs personnes jusqu'à ce que son père rentre de la guerre, quand Jimi avait trois ans. Elle savait que ses parents, qui s'étaient séparés, s'étaient remis ensemble et avaient eu quatre autres enfants, ses deux frères, Leon et Joseph, et ses sœurs, Kathy et Pamela. Joseph était venu au monde avec toutes sortes de malformations dont un pied bot, un bec-de-lièvre et une jambe plus courte que l'autre. Kathy, elle, était née prématurée et aveugle. Quant à Pamela, elle avait aussi quelques problèmes physiques, mais mineurs. Joseph avait reçu très tôt le statut de pupille de la nation, comme Kathy et Pamela par la suite. Jimi avait neuf ans quand ses parents avaient divorcé ; sa mère avait sombré dans l'alcoolisme et son frère Leon passait d'une famille d'accueil à l'autre. Lola savait aussi que Jimi allait souvent vêtu de haillons, tant sa famille était pauvre.

Cette enfance troublée ne se reflétait pas dans l'expression de Jimi Hendrix. Il avait un regard placide et un petit sourire langoureux. Quand il parlait, ses lèvres remuaient paresseusement, un peu espiègles.

Lola aimait accumuler des informations sur les gens, dresser des listes de ce qu'elle connaissait de leur vie. Elle trouvait ça étrangement rassurant. Elle avait aussi ses listes personnelles, celles des membres de la famille de ses parents qui étaient morts. Renia Bensky, sa mère, avait eu quatre frères, trois sœurs, une mère et un père, des tantes, des oncles, des cousins, des neveux et des nièces. À la fin de la guerre, tous étaient morts. Tous assassinés. Les parents du père de Lola avaient subi le même sort, ainsi que ses trois frères et sa sœur. Ces listes-là mettaient Lola mal à l'aise.

Elle préférait dresser celle des régimes qu'elle envisageait de suivre. Elle venait juste de renoncer à l'un d'eux, à base de barres Mars, qu'elle avait essayé pendant plusieurs jours. Il consistait à engloutir tous les Mars possibles, et rien d'autre. Sur sa liste, elle lui avait donné le nom de régime Saturation. Le principe, c'était que les Mars finiraient vite par perdre leur attrait et qu'elle n'en mangerait finalement que très peu. En fait, elle s'était sous-alimentée. Ça n'avait pas marché. Le régime Œuf-Concombre était désormais en tête de la liste.

Lola n'avait pas le temps d'être triste. Elle était trop occupée à être de bonne humeur, à préparer ses interviews ou à penser à son alimentation. Mais bien des années plus tard, Lola Bensky ne se sentirait plus aussi détachée de ces listes de morts. Les morts allaient lui coller à la peau. Mais ça, elle ne le savait pas encore. Elle avait dix-neuf ans.

Elle a remué sur son tabouret. Jimi Hendrix la regardait avec insistance. Le bord pailleté de l'échancrure de sa robe bleue commençait à lui irriter la peau. Ses robes étaient toutes assez peu décolletées, et leur taille était assez haute pour dissimuler ses hanches et ses cuisses. Elle avait l'impression que l'un de ses faux-cils était en train de se détacher. Elle a appuyé dessus pour essayer de le remettre en place, se disant que c'était sans doute à cause de la chaleur. Elle portait une nouvelle paire de faux-cils. Cher lui avait emprunté ceux qu'elle portait la semaine précédente, ses préférés, dont l'ovale était incrusté de strass. En plein milieu de l'interview, Cher lui avait demandé où elle avait trouvé des faux-cils pareils. « José de Melbourne, en Australie », avait répondu Lola. La chanteuse avait pris un air étonné, puis avait insisté pour les lui emprunter. Lola n'avait pas osé lui dire non.

Les gens disaient parfois que Lola ressemblait à Cher. Lola pensait que c'était peut-être à cause de ses yeux noirs aux lourdes paupières, de ses pommettes prononcées et de son nez sémite. « Je fais deux fois son tour de taille », avait-elle pris l'habitude de répondre aux commentaires à propos de leur ressemblance. Elle était sûre que Cher n'avait jamais eu besoin de se mettre à la diète. Sonny non plus, d'ailleurs.

Lola était à Londres depuis deux mois. Elle avait déjà interviewé les Small Faces, les Kinks, les Hollies, Cliff Richard, Gene Pitney, Spencer Davis, Olivia Newton-John et les Bee Gees. Olivia Newton-John et les Bee Gees avaient été faciles à obtenir, parce qu'elle les avait déjà interviewés auparavant pour *Rock-Out*, le journal pour lequel elle travaillait en Australie.

Son magnétophone était posé sur ses genoux. Elle a baissé les yeux pour vérifier qu'il tournait. Jimi Hendrix s'est humecté les lèvres. Sa bouche n'avait plus rien à voir avec la bouche hyperactive et dangereusement lascive dont elle avait dû détourner les yeux pendant le concert.

« Êtes-vous croyant ? » a demandé Lola à Jimi Hendrix. Elle enviait les gens qui l'étaient. Elle pensait qu'avoir la foi était comme appartenir à un très grand club où il y aurait toujours quelqu'un à qui parler. Pas à Dieu, simplement à un autre membre du club.

La mère de Lola, qui avait grandi dans un foyer extrêmement pieux, ne voulait pas entendre parler de religion. Quand Lola demandait si elle pouvait aller à la synagogue, surtout pendant les grandes fêtes, Renia répliquait invariablement : « Si tu avais vu ce que j'ai vu, tu ne parlerais même pas de religion. »

« Tu veux aller à la synagogue seulement pour rencontrer des garçons », ajoutait-elle d'un ton qui suggérait que rencontrer des garçons était comparable à donner rendez-vous à son dealer de drogue ou à fréquenter un tueur en série.

La religion était un sujet impossible à aborder chez les Bensky. « Dieu n'existe pas », répétait sans cesse Renia Bensky. « Dieu n'existe pas. » Elle prononçait ces mots en faisant la vaisselle, en étendant le linge dans la cour, ou simplement assise toute seule à la table de la cuisine.

« Si je suis croyant ? a répété Jimi Hendrix. Je ne crois pas à la religion. Je suis allé quelquefois à l'église quand j'étais gosse mais on m'a jeté dehors parce que j'étais habillé comme un pauvre.

– Ça n'était pas vraiment charitable ni édifiant de la part de l'Église et des fidèles, non ? a commenté Lola.

– Charitable, édifiant, a relevé Jimi Hendrix. Ce sont des mots intéressants. Non, ça ne l'était pas. J'adorais écouter le chœur. Mais je n'y suis jamais retourné.

– En quoi croyez-vous ?

– Je ne crois ni au paradis ni à l'enfer, a-t-il affirmé. Et je ne sais pas si Dieu existe. »

Renia Bensky aurait pu lui donner la réponse, pensa Lola.

« On a tous nos croyances, a-t-il ajouté lentement, comme s'il pouvait lire dans les pensées de Lola. Moi, j'essaie de croire en moi. S'il y a un Dieu et s'il nous a créés, alors croire en moi veut dire que je crois en Dieu.

– Moi, je ne crois pas en Dieu, a déclaré Lola. J'aimerais, pourtant.

– Je te reçois cinq sur cinq », a dit Jimi Hendrix. Lola a pensé que c'était sans doute vrai.

Il a poursuivi :

« Ma religion, c'est la musique. Je joue pour pénétrer l'âme des gens. »

Lola savait ce que c'était, de vouloir atteindre l'âme d'autrui. Dans le passé, elle avait souhaité pouvoir se coller à ceux qu'elle aimait bien, devenir aussi proche d'eux que possible, entrer en eux. Franchir la barrière des vêtements, des douches, des cheveux propres et des bonnes manières.

« Tu es sûre que tu es bien installée ? lui a demandé Jimi Hendrix en sortant un paquet de chewing-gum de sa poche.

– Oh oui, très bien.

– Tu n'as pas bougé du tout… »

Elle a été surprise. Elle ne s'était pas rendu compte qu'il l'observait aussi attentivement. La plupart des rock stars étaient si imbues d'elles-mêmes qu'on aurait pu faire une crise de nerfs ou la danse de Saint-Guy devant elles sans qu'elles y prêtent la moindre attention.

Lola a remué la tête et les épaules afin de paraître moins figée. Elle a regardé par terre : elle ne pensait pas que d'autres lambeaux de mouchoir étaient tombés d'entre ses cuisses. « J'aime bien rester immobile », a-t-elle assuré.

Jimi Hendrix a souri. C'était un sourire d'une gentillesse infinie, le genre que l'on s'attend à voir sur le visage d'un enfant de chœur. Très loin de l'expression qu'il avait quand il jouait pour pénétrer l'âme des gens. On n'aurait jamais cru que des traits si paisibles, comme épargnés par le péché, pouvaient accueillir des expressions aussi variées, voire opposées.

Jimi lui a offert un chewing-gum. « Non, merci », a-t-elle murmuré en bougeant légèrement sur le tabouret et en tentant de serrer encore plus les cuisses.

« Vous avez eu une enfance heureuse ? » lui a-t-elle demandé. Lola supposait que plein de gens avaient été des enfants heureux. Ça n'avait pas été son cas, et ça la rendait triste de se dire qu'elle se souvenait surtout d'avoir été malheureuse. Mais il y avait forcément eu des jours heureux. Elle se rappelait des moments de joie. Par exemple quand quelqu'un, surtout un homme, disait à Renia qu'elle était très belle et que sa mère recevait le compliment avec ravissement. Ou quand celle-ci, rose d'excitation en essayant une robe qu'elle avait trouvée en soldes, se contemplait dans la glace et semblait enchantée. Lola avait le sentiment que plein de gens gardaient un souvenir joyeux de leur enfance. Une succession de jours de félicité. Peut-être qu'on les emmenait en pique-nique avec des paniers en osier et des couvertures sur lesquelles s'asseoir. Peut-être que leur mère les tenait par la main et leur permettait de manger autant de glaces qu'ils voulaient.

« J'étais un enfant très timide », a dit Jimi Hendrix, et Lola l'a cru. Il avait l'air de l'être encore. En tout cas ici, dans cette loge, loin de la scène, il paraissait timide. « Mon père était extrêmement sévère, a-t-il repris ; je n'avais le droit de parler que si on m'adressait la parole. Ma mère buvait beaucoup. Elle se négligeait. Mais c'était une mère cool. »

Lola ne voyait pas comment une mère qui buvait et se négligeait aurait pu être cool. Jimi Hendrix a pris un air pensif : « Mon père et ma mère se disputaient sans arrêt. Ça pouvait être calme pendant un mois ou deux, et puis il y avait une nouvelle brouille et je savais que j'allais devoir me préparer à être envoyé quelque part. Chez ma grand-mère ou chez un ami de la famille. Mes parents n'étaient pas très présents. Ils ont divorcé quand j'avais neuf ans. »

Lola s'est sentie triste. Elle avait de la peine pour Jimi Hendrix. Elle savait ce que c'était d'entrevoir le caractère imprévisible et incompréhensible de l'existence alors qu'on n'était qu'un enfant. « Mes parents n'ont pas divorcé, et ils ne se disputaient jamais, a-t-elle dit. Mais ils n'étaient pas là. Enfin, ils étaient là en apparence, mais ils n'étaient pas vraiment là. Ils vivaient sur une autre planète. »

Beaucoup plus tard, Lola en aurait la confirmation. Renia Bensky, qui était dans la cuisine, qui sortait bruyamment les casseroles du placard ou qui hachait de la viande dans la vielle machine assourdissante, n'était pas là. Renia Bensky était ailleurs. Elle était avec ses morts.

Dans les camps de concentration, il était impossible de faire le deuil des morts. Il n'y avait pas d'adieux, pas d'enterrements, pas de commémorations. N'ayant pas pu prendre congé d'eux, Renia Bensky, comme tant d'autres, restait enfermée dans un dialogue figé avec ses morts. Pour elle, ils étaient encore vivants. Et ils occupaient presque tout l'espace dans son cœur.

« Alors ça, mon vieux, a fait Jimi Hendrix, avoir tes parents qui sont là sans être là, ça devait être dur…

– Je ne m'en souviens pas comme quelque chose de dur, a observé Lola. Et je ne me rappelle même pas avoir pleuré, petite.

– Quand ma mère est morte, j'ai pleuré », a dit Jimi.

Un silence gêné est tombé. Comme s'ils étaient tous deux étonnés et un peu embarrassés par le tour imprévu qu'avait pris la conversation. S'apercevant qu'elle s'était tournée sur le côté en parlant, Lola a rectifié sa position. C'est alors qu'elle a vu de minuscules morceaux de mouchoir pleuvoir sur le sol. Jimi Hendrix allait peut-être croire que c'était des pellicules.

« Ça vous affectait, ces disputes à la maison ? lui a-t-elle demandé.

– Et comment ! Je détestais ça, *man*. J'allais me cacher dans une penderie. Les gosses comprennent ce qui se passe sans qu'on ait à leur dire. Ils se battaient surtout à propos de l'argent. Je le savais et j'en avais horreur. Je passais des heures entières enfermé dans cette penderie. J'y dormais, aussi. C'était ma chambre. »

Lola était impressionnée à l'idée d'avoir une penderie pour chambre à coucher. Quand elle était petite, elle inventait des histoires et faisait croire que ses parents et elle n'avaient qu'une seule couverture à se partager. En vérité, ils en avaient bien plus, mais ce qui était vrai, c'est qu'à l'époque, en Australie, ils vivaient à trois dans une seule pièce, à l'intérieur d'une maison de huit chambres où habitaient sept autres familles. Tout le monde se partageait une petite salle de bains et une petite cuisine, mais Renia, Edek et Lola ne manquaient pas de couvertures.

Les gens paraissaient subjugués lorsque Lola décrivait comment ils disposaient chacun à son tour de cette seule et unique couverture, deux jours et demi par semaine pour sa mère, puis pour son père et enfin pour elle. Les enfants vraiment pauvres, ceux qui ne portaient pas de chaussures et dont les vêtements étaient en loques, fondaient en larmes quand elle racontait cette histoire. Et Lola en éprouvait une curieuse satisfaction.

Elle s'est dit que Jimi Hendrix avait raison : sans que l'on ait rien à leur dire, les enfants comprennent toujours ce qui se passe. Pour sa part, Lola avait macéré dans le passé de ses parents, depuis toute petite. Elle ignorait comment elle avait pu comprendre tant de choses.

Personne n'avait pris le temps de lui parler. Renia Bensky avait presque toujours la bouche solidement fermée et la tête penchée sur sa machine à coudre ou sur une marmite. Six soirs par semaine, elle effectuait du travail à la pièce pour une fabrique de Fitzroy, montant des manches sur des robes. Quant à Edek, il ne disait pas grand-chose une fois rentré à la maison. Il s'asseyait sur le lit, en maillot de corps, trop fatigué pour parler après ses deux quarts consécutifs à l'usine.

« Mes parents ont chacun de leur côté survécu à Auschwitz, le camp de la mort nazi, a dit Lola, mais bien qu'ils s'en soient tirés, une partie d'eux-mêmes est restée là-bas. Derrière eux. »

Jimi Hendrix a hoché la tête.

Lola s'est dit qu'il devait très bien comprendre ce dont elle parlait. Il était capable de trouver sa mère cool quand bien même elle buvait trop, se négligeait et ne s'occupait pas de lui. Il arrivait encore à voir ce qu'il y avait de bon en elle. Jimi Hendrix ne s'imaginerait pas qu'il s'agissait d'une écharpe ou d'une ceinture lorsqu'elle mentionnait ce qu'ils avaient laissé derrière eux à Auschwitz.

« Tu es juive ? a-t-il demandé.

– Très. »

Jimi Hendrix a eu un petit rire. « La première fois que j'ai joué en public, c'était dans le sous-sol d'une synagogue, le Temple De Hirsch Sinai, à Seattle. Ça n'a pas bien marché.

– Pourquoi ?

– Ils m'ont viré à l'entracte. »

Lola s'est mise à rire. « Pour quelle raison ?

– Ils ont cru que je voulais me rendre intéressant. Moi, j'essayais juste de jouer avec mon âme, mais les autres musiciens qui étaient avec moi ont pris ça pour de la frime.

– Peut-être qu'ils pensaient que dans une synagogue ou une église, tout ce qui se rapporte à l'âme doit rester discret », a suggéré Lola.

Pour quelqu'un qui se servait de son corps et de sa voix sur scène sans équivoque, sans inhibition ni aucune retenue, Jimi Hendrix manifestait une hésitation surprenante dans son élocution. On n'attendait pas un ton aussi mesuré de la part d'un homme qui pinçait et caressait les cordes de sa guitare avec une énergie pareille. Il s'exprimait d'une voix basse et lente, réfléchissait avant de répondre et hachait ses phrases en groupes de trois ou quatre mots.

Ses lèvres, d'une audace et d'une lascivité déconcertantes quand il chantait, formaient maintenant les voyelles et les consonnes avec circonspection. Lola leur trouvait quelque chose de presque chaste et pur. Son pelvis ne paraissait plus inquiétant, c'était désormais un simple support osseux à la base de sa colonne vertébrale, auquel ses membres étaient rattachés. Un pelvis normal, banal.

Elle trouvait qu'il y avait plein d'aspects de Jimi Hendrix qui n'avaient rien d'exceptionnel. Il dégageait même une certaine modestie. Pourtant, *Hey Joe*, son dernier tube, était en quatrième position au hit-parade du *Melody Maker* de Londres, *Purple Haze* sortirait le mois prochain et les grands noms du rock se bousculaient déjà à ses concerts.

Quelques soirs plus tôt, au Bag O'Nails, le night-club-caveau ultra-branché mais super-humide de Soho, Lola avait entendu Brian Jones déclarer à la ronde que Jimi Hendrix était l'un des guitaristes les plus géniaux qu'il ait jamais entendus. Il avait l'air très emballé, et Lola savait qu'il n'était pas du genre à s'emballer facilement. Elle ne l'avait que rarement vu, mais à chaque fois il lui avait paru plutôt réservé. Quatre ou cinq mois plus tard, elle le croiserait à nouveau au festival international de pop music de Monterey, en Californie, et là, il lui paraîtrait encore plus renfermé, quasiment comateux.

Eric Clapton, Paul McCartney, Ringo Starr, Mick Jagger et Brian Epstein, le manager des Beatles, comptaient parmi les célébrités qui se pressaient pour voir Jimi au Bag O'Nails cette nuit-là. Tout le monde voulait faire sa connaissance. Et pourtant, Jimi ne semblait pas grisé par cette soudaine popularité. Calme, réfléchi, il s'arrêtait sur-le-champ s'il avait interrompu Lola sans le vouloir et disait : « Non, je t'en prie, continue. »

Le grand chapeau de cow-boy noir orné de badges et de broches que Jimi avait porté sur scène reposait maintenant sur une banquette à côté de lui. Lola a regardé le chanteur. Il s'habillait avec soin, c'était clair. Les manches de sa chemise en satin à motif floral bouffaient aux épaules et dégageaient ses poignets. Une chemise sans doute faite sur-mesure.

Il portait aussi un pantalon en panne de velours aux couleurs très vives. Lola ne connaissait aucun autre homme qui aurait mis un pantalon pareil, et néanmoins il n'avait rien d'efféminé.

Quand Jimi Hendrix était en scène, il était impossible d'oublier qu'il avait un pénis. Il frottait sa guitare dessus, balançait son bassin en avant, effectuait des mouvements rapides et saccadés avec son bas-ventre. On avait presque l'impression que c'était son sexe qui jouait de l'instrument. Qui produisait la musique. Et qui s'adressait au public, très directement. Ce qui pouvait être un peu déstabilisant si, à l'instar de Lola Bensky, vous n'aviez pas une grande expérience de la communication avec un pénis.

Et pendant que son sexe se pavanait, se braquait face à la salle et se balançait, Jimi Hendrix était perdu dans sa musique. Il s'était fondu dans ses inflexions suppliantes, gémissantes, pressantes, larmoyantes. Son corps bougeait complètement en rythme, s'intégrait entièrement à la musique au point qu'il était impossible de dire quelle partie de son corps faisait quoi sur quelle note. Jimi était immergé dans les vibrations sonores qu'il manipulait et contrôlait jusqu'à ce que chaque note résonne comme une voix humaine.

Lola enviait cette facilité qu'il avait à s'oublier. Elle en aurait été incapable. Elle était sans cesse sur ses gardes. Prête. Prête pour faire face à quoi ? À un pogrom ? À une guerre ? À la Gestapo ? Contrairement aux gens de son âge, elle n'arrivait pas à se détendre, à traîner à la maison en pyjama ou en sous-vêtements. Elle devait être toujours habillée de pied en cap. Et prête. Prête à quoi, elle n'en avait pas la moindre idée.

La chaleur dans la loge de Jimi Hendrix commençait à faire friser les cheveux de Lola. Elle a tenté de les lisser en tirant sur les mèches.

Jimi parlait depuis une dizaine de minutes. Il évoquait la différence entre jouer en public et enregistrer en studio. Lola essayait de se concentrer, même si elle savait qu'elle n'était pas trop intéressée par les aspects techniques de sa musique : la façon dont il produisait ces sons si particuliers, son exploration du feedback, quelles notes ressortaient le mieux avec l'effet Larsen.

Elle lui avait posé la question parce que certains lecteurs de *Rock-Out* seraient curieux de connaître les réponses de Jimi, mais elle avait du mal à suivre.

Elle l'avait cependant entendu dire plusieurs fois qu'il se lassait facilement et qu'il aimait aller de l'avant. Dans la musique comme dans d'autres registres de sa vie. « Ça ne me plaît pas de rester au même endroit trop longtemps, a-t-il indiqué. Je ne serai peut-être plus là demain, donc je fais ce que j'ai envie de faire. » La remarque a laissé Lola bouche bée. Comme elle l'avait compris, il ne parlait pas de quitter Londres le jour suivant, mais de l'éventualité de ne plus être de ce monde.

Elle s'est rendu compte qu'elle n'avait pas écouté la moitié de ce qu'il avait raconté au cours des dix dernières minutes. Elle a jeté un coup d'œil à son magnétophone. Il continuait à tourner. Elle avait été distraite par des détails pratiques, la crainte que la résille de ses bas ne s'enfonce un peu plus dans ses cuisses et la rapidité avec laquelle ses cheveux se mettaient à frisotter.

Ceux de Jimi Hendrix étaient une explosion. Ses boucles exubérantes partaient dans tous les sens, et Lola aimait l'abandon sensuel avec lequel elles se mêlaient les unes aux autres. Les siennes avaient été passées au fer à repasser, aplaties, écrasées pour que chaque mèche ait la raideur d'une baguette. Du moins jusqu'à ce que la chaleur et l'humidité régnant dans la pièce aient provoqué un soulèvement désordonné de sa chevelure. Ses boucles reprenaient vie, s'animaient aux endroits les plus imprévus et à des angles surprenants. Sans aucune coordination, aucune harmonie avec les réactions du reste de sa chevelure. Elle était sûre d'avoir l'air bizarre mais elle ne pouvait rien y faire.

Lola a décidé de se concentrer sur les cheveux de Jimi Hendrix : « J'ai entendu dire que vous aviez une batterie de bigoudis. » Elle avait glané cette information dans un article qui décrivait l'attention extrême que Jimi Hendrix portait à son apparence.

En Australie, toutes les femmes de l'âge de sa mère utilisaient des bigoudis, et même un nombre non négligeable de ses amies. Il n'était pas rare, en rendant visite à une copine un week-end, de la trouver, avec ou sans sa mère, la tête couverte de rouleaux. Mais Lola n'avait jamais vu un homme avec la tête pleine de bigoudis.

« Oui, j'ai des bigoudis, a confirmé Jimi Hendrix. Je les ai apportés d'Amérique avec moi en venant à Londres. C'est pratiquement tout ce que j'ai pris.

– Vraiment ?

– J'ai une coiffure bien à moi, de la même façon que j'ai mes foulards, mes bagues et mes vestes. Tout ça fait partie de qui je suis. » Il a souri en regardant Lola avant de reprendre : « Il n'y a rien de bizarre à ça.

– Non, a-t-elle approuvé. C'est moins bizarre que le besoin que j'ai de me lisser les cheveux. Je les étale sur une planche à repasser et je mets le fer dessus en gardant la tête le plus bas possible pour éliminer la moindre boucle.

– Tu te débrouilles bien, a constaté Jimi Hendrix. Il ne reste plus une seule boucle.

– Ils étaient bien jusqu'à ce que l'humidité commence à les faire friser.

– Miss Bensky, vous me semblez parfaite comme vous êtes. »

Lola a été très surprise, primo qu'il se souvienne de son nom et secundo qu'il ait choisi ce Miss Bensky cérémonieux plutôt que Lola. Il y avait là-dedans quelque chose d'étrangement opposé à son personnage, et de tout aussi étrangement séduisant.

« Je me suis mis à me servir de bigoudis parce que je trouvais que ça me donnait un côté cool, a poursuivi Jimi Hendrix. Et maintenant, tout le monde se balade avec des boucles. La plupart sont des permanentes. J'ai rien contre les permanentes, cela dit. À une époque, je me faisais lisser les cheveux, c'est le même produit qu'ils utilisent pour les permanentes.

– Je sais, a confirmé Lola. Moi aussi j'allais les faire raidir chez le coiffeur. Et je détestais l'odeur de ce produit.

– Moi non plus je n'aimais pas ça », a confié Jimi Hendrix.

Lola s'est dit qu'il était décidément très agréable de parler avec lui. « Vos bigoudis, vous les mettez… en rangées ? l'a-t-elle interrogé.

– Non, mais je sais exactement où les poser. »

Où placer ses bigoudis et s'ils étaient en rangées ou non : ce n'était pas vraiment le genre de conversation que Lola s'était attendue à avoir avec Jimi Hendrix. Et elle n'était pas du tout certaine que ça intéresse son journal.

« Tu peux revenir me voir ce soir avec mes bigoudis, si ça te tente », a proposé Jimi Hendrix. Lola avait souvent entendu parler de l'appétit sexuel du chanteur. Elle ne savait pas qu'on pouvait avoir de l'appétit pour le sexe. Elle croyait que ce terme ne s'appliquait qu'à la nourriture. Lola avait lu qu'il arrivait souvent à Jimi d'avoir des relations sexuelles avec plusieurs femmes dans une même soirée, et parfois toutes ensemble, et si possible dans le même lit. Elle avait aussi appris qu'il pouvait faire l'amour partout, absolument partout : dans les couloirs, les loges, les toilettes, et fréquemment sous les yeux de ceux qui se trouvaient là par hasard.

Elle ne pensait pas qu'une visite nocturne à Jimi Hendrix était une bonne idée.

« Peut-être, a-t-elle répondu prudemment.

– T'as pas l'air convaincue », a remarqué Jimi Hendrix, et il a eu un grand sourire.

2

Lola se tenait devant la porte de l'appartement de Mick Jagger. Elle a retenu sa respiration pour rentrer son ventre, vaine tentative. Ça ne changeait pas son tour de taille, et puis de toute manière il faudrait bien qu'elle respire à un moment ou un autre. En plus, rien n'était plat chez elle.

Le soir précédent, elle était allée à une réception donnée en l'honneur de Twiggy, la top model. Twiggy avait dix-sept ans et c'était l'une des filles les plus minces que Lola ait jamais vue. Ses bras et ses jambes étaient tellement filiformes qu'il était difficile de croire qu'ils puissent contenir la quantité requise d'os, de muscles, de jointures, de tendons, de veines et d'artères. Twiggy était en train de changer l'image que les femmes voulaient projeter d'elles-mêmes, un changement qui allait perdurer des dizaines d'années et forcer la plupart des femmes des pays développés à suivre un régime.

Elle était très jolie, Twiggy. Ses immenses yeux bleus scintillaient, son casque de cheveux blonds envoyait mille reflets. Une fois à côté d'elle, Lola a eu l'impression d'être un meuble. Un bahut. Twiggy, elle, semblait aussi légère qu'une feuille. Comme ça devait être agréable d'être mince à ce point, s'est dit Lola. On devait avoir l'impression d'être plus proche de son propre cœur, de ses poumons, de son squelette. Elle s'est demandée si le fait de ressentir ses organes de plus près permettait de se sentir mieux dans sa peau. Les seuls os qu'elle pouvait se toucher, elle, étaient ceux de ses poignets et de ses pieds.

Elle en a conclu que pour être aussi mince que Twiggy, il lui faudrait se mettre à la diète pendant au moins dix ans de suite. Lola planifiait d'habitude ses régimes sur huit ou dix semaines, mais elle en repoussait toujours le début. Généralement, elle se fixait un objectif : cette fois-ci, elle souhaitait perdre trente kilos avant son voyage à New York et en Californie, où elle devait se rendre au festival de Monterey, soit dans trois mois. Elle avait déjà remis le début de ce régime-là aussi.

C'était une nouvelle cure d'amaigrissement qu'elle avait conçue en regardant les Walker Brothers interpréter *The Sun Ain't Gonna Shine Anymore*. Elle l'avait baptisée Pomme-Banane-Œuf : elle prévoyait de consommer quotidiennement sept bananes, sept pommes et trois œufs, répartis sur quatre repas. Deux pommes, deux bananes et un œuf trois fois par jour, et une pomme et une banane une fois. Cela représentait environ mille six cent quarante calories par jour.

Elle attendait beaucoup de ce régime parce que la quantité de nourriture lui remplirait relativement bien l'estomac, et puis sortir une pomme ou une banane quelque part passerait relativement inaperçu. Les œufs demanderaient un peu plus de précaution : pas facile d'écaler et de manger un œuf en public sans perdre sa dignité, à moins que ce ne soit à un pique-nique.

Une semaine auparavant, alors qu'elle s'apprêtait à démarrer le régime Pomme-Banane-Œuf, le guitariste lead des Troggs avait commandé une tournée générale de *fish and chips*, et Lola n'avait pu faire autrement que de manger avec eux. Comme ils se trouvaient dans un petit snack-bar au nord de l'Angleterre, elle avait eu trop honte de sortir la banane, la pomme et l'œuf qu'elle avait au fond de son sac. Lola suivait la tournée des Troggs depuis six jours ; elle était un peu lasse d'écouter *Wild Thing* et *I Can't Control Myself*. Elle n'aimait pas la musique trop forte. Ça lui donnait la migraine.

Dans son article sur les Troggs, elle avait évoqué leur sonorité explosive, chargée à bloc, ainsi que les déhanchements sensuels et les paroles suggestives avec lesquels Reg Presley envoûtait l'auditoire. Elle avait également écrit que malgré leur série de succès au hit-parade, les membres du groupe étaient restés simples et modestes. Elle n'avait pas mentionné son mal de tête.

Lola réfléchissait au moyen de devenir aussi mince que Twiggy. Ça lui a fait penser aux Caramello, ces barres de chocolat au lait avec un cœur de caramel épais, presque coulant. Elle s'est dit qu'à cet instant précis peu de gens dans l'entourage de Twiggy devaient penser aux Caramello.

Les yeux bleus de Twiggy étaient bordés par les cils les plus épais que Lola ait jamais vus. À la faveur des deux minutes pendant lesquelles elles avaient été seule à seule, elle lui avait demandé où elle les avait trouvés, et Twiggy : « Oh, c'est rien que des faux-cils ordinaires, mais j'en colle trois paires superposées. » Lola ne pensait pas qu'elle tenterait l'expérience : elle ne se sentait pas assez habile pour mettre en place trois couches de faux-cils.

« Vous êtes vraiment jolie, avait-elle déclaré à Twiggy.

– Moi ? Je me déteste. Vous êtes tous devenus complètement cinglés. »

Mick Jagger a ouvert la porte. Il avait l'air plus frêle que sur scène. C'était peut-être tous ces mouvements qu'il faisait en chantant qui le rendaient plus imposant. En concert, il bougeait sans arrêt, secouait la tête, moulinait des bras, glissait d'un point à l'autre, sautait, dansait. Il irradiait par son énergie. À côté de lui, les autres Rolling Stones paraissaient presque immobiles.

« Salut, a lancé Mick Jagger. Entre. Je suis un peu claqué. J'étais au studio d'enregistrement jusqu'à cinq heures du mat'. »

Lola ne pouvait pas imaginer que Mick Jagger soit « un peu claqué ». Sur scène, il donnait l'impression d'être infatigable.

À vingt-trois ans, il était de trois ans et trois mois plus âgé que Lola, et conspué par les parents d'adolescents du monde entier. Lola n'arrivait pas vraiment à comprendre pourquoi. Parce qu'il avait des lèvres pulpeuses et qu'il balançait des hanches en chantant *Let's Spend the Night Together* ? En Amérique, quand ils avaient joué dans l'émission télévisée d'Ed Sullivan, les Rolling Stones avaient été obligés de changer les paroles de la chanson ; ils l'avaient renommée « Let's spend some time together ». Lola avait trouvé cette exigence stupide. Qu'est-ce qui avait inquiété les producteurs du Ed Sullivan Show à ce point ? Est-ce qu'ils avaient cru que des centaines de milliers d'ados allaient immédiatement se retrouver pour passer la nuit ensemble ? Lola pensait plutôt que c'était les hanches et la moue provocante de Mick Jagger qui déstabilisaient les hommes plus âgés. Et probablement les femmes plus âgées, aussi.

Ce matin-là, Mick Jagger ne glissait pas, il ne se déhanchait pas non plus. Il se mouvait avec lenteur et placidité. L'appartement a semblé gigantesque à Lola, s'étalant probablement sur la moitié d'un pâté de maisons. La moquette du living était neutre, d'un beige sombre. À côté d'une table dans le style réfectoire de couvent trônait un gigantesque tourne-disque flanqué de centaines d'albums.

Mick Jagger lui a montré du doigt un canapé d'au moins cinq places. « Tu veux te mettre là ? » a-t-il demandé. Le siège a paru très bas à Lola. Elle avait horreur des canapés et des fauteuils bas parce qu'il était impossible de s'y asseoir sans que la jupe ou la robe remonte en laissant apparaître les genoux, et Lola devait absolument dissimuler les siens. C'était des genoux très charnus. Lola était sûre qu'ils occupaient plus d'espace que les hanches de Twiggy. Ils donnaient l'impression d'avoir été gavés de force, comme des canards. Le canapé de Mick Jagger aurait pu faire la couverture d'un magazine de décoration, pourtant elle n'avait aucune envie d'y prendre place. Les chaises entourant la table de réfectoire lui semblaient bien plus confortables.

« O.-K. », a répondu Lola.

Elle s'est assise, a tiré sur l'ourlet de sa robe qui avait commencé à grimper sur ses jambes et s'est mise à installer son équipement, le magnétophone sur la table basse dorée devant elle, son stylo et son bloc-notes sur les cuisses. Elle regrettait de ne pas en avoir emporté un plus grand qui lui aurait camouflé les genoux.

Mick Jagger s'est assis en face d'elle, recroquevillé dans le fauteuil en cuir noir. Une position étonnamment passive. Il avait l'air très paisible, pas grand-chose à voir avec les dangereux contestataires des valeurs établies, ainsi que lui et le reste des Rolling Stones avaient été catalogués.

Lola savait que le père et le grand-père de Mick Jagger étaient tous deux enseignants, et que sa mère, coiffeuse de profession, supportait activement le parti conservateur. Et là justement, en dépit de ses cheveux relativement longs, Jagger apparaissait plus comme le rejeton type de maîtres d'école et de membres du Parti conservateur que comme le trublion antisocial qu'il était supposé être.

« J'espère que tu vas pas me demander de quelle couleur sont mes chaussettes, a-t-il commencé.

– Non, a répondu Lola, ça ne m'intéresse pas, vos chaussettes. Et je ne vais pas non plus vous demander si vous connaissez Paul McCartney.

– Évidemment que je le connais ! Il est venu au studio cette nuit et il va passer ici tout à l'heure. » Lola n'en revenait pas. Elle a noté l'information dans son calepin, pour le cas où le magnéto aurait raté les premières minutes de la conversation. Elle a levé les yeux vers Mick Jagger :

« D'après vous, qu'est-ce qui provoque toute cette adoration et cette hystérie chez vos fans, pendant vos concerts ? Est-ce que vous appelleriez ça de l'amour ? »

Elle n'était pas certaine de bien maîtriser ce concept, l'adoration ou l'amour. Mick Jagger a eu une mine hésitante. Il a repoussé les mèches de cheveux qui tombaient sur son visage et il a posé un pied sur la table basse en réfléchissant à la question. Lola a senti qu'il n'allait pas répondre à la légère : il avait l'air de peser chacun de ses mots et de prendre les interviews aussi sérieusement que ses apparitions publiques. Même une interview à un magazine de rock australien.

« Je pense que ça doit être quelque chose d'extrêmement sexuel, a-t-il fini par asséner. De sexuel et de violent. Tu demandes si c'est de l'amour. Je pense pas, non. Je crois qu'il y a de… de l'affection. Le public a acheté des billets parce qu'il veut nous voir, et nous on est là parce que ça nous plaît de donner des concerts, de jouer devant une foule. C'est un rapport d'échange, une affection incroyable, tout simplement. »

Lola l'a encore regardé. Il établissait un lien entre affection, violence et hystérie, et pour elle c'était une association vraiment mystérieuse. Mick Jagger a repris : « Mais au-dessus de cette affection, il y a la violence. Et au-dessus de la violence, il y a le sexe. C'est un étrange enchaînement d'émotions. »

Lola a décidé de ne pas poursuivre dans cette voie. Elle avait l'intuition qu'il en savait beaucoup plus qu'elle, question sexe et violence. Mick Jagger l'observait avec insistance, comme s'il n'était pas sûr qu'elle ait compris sa réponse.

Elle le trouvait séduisant, mais d'une manière atypique. Il n'avait certainement pas les traits harmonieux et symétriques que l'on associe généralement à la beauté physique. Mais il avait de beaux yeux, incontestablement, d'un marron limpide qui changeait facilement d'intensité. Ses poches sous les yeux étaient très plaisantes ; on aurait dit de petits oreillers sur lesquels ses yeux reposaient doucement. Et ses larges lèvres, très étirées, étaient parfaitement dessinées. Elles formaient une moue amusée, même lorsqu'il parlait sérieusement.

Il n'était pas vêtu de manière exubérante, comme certaines rock stars. Pas de pantalons rayés en satin ni de chapeaux loufoques comme son comparse des Rolling Stones, Brian Jones. En fait, il avait plus le style de l'étudiant en comptabilité à la London School of Economics qu'il avait été dans le passé. Il portait un léger pull en laine à col marin avec les manches retroussées aux coudes, ainsi qu'un pantalon en coton gris.

« C'est une drôle de sensation, cette énergie stupéfiante que t'envoie le public, a-t-il repris, comme s'ils essayaient de te dire quelque chose. Ils ont besoin d'un truc mais ils savent pas ce que c'est... »

Lola connaissait bien cette sensation d'avoir besoin de quelque chose sans savoir de quoi il s'agissait. Ça lui faisait peur, souvent. Elle se sentait seule dans ces moments.

« Est-ce qu'il vous arrive de vous sentir seul sur scène, ou d'avoir peur ?

– Mais... non, a répondu Mick Jagger avec un air assez perplexe. Je ne suis jamais seul, en scène. Je suis un cinquième des Rolling Stones. On prend notre pied quand on se produit, on rigole bien... Il a marqué une pause. Bon, récemment, j'ai eu un peu peur. On faisait un stade énorme à Zurich et on était sur une plate-forme à dix ou douze mètres au-dessus des gens. Quand on est entrés en scène, quelqu'un m'a sauté sur le dos, et d'un coup, une dizaine de types m'ont poussé et tiré vers le bord, j'ai cru qu'ils allaient me faire tomber... J'ai regardé en bas et j'ai eu les foies.

– Dix types ? a repris Lola.

– Oui, a confirmé Mick Jagger. C'était... effrayant.

– Mais je croyais que votre public était essentiellement féminin ?

– Non. Ici, en Angleterre, peut-être, mais pas dans d'autres pays. En France, par exemple, c'est surtout des garçons qui viennent aux concerts. À Berlin, on vient de se produire devant vingt mille personnes et de ce qu'on a pu voir, c'étaient que des mecs. Pas une nana en vue. Je sais pas, c'est peut-être une survivance du XIXe siècle, une jeune fille ne peut pas sortir pas sans chaperon. Ou bien c'est simplement que les filles ont moins d'argent. Elles gagnent pas autant que les mecs. Ça devrait pas être comme ça, mais c'est le cas. »

Lola a trouvé cette dernière remarque intéressante. Il n'y avait pas beaucoup de gens, et surtout peu d'hommes, qui pensaient à l'inégalité des revenus entre les sexes. « Vous pensez que les hommes et les femmes devraient être à salaire égal pour travail égal ? lui a-t-elle demandé.

– Bien sûr ! Sinon elles n'arriveront à rien. Tu sais bien que les mecs s'en tireront toujours, mais que la plupart des nanas, non. Si ça a l'air d'une prise de position antiféministe, ce que je viens de sortir, je regrette, mais je parle d'expérience. »

Lola s'est dit que Mick Jagger avait raison : ce monde n'était pas fait pour les femmes. C'était un monde d'hommes. Elle était l'une des rares filles à travailler dans l'univers du rock. Les artistes étaient en majorité des mecs, les journalistes étaient des mecs, les managers étaient des mecs, les techniciens de scène étaient des mecs, les équipes de tournée étaient composées de mecs. Où étaient les femmes, alors ? Il y avait bien quelques potiches, de la décoration pour night-clubs ou plateaux de télévision. Quant aux autres, elles piaillaient dans les salles, se battaient pour réussir à se mettre dans le lit d'une rock star ou d'un de ses suppôts.

Linda Eastman, la photographe très douée qui allait devenir Mme Paul McCartney, était l'une de ses rares collègues dans le milieu. Lola l'avait rencontrée à quelques reprises. Elles avaient une amie commune, Lillian Roxon, une journaliste australienne installée à New York. Linda était américaine et extrêmement sûre d'elle. Une crinière de cheveux blonds et un tempérament de feu. Ses jupes n'étaient pas ultracourtes, mais souvent, quand elle se penchait en arrière pour prendre des photos de groupes, la minuscule culotte qu'elle portait était exposée à la vue de tous. Lola se disait qu'elle devait avoir un sens de l'équilibre fabuleux pour être capable d'arquer son corps de cette façon.

Un jour, elle attendait son tour pour interviewer Dave Dee, Dozy, Beaky, Mick & Tich. Le groupe avait eu plusieurs chansons au hit-parade, dont *Save Me* et *Touch Me, Touch Me*, et si elle n'était pas emballée par leurs mélodies, Lola aimait beaucoup leurs titres. Donc, elle patientait dans la salle d'attente des bureaux de l'impresario quand l'une des portes s'était ouverte à la volée et Linda Eastman était apparue. Derrière elle, Lola avait aperçu Dave Dee, Beaky, Mick et Tich. « Ah, c'est toi ! s'était exclamée Linda. Ils ont dit qu'il y avait une grosse journaliste australienne qui poireautait et j'ai pensé que c'était Lillian. »

La porte d'où Linda avait surgi était restée ouverte. Il était évident que tout le monde à l'intérieur avait entendu. « On s'est trompé de grosse journaliste australienne », avait-elle rétorqué d'un ton qu'elle voulait désinvolte, mais elle s'était sentie dégradée, humiliée. Et très grosse. Même ses tout nouveaux faux-cils violets n'avaient pu lui éviter le constat de ses kilos superflus.

Lola avait peine à se souvenir de l'interview avec Dave Dee, Dozy, Beaky, Mick & Titch. Elle se rappelait qu'ils avaient été très polis, pas du tout du genre à qualifier quelqu'un de grosse journaliste australienne. À commencer par Dave Dee, un ancien policier, qui s'était montré d'une grande courtoisie. Elle ne savait pas si c'était lui qui l'avait décrite en ces termes ; peut-être avait-il tendance à donner des descriptions sans fioritures, une habitude gardée de son ancienne profession.

« Je ne vous trouve ni antiféministe ni sexiste, a-t-elle déclaré à Mick Jagger. Je pense que vous avez raison. C'est un monde de mecs. Le rock est plein de bandes de garçons qui s'adorent et s'admirent mutuellement. »

Mick Jagger a lâché un rire amusé.

« Et toi, tu n'en adores aucun, c'est ça ?

– Aucun. »

Et surtout pas Pete Townshend, des Who. Elle avait dû les interviewer dans leur loge après un de leurs spectacles. Elle était assise sur une chaise, en train de régler son magnéto, quand Keith Moon, le batteur, était entré et, se plantant à côté d'elle, avait enlevé son pantalon. Le bas-ventre de Keith Moon était juste devant ses yeux, si proche que c'en était gênant. Elle s'était penchée sur les boutons de l'appareil, faisant comme si elle n'avait pas remarqué ses jambes poilues et son slip moulant aux couleurs criardes.

Les Who avaient la réputation de se détester entre eux. Ils étaient aussi connus pour terminer leur programme par une orgie de destruction apocalyptique, fracassant guitares, baguettes de batteries et amplis jusqu'à ce que la scène soit jonchée de débris d'équipements musicaux très coûteux.

« Ça va mieux entre vous ? » avait demandé Lola à John Entwistle, le bassiste du groupe. Elle n'avait posé la question que parce que ça lui permettait de détourner son regard de Keith Moon et de son sous-vêtement agressif. « Oh, bien mieux, avait répondu John Entwistle. On se bagarre encore de temps en temps mais en général c'est en groupe, pas l'un contre l'autre. »

Lola essayait d'assimiler cette réponse. Voulait-il dire qu'ils se tapaient dessus entre eux, ou qu'ils cognaient d'autres gens à l'unisson ? Il était clair que Keith Moon et Pete Townshend avaient mauvais caractère. Rapprochant sa chaise de celle de Lola, ce dernier était intervenu : « Non, les Who ne s'améliorent pas du tout. On fait juste semblant. C'est facile de faire semblant. Tout le monde fait semblant. On fait semblant de s'entendre avec ses parents, d'être content de vivre à la maison, parce que c'est pratique. »

Lola aurait préféré ne pas avoir posé la question. Il y avait une tonalité désabusée et même railleuse dans la voix de Pete Townshend qui la mettait mal à l'aise. Il avait continué : « L'ambiance de travail est sans doute la même dans les autres groupes. Il y a forcément des frictions. Prends les Kinks : ils ont deux frères dans la formation, et les frères ça s'engueule toujours. Ou les Walker Brothers. Ça doit barder, là-dedans… »

Il avait prononcé ce dernier nom avec une moue tellement dédaigneuse que Lola s'était demandé ce qu'il pouvait avoir contre les Walker Brothers. Elle n'avait pas eu besoin de lui demander, puisqu'il avait poursuivi : « Les Walker Brothers ! Ils arrivent en scène tout beaux et fantastiques, et au bout de trois semaines ils sont au top des hit-parades. Tandis que notre groupe, vraiment, il est pas du tout glamour. Ça, c'est un de nos gros problèmes. » Lola s'était dit que Pete Townshend devait avoir des problèmes plus sérieux que le manque de glamour. À commencer par son attitude déplaisante et ses manières de goujat.

Pete Townshend s'était mis à discourir sur les raisons pour lesquelles il avait démoli sa guitare sur scène, et vingt minutes après il était toujours sur le même sujet. Elle aurait voulu s'adresser à un autre membre des Who, mais ils étaient tous les deux assis à côté de Keith Moon, qui à ce stade avait également retiré sa chemise.

Pete Townshend était en train de décrire le son qu'il obtenait en explosant sa guitare sur les amplificateurs quand il s'était soudain tu, avait fixé Lola du regard et avait déclaré : « Le meilleur son qu'on puisse obtenir, c'est Awaaah. » Ou bien était-ce « Uwuuuh » ? Elle n'avait pas idée de ce qu'« Awaaah » ou « Uwuuuh » pouvaient signifier. Elle n'était même pas sûre de la langue qu'il avait employée. Pour elle, ça aurait pu aussi bien être de l'urdu.

« Awaaah, Awaaah, tu devrais connaître, vu que t'es australienne ! » avait-il tonitrué. Lola s'était fait la réflexion que ce n'était pas le bon moment pour lui indiquer qu'elle n'était pas si australienne que ça. Le fait d'être née dans un camp de personnes déplacées en Allemagne lui avait peut-être fait rater quelque chose de fondamental dans l'australianité.

« Awaaah » ou « Uwuuuh », ne cessait-il de répéter. Lola ne discernait toujours pas ce qu'il essayait de dire et Pete Townshend s'énervait de plus en plus, au point de se lever et de décrire des cercles autour d'elle en criant « Awaaah », « Awaaah »…

Lola s'était creusé les méninges. Un awaaah, de l'awaaah, jamais entendu parler. Il avait mentionné que ça produisait un son exceptionnel, il ne pouvait donc pas s'agir d'un produit comestible, ni d'une boisson ou d'une plante. Un animal, peut-être ? L'Australie avait en effet une faune très spéciale.

Vingt minutes s'étaient écoulées, Pete Townshend s'était calmé et, au milieu d'un de ses monologues à propos de la musique, de la mode et de l'identité britanniques, Lola a eu une illumination. « Vous voulez dire A.W.A. ? » a-t-elle demandé en le regardant droit dans les yeux et en prenant soin de détacher chaque lettre : « A.W.A., Amalgamated Wireless Australasia ? »

Les parents de Lola avaient fait l'acquisition d'une magnifique radio A.W.A. en 1952. Lola était tombée amoureuse de ses lignes incurvées, de ses commandes toutes rondes. À partir de huit ou neuf ans, elle s'installait chaque samedi soir tout contre la radio, captivée par le dernier épisode du feuilleton policier, et ces histoires de meurtre finissaient par lui faire trop peur pour qu'elle aille se coucher.

« Awaaah, ouais, awaaah ! » avait confirmé Pete Townshend avec un rictus méprisant, mais Lola ne pensait pas que cette prononciation fantaisiste justifiait ses airs supérieurs et elle l'avait corrigé en répétant « A.W.A. »

« Awaaah ! » avait-il beuglé en retour, « ouais, c'est ça ! Awaaah ! » Puis, avec un regard chargé de dédain : « Tu aurais dû connaître ça, toi… » Pete Townshend chouinait à propos de tout et n'importe quoi, c'était comme s'il avait cette expression railleuse et désenchantée collée presque sans arrêt sur son visage.

Il s'était plaint de la qualité de la pop music : « C'est du n'importe quoi, vraiment. L'autre jour, j'écoutais un enregistrement stéréo des Beatles et les voix sortaient d'un côté, l'accompagnement de l'autre.

Quand tu écoutes la bande instrumentale sans les voix, tu te rends compte qu'ils sont nuls. »

Lola l'avait observé. Ses traits semblaient crouler sous le poids de son mauvais caractère : le nez tombait très bas, les yeux s'affaissaient aux coins, la bouche formait un V pointé vers le sol. Même ses lobes d'oreilles pendaient tristement. « Est-ce que tu es en train de mater mon nez ? avait-il voulu savoir.

– Non, s'était empressée de répondre Lola, qui avait lu que l'appendice nasal du chanteur lui avait causé bien des soucis depuis l'enfance.

– Mon pif m'a tracassé toute ma putain de vie, avait-il geint. Je me suis mis à la guitare pour qu'on cesse de me dévisager. Maintenant, ça me dérange plus. En fait, j'y pense presque jamais. »

Il n'avait pas du tout l'air de ne plus se préoccuper de son nez, avait pensé Lola.

John Entwistle, le bassiste des Who, lui avait glissé ensuite : « Il exprime davantage sa mauvaise humeur que la plupart des gens. » Elle s'était dit que c'était probablement sa manière à lui de la mettre à l'aise.

« Il n'y a pas longtemps, j'ai entendu un journaliste dire que le secret de votre succès résidait dans vos déhanchements sexuellement connotés, a déclaré Lola à Mick Jagger.

– C'est complètement débile, a-t-il répliqué. Il n'y a pas de secret dans le succès, pour qui que ce soit. Ça n'a rien à voir avec un secret, c'est une question de faire de son mieux, de mettre tout ce qu'on a dans le ventre et d'espérer que les gens aimeront ça. Les gens doivent savoir ce que tu fais, d'accord, mais une fois qu'ils savent que tu existes et qu'ils peuvent écouter ce que tu as à leur proposer, ou ils aiment, ou ils aiment pas. Aucun rapport avec un quelconque secret.

– Est-ce que vous pensez que vous êtes un grand chanteur ? » Dans l'ensemble, Lola n'était pas en mesure de reconnaître un bon d'un mauvais chanteur. Elle ne pouvait pas non plus juger si ce dernier chantait juste ou pas. Malgré des années de leçons de piano imposées, elle n'avait pas l'oreille musicale. Quand elle écrivait une critique de disque, elle était en général plus sensible aux textes ou à la personnalité du chanteur qu'à la musique elle-même.

« Si je suis un grand chanteur ? a repris Mick Jagger. Non ! Je sais à peine chanter. Je ne suis pas Tom Jones ou Scott Walker, et je m'en branle totalement. » Lola s'est dit que Scott Walker n'avait pas décidément pas la cote auprès de beaucoup de gens. Pete Townshend avait fulminé contre les Walker Brothers et maintenant Mick Jagger n'avait pas vraiment l'air de les porter dans son cœur.

« J'ai rien contre Scott Walker, a-t-il continué. C'est un bon chanteur. Moi non, mais j'aime chanter. J'ai toujours aimé. Quand j'étais gamin, je chantais tout le temps. À la maison, dans le chœur à l'église… J'aimais ça. »

Alors tout le monde avait fréquenté une église ou une synagogue, même Mick Jagger… Cette pensée a provoqué une certaine frustration en elle. Appartenir à un groupe quel qu'il soit, ça devait être si confortable. Elle n'avait jamais connu ce sentiment d'appartenance. La famille qu'elle avait formée avec Renia et Edek était trop dévastée pour pouvoir recevoir le titre de groupe. Quand on fait partie d'un groupe établi, on devient officiellement un membre. Ce n'est pas le cas des familles, où un tel statut paraît être le fruit du hasard. Dans une communauté de fidèles, ou une troupe de boy-scouts, ou un club de tricot, le rôle de chacun est clairement défini : on suit des agendas, on va à des réunions, les gens vous sourient, il y a des règles, une structure et un semblant de cohésion. Il y a des rites, et souvent à manger. Quand elle était petite, leur voisine de palier, Mme Dent, n'arrêtait pas de préparer des tartes aux pommes ou à la confiture pour les pique-niques et les réceptions de son église. C'était une fervente méthodiste, et Lola avait souvent rêvé de l'accompagner et de manger une part de tarte aux pommes ou à la confiture.

Lola savait qu'appartenir à un groupe n'était pas aussi simple que ça en avait l'air. À douze ans, elle avait persuadé Edek de rejoindre le père d'une amie d'école pour une partie de tennis, un samedi après-midi. Edek avait rejeté ses supplications pendant des mois. « Tu es folle ou quoi ? » s'était-il indigné, mais il avait fini par céder. Lola en avait été transportée. Dans sa tête, elle s'était imaginé un club de tennis et la longue série d'après-midi sur les courts avec son amie Suzy et le père de celle-ci, Bill. « Bill » était la version anglicisée d'un nom hongrois.

Bill Gantner était un bel homme à moustache et au teint sombre. Il était arrivé en tenue de tennis entièrement blanche, des chaussures au polo, tandis qu'Edek portait son pantalon gris de week-end et une parka en nylon. La rencontre n'avait pas très bien commencé. Bill Gantner avait dû montrer à Edek, qui était pourtant un joueur de ping-pong plus qu'honorable, comment tenir sa raquette, et ensuite Edek l'avait maniée avec une brutalité maladroite. Galopant d'un bout à l'autre du court, il suait à grosses gouttes et jurait abondamment en yiddish.

À part un chapelet de grognements, tout ce que l'on entendait venir du côté d'Edek était « *Oy, cholera !* », qui aurait pu être traduit littéralement par « Oh, choléra ! » mais signifiait en réalité « Oh, putain ! » Il n'avait pas réussi à rattraper une seule balle. Il avait fallu suspendre la partie quand, après avoir trébuché, il s'était ouvert le genou, déchirant son pantalon. Dans la voiture au retour, il avait été d'une humeur exécrable.

« On ne me reprendra plus à ces jeux-là », avait-il déclaré à Lola.

« M. Bensky a besoin de s'entraîner », avait été le commentaire de Bill Gantner rapporté par Suzy. Le groupe de tennis s'était démantelé avant même d'avoir pu commencer à se souder.

« J'aimais aussi écouter les chanteurs à la radio, ou les regarder à la télé », a continué Mick Jagger. Vraiment ? Écouter des chansons à la radio ou à la télévision, ce n'était certes pas une activité que l'on aurait attendue d'un enfant promis à devenir un mauvais garçon, un débauché, un rebelle, un apôtre du désordre.

Rien dans son apparence ni dans son appartement n'était désordonné. La maison, qu'il avait décorée lui-même – Lola l'avait lu quelque part –, était impeccable. Une boîte grise équipée de lumières clignotantes trônait sur le linteau en bois de la cheminée, artistiquement placée un peu à gauche du centre. Mick Jagger a remarqué que Lola observait les lumières s'allumer et s'éteindre.

« On ne peut pas les éteindre, lui a-t-il signalé. C'est ma bulle d'évasion. J'aime m'asseoir là et garder les yeux dessus. » Lola n'avait pas idée de ce que pouvait être une « bulle d'évasion », mais rester assis là à la regarder paraissait un divertissement plutôt innocent.

« Ce que je vais demander n'a rien à voir avec une bulle d'évasion, s'est-elle lancée, mais on vous a accusé de perversion. Est-ce que vous êtes pervers ? » Mick Jagger a réfléchi une minute.

« Un comportement pervers, ça consiste en quoi ? » a-t-il interrogé. Lola a sursauté. Elle n'avait pas pensé à la définition d'un tel comportement chez une star du rock. Peut-être que le journaliste qui avait qualifié Mick Jagger de dépravé se référait à une sorte d'orgie sexuelle ?

Lola savait que les allusions de sa mère relatives à la Gestapo forçant des femmes à se mettre à genoux et à se faire violer par de gros chiens SS bien dressés impliquaient un comportement pervers. Et les allusions aux médecins infectant des centaines d'hommes, de femmes et d'enfants avec le microbe du typhus, du choléra, de la peste bubonique ou de la lèpre, les soumettant aux expériences médicales les plus absurdes, indiquaient elles aussi un comportement pervers.

Renia et Edek avaient un groupe de huit amis. Ils s'étaient surnommés La Compagnie. La Compagnie allait au cinéma le samedi soir et jouait aux cartes le dimanche soir. Généralement chez les Bensky puisque Renia, qui n'aimait pas les cartes, se portait volontaire pour préparer le dîner. Un dimanche soir, Mme Feldman avait demandé à Mme Lipschitz pourquoi elle avait l'air si fatiguée.

« Ah, c'est que je n'ai pas pu fermer l'œil, la nuit dernière, avait répondu Mme Lipschitz.

– Elle a repensé toute la nuit à Willhaus, avait complété son mari. L'Obersturmführer Willhaus, le commandant du camp Janovsky à Lvov. Il vivait sur place, avec sa femme et ses filles.

– J'ai entendu parler de lui, était intervenu Edek. Son truc, c'était de se mettre sur son balcon avec sa femme et sa fille et de tirer sur les prisonniers. C'était une distraction, pour eux. » La Compagnie s'était tue. « Lvov est à environ cinq cents kilomètres de Lodz », avait expliqué Edek à Lola qui regardait la partie de cartes et qui n'avait pas bien compris pourquoi son père estimait qu'elle devait connaître la situation géographique exacte de ces tirs depuis un balcon.

« Des fois, Willhaus ordonnait à un garde de lancer en l'air des enfants de trois ou quatre ans pour qu'il leur tire dessus, avait repris M. Lipschitz. Quand il en touchait un, sa fille, qui avait neuf ans, applaudissait et criait : "Encore, Papa !" » Mme Lipschitz s'était mise à pleurer.

Edek s'était tourné vers elle : « Prenez un chocolat. Ceux avec le pruneau sont très bons. »

Entre ses larmes, elle avait dit : « Le jour de l'anniversaire d'Hitler, en 1943, l'Obersturmführer Willhaus a sélectionné cinquante-quatre prisonniers et les a lui-même abattus. Hitler venait d'avoir cinquante-quatre ans. »

Lola était sûre que Willhaus était un pervers.

« Je pense que le journaliste qui m'a accusé voulait dire que je suis un jouisseur, a affirmé Mick Jagger. Ça, c'est possible, mais pas un pervers. J'essaie de prendre soin de moi. Je ne mange presque pas de viande, je préfère le poisson. Je ne bois pas de lait et j'évite les féculents. »

Lola allait lui demander pourquoi il ne buvait pas de lait mais elle s'est retenue.

« On est ce qu'on mange, je suis tout à fait d'accord avec ce dicton, a-t-il insisté. Si tu bouffes des tonnes de patates, tu finis par ressembler à une patate.

– Mais je n'en mange pas beaucoup, a réagi Lola.

– Je ne parlais pas de toi ! s'est récrié Mick Jagger, l'air surpris.

– En revanche, je mange beaucoup de chocolat. Je devrais être plate et rectangulaire, au lieu de ça je ressemble plus à une patate, en effet.

– Non, pas du tout.

– Je suis grosse, voilà.

– Tu es très jolie, a assuré Mick Jagger.

– Merci. »

C'était gentil de sa part, a-t-elle pensé. Il n'était sans doute pas du tout jouisseur, et encore moins pervers.

Elle a éprouvé le besoin de changer au plus vite de sujet de conversation, ni nourriture, ni histoire de poids, ni rien de tout ça.

« Qu'est-ce qui vous a décidé à quitter la London School of Economics ? »

Le responsable pédagogique de Mick Jagger dans ce prestigieux établissement l'avait décrit comme un étudiant brillant et plein de promesses. L'intéressé a haussé les épaules.

« Sans doute que j'étais destiné à travailler dans le spectacle », a-t-il dit.

Lola a trouvé que c'était une drôle de façon de définir ce qu'il faisait, « travailler dans le spectacle ». « Devenir une star », ou un musicien, ou un chanteur, auraient été des termes plus appropriés.

« J'aime me donner en spectacle, a-t-il poursuivi. Ça m'aide à me débarrasser de mon ego. »

Comment pouvait-on se débarrasser de son ego, s'est demandé Lola. Contrairement à un doigt de pied ou à un genou, l'ego n'était pas si facile à localiser.

« Si je me débarrasse de mon ego sur scène, le problème disparaît dans la vie courante. Je n'ai plus besoin de me prouver quoi que ce soit. »

Le même responsable pédagogique avait également indiqué que Mick Jagger serait toujours le bienvenu à la London School of Economics. Lola ne pensait pas qu'il allait jamais accepter cette offre. « Il aurait certainement eu son diplôme s'il était resté », avait-il ajouté.

Lola n'avait pas terminé le lycée, un établissement pour enfants doués. Elle avait échoué dans la dernière année, enfin bon, pas vraiment échoué : elle ne s'était pas présentée à deux des examens obligatoires. Elle avait préféré aller voir *Psychose* à la place. Et ensuite, elle avait eu le choc de sa vie en ne voyant pas son numéro de candidate dans la liste des élèves reçus.

Edek n'avait pas dit grand-chose à propos de son échec, sinon affirmé une nouvelle fois qu'elle aurait pu devenir une avocate bien meilleure que Perry Mason, le héros de la célèbre série télévisée policière. Renia, elle, n'avait fait aucun commentaire. Toute l'année, sa seule et unique préoccupation avait été les dix kilos qu'elle trouvait que sa fille avait en trop. Elle l'avait d'abord inscrite à un programme d'amaigrissement qui impliquait qu'une ceinture en caoutchouc vibromassante gaine ses hanches, le faible mais constant courant électrique étant censé réduire la graisse. Au bout de deux mois, la ceinture ne lui avait même pas fait perdre un centimètre de tour de taille. Au beau milieu de la dernière année de lycée, fourrant un pyjama et une robe de chambre de sa fille dans un sac, Renia avait annoncé qu'elle l'envoyait à l'hôpital pour une semaine. Sept jours de cure au Royal Hospital de Melbourne, à raison de cinq cents calories quotidiennes. Sur le menu de chaque repas, une note manuscrite précisait qu'il ne s'y trouvait ni beurre, ni huile, ni fromage, ni pain, ni confiture, ni sauce. Les visites n'étaient pas autorisées non plus.

Lola ne se rappelait plus comment elle avait survécu à cette semaine. Elle ne se souvenait pas d'avoir mangé, lu ou parlé au téléphone, d'avoir pris une douche, d'avoir marché ou discuté avec qui que ce soit. Elle n'avait pas eu de visiteurs et il lui semblait que ni Edek ni Renia n'étaient venus la voir.

Ce qui restait inscrit dans sa mémoire, en revanche, c'était son humiliation quand elle était retournée à l'école. Apparemment, sa classe était au courant qu'elle avait été hospitalisée mais personne ne savait pour quelle raison. Elle avait chuchoté à tous ceux qui l'interrogeaient qu'elle avait subi une opération de la gorge et qu'elle ne pouvait pas parler. Et elle avait poursuivi ce stratagème à la maison, même s'il était inutile. Elle ne parlait presque pas, mais Renia n'avait rien remarqué d'anormal – ce n'était pas une famille très causante, de toute façon.

Lola se rappelait aussi avoir dévoré, dès le lendemain de sa sortie de l'hôpital, deux tablettes taille familiale de chocolat Cadbury. Elle avait perdu deux kilos et demi pendant cette semaine d'hospitalisation mais ils n'avaient pas tardé à revenir, se réinstallant sur ses hanches et ses cuisses comme s'ils n'étaient jamais partis.

Pendant des années, un cauchemar la hanterait : elle allait devoir retourner au lycée et passer ces deux maudits examens. Pendant des décennies elle allait rêver qu'elle était de nouveau à l'école et dans un pétrin impossible, mais elle ne le savait pas encore, elle ne savait pas qu'elle allait consacrer tout ce temps à essayer de comprendre pourquoi elle avait préféré aller voir *Psychose* plutôt que de se rendre à ses examens. Elle avait soixante-deux ans quand elle s'était réveillée un matin en se rendant compte qu'elle était trop vieille pour retourner au lycée.

Le téléphone a sonné. « Tu m'excuses une minute ? » a demandé Mick Jagger en se levant, et il est allé décrocher. Il avait une démarche rapide, décidée et très ordinaire. Aucune trace de rotations à connotation sexuelle dans la région du pelvis. Il n'avançait pas en glissant à moitié non plus, ainsi qu'il le faisait parfois sur scène. Il marchait, simplement. Il a parlé dans le combiné : « Ça va, sans plus. Pas génial. Je n'ai presque pas dormi, cette nuit. On a terminé la séance tôt ce matin. Et ça n'a pas été bon. »

Lola savait que Mick Jagger avait reçu une éducation catholique, et pourtant on aurait dit un juif quand il parlait comme ça. Cette énumération de ce qui n'allait pas était très juive. Demandez à un juif comment ça va et vous obtiendrez une liste de lamentations. Il n'y a pas un seul manuel de conversation yiddish qui proposera « Parfaitement bien, merci » ou « On ne peut mieux » en réponse à la question « Comment allez-vous ? »

Chez la plupart des juifs, cette interrogation des plus banales est à la fois une source d'anxiété et une occasion de se plaindre. « *Nishkoshe* », « Pas trop mal », et « *a-zoy* », « couci-couça », ainsi que « *s'ken alemol zein erger* », « ça pourrait toujours être pire », et « *s'ken alemol zein beser* », « ça pourrait toujours aller mieux », sont considérés comme des réponses positives. Et elles sont invariablement accompagnées d'un rictus affligé, d'un haussement d'épaules fatigué ou d'un frottement de mains nerveux.

Dans le temps, Lola adorait la kyrielle de plaintes qui sortaient de la bouche des amis de ses parents lorsqu'on leur demandait comment ils allaient. « Mes enfants vont me briser le cœur », « J'ai mal à la tête », « Mon Harry me tue, il refuse de suivre les cours sérieusement », « Mon mari travaille trop, et moi j'ai les pieds enflés » ou « Comment je devrais aller ? » étaient des réponses habituelles.

Quand on demandait aux parents de ses camarades d'école en Australie comment ils allaient, ils répondaient inévitablement « Très bien, merci. » Qu'est-ce que ça voulait dire ? se demandait Lola. Rien. Il était impossible de savoir s'ils allaient en effet très bien ou s'ils étaient à l'article de la mort. Si on posait la question à un juif, au contraire, on apprenait généralement quelque chose à son sujet. Mme Littman, l'amie de Renia, répondait presque toujours en ces termes quand on voulait savoir comment elle allait : « Ce qu'Yitzhak exige de moi chaque nuit, bonté divine, ne me demandez même pas ! »

Et personne ne demandait.

Lola aimait beaucoup Mme Littman. Elle était blonde, elle avait une poitrine généreuse, portait des hauts ajustés et des jupes encore plus serrées. Les soirs de parties de cartes, elle lui glissait toujours une part de gâteau ou un biscuit au chocolat pendant que Renia ne regardait pas. Et des années durant, chaque fois que Lola voyait Mme Littman, elle se demandait si Yitzhak continuait à avoir les mêmes mystérieuses exigences nocturnes.

« Non, ça s'est vraiment mal passé, mec, a dit Mick Jagger au téléphone, la séance a été une cata. » Il avait l'air très chiffonné. Lola avait un faible pour les gens qui étaient chiffonnés, qui parlaient de ce qui n'allait pas, qui avaient des soucis. Elle pensait qu'il n'était pas naturel de se montrer sans arrêt de bonne humeur.

Elle était attirée par l'anxiété. Elle la détectait de loin. À l'autre bout de la maison, de l'autre côté de la rue, voire à un ou deux carrefours de distance. Même travestie en sourire ou dissimulée derrière une mine hilare, elle pouvait la repérer.

Quelques jours plus tôt, elle avait descendu Carnaby Street en compagnie de Cat Stevens. Ils se rendaient au bureau de son manager, et Lola avait perçu chez lui un soupçon d'anxiété.

Cat Stevens avait déjà deux énormes succès à son actif, *I Like My Dog* et *Matthew and Son*, il s'apprêtait à en obtenir un troisième avec *I'm Gonna Get Me a Gun*, et il avait dix-huit ans, deux de moins que Lola.

Carnaby Street était remplie de couleurs vives et de minijupes. Lola avait rapporté aux lecteurs de *Rock-Out* que nombre de jeunes femmes et de filles londoniennes portaient des jupes ultracourtes roses, jaunes ou vert fluo. Elles arboraient aussi du fard à paupières argenté, doré, couleur bronze, des pendants d'oreilles et des broches fabriqués avec de vieilles boucles de ceinture, des balles de ping-pong, des colliers recyclés et même des lacets de chaussures tressés. Certaines jupes étaient tellement courtes qu'elles couvraient à peine les cuisses, et Lola avait remarqué que les petites culottes étaient souvent assorties. Et maintenant que les beaux jours arrivaient, des filles décoraient leurs genoux nus de breloques ou de fleurs artificielles collées sur la chair.

Ce n'était certainement pas l'année à avoir de gros genoux, s'était dit Lola. Elle envisageait d'aller voir un diététicien de Harley Street qui garantissait une perte de poids de deux kilos par semaine. Sa méthode consistait en injections d'hormones quotidiennes et en une diète de cinq cents calories par jour. Lola n'était pas sûre d'avoir les moyens de se faire à la fois piquer et affamer : le programme devait forcément coûter cher.

Cat Stevens connaissait bien ces rues, puisqu'il avait grandi dans le quartier. Il habitait au-dessus du Moulin Rouge, le restaurant tenu par son grec de père et sa suédoise de mère. Il paraissait beaucoup plus vieux que son âge, pondéré et porté à l'introspection comme on l'est rarement à dix-huit ans. Ce n'était pas vraiment de l'anxiété, mais on devinait que ça pourrait prendre cette tournure plus tard.

Lola aimait bien Cat Stevens. Il était d'un naturel sérieux, bien qu'un brin excentrique.

Elle lui a demandé s'il s'entendait bien avec sa mère. Elle ignorait pourquoi elle lui posait cette question. Elle n'était pas certaine de pouvoir y répondre elle-même. À quoi ça se reconnaissait, de bien s'entendre avec sa mère ou non ? Lola n'habitait plus chez ses parents depuis qu'elle avait dix-huit ans, mais elle avait l'habitude de téléphoner à sa mère trois ou quatre fois et de passer la voir au moins une ou deux fois par semaine. Était-ce une définition de « bien s'entendre » ? Renia et elle ne se disputaient jamais : c'était peut-être plutôt ça, bien s'entendre.

Edek avait raconté à Lola que lorsqu'elle avait quitté le foyer familial, Renia avait pleuré pendant plus d'une semaine. Lola en avait été affectée, mais elle ne pensait pas que les larmes de sa mère venaient du fait que sa fille lui manquait. C'était plutôt de ne plus avoir Lola avec elle qui l'attristait. Et Lola savait bien qu'il y avait une différence entre les deux, même si elle aurait été en mal de la définir.

« Si je m'entends bien avec ma mère ? avait demandé Cat Stevens. J'aime beaucoup mes parents, les deux. Et ça se passe bien avec eux, mais ça n'a pas toujours été le cas. Si tu commences dans la vie en t'entendant bien avec tes vieux, peut-être que ça ne sera plus le cas plus tard. » Lola s'est dit que c'était un raisonnement bancal. Elle était encline à croire au contraire qu'une bonne entente dès le début assurait de bonnes bases, toute une réserve d'harmonie au cas où les choses tourneraient au vinaigre.

Elle ne savait pas exactement quand ça avait commencé à se gâter, entre elle et ses parents. Elle n'était même pas sûre que ça ait été le cas. À chaque fois qu'Edek évoquait la prime enfance de sa fille, il disait toujours qu'elle avait été un bébé splendide, mais les années passant, elle n'avait pas eu l'impression de recevoir beaucoup de compliments de la part de son père ou de sa mère.

Ils s'étaient montrés horrifiés quand elle avait résolu de se faire beatnik à quinze ans. Elle s'était teint les cheveux en noir et elle avait trouvé le fond de teint le plus blanc possible. Avec cette allure déjà considérablement spectrale, elle avait perfectionné une mine renfrognée, digne d'une véritable beatnik.

« Mes parents ont divorcé quand j'avais huit ans, a indiqué Cat Stevens.

– Ah bon ? » Lola ne connaissait pas grand nombre de gens dont les parents étaient divorcés. Le divorce était peut-être moins courant en Australie. En tout cas, il était assez rare chez les juifs. Peut-être que les gènes judaïques avaient tant été éprouvés qu'une séparation délibérée ne s'envisageait pas.

« Des fois, j'aimerais que mes parents divorcent, a-t-elle soudain confié à Cat Stevens. Ils sont toujours d'accord. Ils ne se disputent jamais, ne se contredisent jamais. Enfin, mon père ne contredit jamais ma mère. S'ils divorçaient, je pourrais au moins disposer d'un deuxième avis.

– Un deuxième avis sur quoi ?

– Je ne sais pas... Ça serait bien d'avoir un autre point de vue de temps en temps. Sur n'importe quoi. Sur le fait que je suis grosse.

– T'es pas mal, l'a corrigée Cat Stevens. C'est sans doute ta thyroïde. » Comment Cat Stevens pouvait-il s'y connaître en thyroïde ? s'est demandé Lola.

« Ma mère m'a fait contrôler la thyroïde quand j'avais douze ans, a-t-elle déclaré, et tout allait bien. »

Malgré son chapeau noir et ses lunettes de soleil rondes qui lui donnaient un air débonnaire, Cat Stevens dégageait une impression de solitude. Dans moins d'un an, il serait hospitalisé pendant des mois à cause de la tuberculose, une épreuve qui, avec l'année de convalescence, allait transformer le cours de sa vie. Il deviendrait végétarien, s'initierait à la méditation, écrirait des chansons très intellectuelles, dévorerait des livres sur différentes religions et remettrait en question son existence de fond en comble.

« Est-ce que vous avez beaucoup d'amis ? l'a interrogé Lola.

– Je n'ai pas d'amis vraiment proches. Il y a des gens que je rencontre et avec qui je parle, mais de vrais amis, non, je n'en ai pas. »

Elle s'est demandé s'il se sentait seul. Lola, elle, ne se sentait pas seule. Il faudrait des années et des années avant qu'elle ne prenne conscience de sa solitude. Elle allait devoir attendre de vivre avec un homme qui lui dirait matin et soir qu'il l'aimait, et encore à plusieurs autres moments de la journée, pour se rendre compte qu'elle était seule, et une fois cette découverte faite, sa solitude lui paraîtrait immense, incommensurable.

« Je ne sors pas en boîte, a continué Cat Stevens. Je n'aime pas trop ça, franchement, et de toute façon je préfère rester chez moi. Je suis assez bizarre. Même gamin, je n'arrivais jamais à me lier avec les autres. J'étais différent des autres enfants.

– Comment vous avez réagi au succès, alors ?

– Je n'y fais pas vraiment attention. Comme je l'ai dit, j'étais un enfant étrange, on me montrait du doigt, on me dévisageait en rigolant. L'autre jour, brusquement, je me suis dit : "La vache, combien de personnes connaissent mon nom ?" C'est quand même marrant… »

Lola n'arrivait pas à comprendre ce qu'il y avait de si étrange chez Cat Stevens pour que les gens le montrent du doigt, le dévisagent et rigolent. Dans les journaux, on le disait souvent nerveux, mais était-ce une raison pour le considérer comme une bête curieuse ? Des journalistes l'avaient décrit pianotant sur ses genoux, serrant un coussin contre lui ou déchirant des serviettes en papier entre ses doigts. Rien de tout cela ne semblait curieux à Lola.

Mentionnant à Cat Stevens ce détail des genoux qu'elle avait lu, elle lui a demandé s'il était quelqu'un de nerveux.

« On n'arrête pas de me dire que je suis sur les nerfs. C'est vrai que dans le temps je me tapais sur les genoux sans arrêt, et j'avais quelques tics, mais j'ai perdu ces manies. Non, je ne crois pas que je sois nerveux. »

Lola est passée à une autre question : pourquoi il avait changé de nom. Elle savait qu'il n'était pas né Cat Stevens. « Vous imaginez un type entrer dans un magasin et demander un disque de Steven Demetre Georgiou ? a-t-il répondu.

– Sans doute pas, a-t-elle reconnu. Est-ce que vous aimez bien Cat Stevens ?

– J'apprends à le connaître un peu plus chaque jour. Je suis impatient de vieillir. Quand on est jeune, il y a plein de choses qu'on ne comprend pas. Vieillir, ça t'apporte de la sagesse, et la sagesse est une belle chose. »

Lola n'avait jamais pensé à atteindre la sagesse ou à vieillir. Il ne lui était jamais venu à l'idée de réfléchir à l'avenir. Ça paraissait nébuleux, l'avenir. Et comment pouvait-on être sûr d'en avoir un, d'ailleurs ? « Vous pensez beaucoup à l'avenir ? lui a-t-elle demandé.

– Oui. Je veux bâtir une maison en Grèce, un jour. » Elle s'est dit qu'il ne devait pas y avoir des masses de garçons de dix-huit ans qui pensaient à bâtir une maison.

« Quand on est moitié suédois, moité grec et qu'on vit en Angleterre, on finit par se demander où est son chez-soi. Je suis allé en Grèce il y a deux ans, et depuis je rêve d'y retourner. C'est un pays génial. Un jour, je vais y construire une maison, une maison en pierre. J'aime l'idée de la pierre. J'aurai une vigne, un ruisseau, un magnétophone, un piano, une guitare et une flûte, et je vivrai là pour toujours avec ma nana. »

Tout cela a paru bien plus ambitieux à Lola que ses projets de régime. Elle s'est demandé si Cat Stevens parlait d'une femme en particulier avec laquelle il comptait habiter en Grèce.

« Vous pensez vous marier prochainement ?

– Je ne pense jamais au mariage. Mais j'ai désespérément envie d'aimer quelqu'un. »

Longtemps après avoir quitté Cat Stevens, Lola avait repensé à cette envie désespérée d'aimer quelqu'un. Elle n'avait jamais songé à une chose pareille. Il y avait une intensité dans le mot « désespéré » qu'elle n'avait jamais associée à l'amour.

Lola marchait sur Carnaby Street. Elle connaissait chaque magasin de cette rue. Carnaby Street, c'était le coin de Soho où les imprésarios, les attachés de presse et les éditeurs de musique avaient leurs bureaux. C'était aussi le centre de l'industrie de la mode pour adolescents. Elle n'avait même pas cherché à faire les magasins : elle savait que rien ne lui irait. Mais elle avait conseillé dans ses achats Barry Gibb, l'aîné des frères qui formaient le groupe des Bee Gees. Il avait exactement l'âge de Lola, quatre jours de plus qu'elle pour être précis. Ils s'étaient connus en Australie, où la famille Gibb avait émigré quand Barry avait douze ans.

Barry Gibb était tombé sur un costume crème qui lui plaisait. Il l'avait essayé et avait demandé à Lola ce qu'elle en pensait. Elle trouvait qu'il avait l'air stupéfiant avec. « Stupéfiant », c'était son nouveau mot. Tous les Londoniens semblaient l'employer. Elle avait tenté de le supprimer de son vocabulaire car il contenait une violence qui la troublait. Il n'empêche que Barry Gibb était stupéfiant dans ce costume.

« Il te va super bien, a-t-elle dit.

– Et vous l'avez dans d'autres couleurs ? » a demandé Barry à la vendeuse. Elle lui a montré le même costume en bleu pâle, en rose et en blanc cassé. « Je les prends tous », a-t-il décidé. Lola a été impressionnée. Elle n'avait encore jamais vu personne acheter quatre costumes d'un coup. Elle aimait beaucoup Barry Gibb. Il était calme, gentil, de bonne compagnie. Il émanait de lui une sorte de force psychologique qui laissait penser que jamais il ne ferait quoi que ce soit de stupide.

Elle savait qu'il n'avait pas eu une enfance facile. À deux ans et demi, il s'était renversé une tasse de thé dessus et s'était gravement brûlé. Il avait passé plus de deux mois à l'hôpital. De retour chez lui, il refusait de parler et pleurait beaucoup. Les jumeaux Robin et Maurice, qui seraient plus tard les deux autres Bee Gees, étaient nés alors qu'il avait trois ans. La famille était très pauvre. Une voisine avait raconté que les trois garçons étaient maigrichons et toujours affamés.

Lola était contente que Barry Gibb ait maintenant de quoi se payer quatre costumes d'un coup. Elle s'est dit que s'il avait voulu, il aurait sans doute pu en acheter quatre mille d'un coup. Elle lui avait demandé s'il croyait qu'elle devait réclamer à Cher ses faux-cils bordés de strass.

« Et pourquoi pas ? avait répondu Barry. Pourquoi tu ne lui demanderais pas de te les rendre ?

– J'aurais trop honte », avait-elle avoué.

Lola n'avait pas l'intention de poser la même question à Mick Jagger, à propos de Cher et de ses faux-cils bordés de strass. Il avait terminé sa conversation téléphonique et regagné son fauteuil en cuir noir. « Il y a des millions de jeunes qui vous admirent et vous adulent, est-ce que vous vous sentez tenu de donner l'exemple ? l'a-t-elle interrogé.

– Tenu de donner l'exemple ? a répété Mick Jagger d'un ton où perçait l'irritation. Non. Pas du tout. Je ne pense pas que les gens célèbres aient autant d'influence qu'on le croit généralement. À mon avis, les gens sont capables de se forger leurs propres opinions, bien plus qu'on ne le dit. Ils ne suivent pas comme des moutons ce qu'un chanteur pop peut dire ou faire. Je n'aime pas ça, quand des stars de la pop music se mettent à faire des sermons à propos de drogue, de politique ou de religion. Je ne le fais pas, moi, parce que je ne me considère pas suffisamment compétent ou responsable pour me poser en donneur de leçons. Je ne suis ni évêque ni pasteur, je ne prétends pas être un exemple pour la société. Je ne suis pas non plus un grand philosophe ni même un directeur d'école. Je suis une pop star ! » Il s'est interrompu un moment, toujours contrarié. « Ma responsabilité n'est engagée qu'envers moi-même. Et ma responsabilité vis-à-vis du public, c'est de faire mon travail, mes disques, aussi bien que possible. Je ne suis pas assez instruit pour me mettre à donner des cours ou à pontifier sur des sujets que certaines stars de la pop essaient d'aborder. Je ne défends pas des points de vue religieux, à l'inverse d'autres stars. Et je ne propage pas l'usage de la drogue comme certains le font.

– Propager ? Vous voulez dire promouvoir ? l'a repris Lola. Je croyais que propager s'employait pour les plantes, les semis. Ce n'est pas que j'y connaisse grand-chose en plantes et en semis…

– On peut aussi le dire pour diffuser largement des idées ou des convictions, a insisté Mick Jagger. »

Lola s'est sentie gênée. « L'anglais n'est pas ma langue maternelle », a-t-elle murmuré, et elle a été encore plus embarrassée parce qu'elle l'avait tout de même appris dès l'âge de quatre ou cinq ans.

« Tu le parles très bien. »

Mick et les parents de Lola étaient d'accord là-dessus, a-t-elle pensé.

« C'était quoi ta première langue ? a voulu savoir le chanteur.

– L'allemand. Je suis née en Allemagne de parents juifs polonais qui ont survécu à Auschwitz.

– Ça a dû être terrible. Enfin, *terrible* n'est pas un mot assez fort pour désigner ce que tes parents ont dû endurer. »

Lola a été surprise que Mick Jagger sache ce qu'était Auschwitz. Plein de gens l'ignoraient.

« Dans certains pays, par exemple en Amérique, la majorité des enfants ne savent pas vraiment ce qui s'est passé pendant la seconde guerre mondiale, a-t-il continué. Je ne dis pas que les gens là-bas n'ont pas eu de moments terribles. Ils ont connu le rationnement, la pénurie, et ils ont eu leur part de morts, mais contrairement aux Européens et aux Russes, ils ne se sont jamais réveillés un matin pour découvrir que l'immeuble d'en face avait été détruit. » L'irritation provoquée par la dernière question de Lola sur les éventuelles responsabilités des stars semblait avoir disparu. Il paraissait pensif, et ému.

Elle n'avait pas réellement réfléchi à ce qui avait pu arriver aux Américains pendant que les familles de son père et de sa mère étaient massacrées. Elle avait compris qu'en général le reste du monde n'avait pas vraiment semblé s'en soucier.

« On a dit et écrit que vous étiez un rebelle, a-t-elle déclaré. Est-ce que vous vous considérez comme révolté ? » C'était une question idiote à poser à un homme installé dans un fauteuil, une expression émue et pensive sur le visage. Mick Jagger a lâché un petit rire. « J'ai l'air d'un rebelle, tu trouves ?

– Je ne sais pas vraiment comment c'est, d'avoir l'air d'un rebelle, a avoué Lola, et elle s'est sentie un peu bête.

– Écoute, je remets en cause certains aspects de la société, mais ma génération n'est pas la première à contester les valeurs de la société précédente. Ça ne veut pas dire que je suis un rebelle. Ma génération est l'une des premières à ne pas avoir eu à se préoccuper de problèmes matériels comme trouver de quoi manger ou avoir un toit. On conteste par exemple l'intérêt de mener des guerres ici ou là, avec une virulence nouvelle. Auparavant, les gens ne pouvaient pas remettre en question la moralité de leur société, parce qu'on ne se soucie pas des valeurs morales quand on a le ventre vide. »

Lola savait qu'on pouvait avoir très faim et s'interroger sur le sens moral. « Ma mère pesait trente-cinq kilos quand elle a été libérée de Stutthof, le camp de la mort où elle avait été transférée après Auschwitz, a-t-elle commencé. Elle était sous-alimentée, elle avait le typhus et toutes ses dents bougeaient. Elle n'avait pas cessé d'avoir faim pendant six ans. Mais elle disait et répétait qu'il ne suffit pas de survivre, il faut survivre en restant humain. Quand j'étais petite, je ne comprenais pas ce qu'elle voulait dire. Les êtres humains peuvent-ils brusquement se transformer en éléphants ou en rats ? Si c'était le cas, ce serait en effet important d'essayer d'éviter ça. Et quand j'ai été plus âgée, j'ai compris qu'elle parlait de ne pas devenir un animal, dans un sens très différent. Elle s'est torturée, et continue à le faire, se demandant si elle avait, pour survivre, agi aux dépens de quelqu'un d'autre. Elle parlait toujours de ça toute seule, en yiddish.

– Est-ce que tu connais beaucoup de choses de ce que tes parents ont vécu ? » a demandé Mick Jagger.

Lola savait que non. Elle ne connaissait que des bribes infimes, des molécules à peine visibles d'une affreuse calamité. Une calamité dont ses parents ne voulaient parler ni l'un ni l'autre, et dont ni l'un ni l'autre ne semblaient pourtant pouvoir éviter de parler.

« Quand Allemands arrivés à Lodz première fois, c'était pas trop mal », avait dit Edek avec ses tournures approximatives. Edek venait d'une famille très aisée qui possédait des immeubles, des fabriques de tricot et une scierie. « On avait habitude pogroms. Ma mère, elle dit : "Ça passera." Et puis Allemands ont pris nous les bijoux et les manteaux de fourrure, et ma mère qui dit : "Laisse-les prendre ce qu'ils veulent, on n'en a pas besoin." Moi et mes deux frères, on emmène nous au travail forcé. On doit nettoyer toilettes avec les mains et gratter la saleté avec ongles. Et ils obligent les femmes enlever leur culotte et nettoyer par terre avec. »

Lola détestait entendre cette histoire. Même à huit ou neuf ans, elle comprenait qu'il s'agissait là d'imposer une humiliation supplémentaire. « On permettait à nous rentrer à la maison le soir, continuait Edek. La vie paraissait encore à peu près normale. »

Quelques mois plus tard, pourtant, ils avaient été forcés d'abandonner leurs foyers et leurs biens, ils avaient été bouclés dans le ghetto de Lodz et plus rien n'allait être normal pour Renia et Edek pendant très longtemps. Ni normal, ni banal.

« Personne il avait un chat dans le ghetto », avait raconté un jour Edek à Lola. La remarque venait de nulle part : elle n'avait pas demandé à avoir un chat, elle n'en voulait pas et elle ne pensait pas avoir jamais parlé de chats à son père. « Les seuls autorisés à avoir un chat, c'était les gens qui s'occupaient les centres de distribution alimentaire, avait-il poursuivi. Les chats, ils devaient travailler pour avoir leur ration, pareil que les prisonniers. Pour leur travail, qui est attraper le souris, ils ont un kilo de viande fraîche par semaine. Moi je travaille dans un centre comme ça plusieurs mois, et nous tous qui travaillent on est jaloux des chats ! Parce que nous, zéro viande. On a rutabaga, on a radis et soupe comme de l'eau sale. Alors un jour je décide voler la viande du chat et tu vas pas croire moi, c'est juste la semaine où y'a plus viande pour les chats ! Même les pauvres chats, ils ont pas leur viande ! » Edek avait ri aux larmes en terminant son récit. Lola n'avait pas trouvé ça drôle.

« Je connais des choses bizarres sur le passé de mes parents, a-t-elle répondu à Mick Jagger. Par exemple, à un moment le ghetto a reçu une énorme cargaison de chou. Les légumes étaient rares et atrocement chers mais soudain, là, le ghetto a été submergé de chou blanc. Deux cents kilos ou plus. Du coup, le prix du chou s'est effondré. Les prisonniers, qui devaient trimer six mois pour acheter une miche de pain au marché noir, se sont brusquement retrouvés à manger du chou trois fois par jour. Mon père m'a raconté que toutes les maisons sentaient le chou et que tout le monde avait le ventre gonflé de gaz. Et ensuite, ils ont été pris de nausées, et après les nausées est venue la diarrhée.

– C'est triste, a soufflé Mick Jagger.

– Ce n'est pas l'histoire la plus triste », l'a informé Lola. Mick Jagger a tressailli.

« Quelles étaient les autres histoires, par exemple ?

– Ce n'était pas des histoires. Je ne devrais pas appeler ça des histoires. C'était juste des trucs que mes parents racontaient… »

Elle a hésité. Elle était là pour interviewer Mick Jagger, non pour parler du ghetto de Lodz ou d'Auschwitz. Elle s'est sentie gênée : elle était certaine qu'il ne voulait pas entendre plus de récits de ventres gonflés et de camps de la mort.

« Et donc, quel genre de trucs tes parents disaient ?

– Des trucs bizarres. Ma mère parlait souvent… comme si elle était toute seule, en fait. Elle disait qu'à Auschwitz ils se servaient de chair humaine plutôt qu'animale comme milieu de culture. Elle n'a pas trop expliqué de quoi il s'agissait, seulement que ça se passait à l'Institut de l'hygiène, dans le bâtiment 10, et que le milieu de culture est un support sur lequel on peut développer des bactéries ou d'autres microbes. Un peu comme une plate-bande dans laquelle on plante des fleurs. »

Pourquoi est-ce qu'elle parlait de fleurs et de plates-bandes ? Et avant, de plantes et de semences… Mick Jagger allait se dire qu'elle avait la main verte, alors qu'elle n'y connaissait rien en jardinage. Ce qu'elle savait, c'est que pour cultiver des bactéries il faut leur apporter des composants nutritifs et leur assurer un environnement favorable. Les chercheurs utilisaient habituellement un bouillon de culture à base d'extrait de viande, avait-elle entendu Renia mentionner, et à Auschwitz la chair humaine valait moins que celle des animaux. Renia avait dit que les SS volaient toujours la viande animale réservée à des buts soi-disant scientifiques. Tout cela, Lola l'avait appris en surprenant des bouts de conversations que sa mère avait avec elle-même.

« Ma mère a parlé de quatre femmes de son baraquement qui avaient été abattues. Une demi-heure après, elle avait vu leurs cadavres dans lequel de gros morceaux de chair avaient été découpés. L'une de ces femmes avait été au lycée avec ma mère. »

Mick Jagger a paru plus que perplexe. Lola s'est dit qu'elle ferait mieux de changer de sujet.

« C'est… c'est quelque chose dont beaucoup de gens sont au courant ? a-t-il demandé.

– Je ne sais pas. Ma mère a dit que des prisonniers qui travaillaient au laboratoire parlaient de bouts de viande utilisés là-bas qui n'avaient ni poils ni pelage. Ma mère s'intéressait à la médecine. Elle voulait devenir pédiatre. Elle allait commencer des études de médecine quand elle a été raflée.

– Elle a tout de même pu devenir pédiatre ?

– Non. Elle s'est retrouvée ouvrière dans une fabrique de vêtements.

– Qu'est-ce qu'ils développaient, dans ces milieux de culture ?

– Les microbes de la pneumonie, du typhus, du choléra et d'autres maladies qu'ils injectaient aux prisonniers pour diverses expériences. Ils expérimentaient à tour de bras au bâtiment 10. Des expériences partout. On retirait des organes, on amputait des membres. On transfusait du poison aux gens, on les congelait pour les réchauffer ensuite… »

Renia disait souvent qu'ils faisaient ça pour se distraire. « Comme des enfants qui jettent la nourriture sur le sol parce que c'est amusant et facile », disait-elle. Lola était mal à l'aise quand elle entendait des choses pareilles. Le passé de ses parents était vraiment un beau gâchis, un gâchis imprésentable. Elle aurait aimé naître dans une famille qui avait une bibliothèque pleine de livres et un piano, et qui passait les week-ends au bord de la mer.

Elle ne se doutait pas du tout qu'elle venait précisément d'une famille comme celle dont elle rêvait. Elle ignorait que les parents de son père avaient possédé des centaines et des centaines de livres en polonais, en russe et en yiddish, qu'ils se rendaient à la mer pendant les vacances, que leur piano avait été un demi-queue Bösendorfer entièrement sculpté.

Elle a baissé les yeux sur ses questions. Elle en avait toute une tripotée. Elle avait parlé de corps à la chair découpée et de nazis volant de la viande destinée à des expériences de biochimie, mais elle n'avait même pas encore interrogé Mick Jagger sur ses rapports avec Brian Jones ou Keith Richards. Qu'est-ce qu'elle fabriquait ? Elle n'évoquait pratiquement jamais tous ces trucs. Ni à la maison, ni à ses collègues de *Rock-Out*. Au lycée très coté qu'elle avait fréquenté à Melbourne, personne n'avait mentionné une seule fois que Lola et plusieurs autres élèves étaient directement liés à des évènements historiques très récents. C'était un sujet que personne n'abordait, à part quelques survivants et survivantes se parlant à eux-mêmes dans leur solitude. Et maintenant, elle était là à abreuver Mick Jagger d'histoires de chou dans le ghetto de Lodz…

« Je n'avais encore jamais rencontré quelqu'un dont les parents avaient survécu à Auschwitz.

– J'imagine qu'on n'est pas très nombreux. La plupart des juifs envoyés dans les camps de la mort y sont restés.

– Tes parents avaient des frères et sœurs ?

– Oui, tous les deux. Ma mère avait trois sœurs et quatre frères.

– Qu'est-ce qui leur est arrivé ?

– Ils ont tous été assassinés. »

Elle a eu honte de sa réponse. C'était tellement déprimant. Elle aurait peut-être dû inventer un conte, raconter que Tata Bluma, Tata Malka et Tata Hinda se portaient très bien, que ses oncles Abramek, Felek, Jacob et Shimek habitaient Melbourne, en Australie, et qu'ils faisaient souvent des sorties tous ensemble.

« Ça a sans doute été dur de grandir dans une famille comme la tienne, a remarqué Mick Jagger.

– Oh non, pas tant que ça. Je croyais que tout le monde avait une mère qui se réveillait la nuit en hurlant et en appelant sa maman en yiddish. » Elle s'en est voulu d'avoir ajouté ça. Elle aurait préféré pouvoir parler de ce que Renia et elle avaient fait ensemble. La cuisine, par exemple. Mais la préparation des plats juifs de son enfance n'était pas une chose que Renia était en mesure de partager avec Lola. Renia cuisinait ses latkes, son foie haché et son bouillon de poulet au milieu d'un cocon impénétrable de marmites, de poêles à frire, de louches et de cuillères en bois. Il fallait vraiment qu'elle interroge Mick Jagger à propos de ses relations avec Keith Richards et Brian Jones.

« Tu veux une tasse de thé ? a-t-il proposé.

– J'adorerais… » Elle l'a suivi jusqu'à la cuisine. Il avait de toute évidence énormément réfléchi à la décoration de son appartement. Lola n'avait jamais vu une cuisine aussi cool. Bon, elle n'avait pas vu tant de cuisines que ça, à vrai dire. Celle de Mick Jagger avait tout un mur décoré d'une série de casseroles en fonte rouge, et un réfrigérateur gigantesque. Elle s'est dit qu'on pourrait certainement caser trois adultes à l'intérieur.

« Vous ne serez jamais à court de provisions avec un frigo pareil, si ? »

Il a ri : « On finit toujours par être à court. »

Lola s'est dit que dans le cas de Mick Jagger ça prendrait du temps ; il n'avait pas l'air d'être un gros mangeur.

La cuisinière et le four avaient plus d'horloges, de boutons et de manettes que Lola n'en avait jamais vus. Fabuleux. S'apparentant plus à un laboratoire de station spatiale qu'à un appareil ménager, d'après elle.

Mick Jagger a rempli les tasses et les a apportées sur la table basse. Lola espérait qu'elle ne l'avait pas épuisé. Le malheur des autres, leurs revers de fortune et leurs tragédies, ça pouvait être éreintant. Mick Jagger n'avait pas du tout l'air fatigué.

Et il n'avait pas non plus l'air de vouloir parler de Brian Jones ou de Keith Richards, même s'il a indiqué que Keith et lui avaient été à l'école ensemble : « On est devenus potes en primaire à Dartford, dans le Kent. J'avais sept ou huit ans. Mais je le connais pratiquement depuis toujours. On habitait à une rue l'un de l'autre et nos mères se voyaient…

– Donc, vous étiez des amis proches ?

– On n'était pas des amis proches, mais on était proches. »

C'est une distinction subtile, s'est dit Lola.

« Est-ce que vos parents ont été contents que vous choisissiez cette carrière ?

– Non. Mon père était très en colère contre moi. Il n'aurait pas été plus fâché si j'avais annoncé que je m'engageais dans l'armée. Et je ne peux pas lui en vouloir. Qui sait combien de temps ça va durer ?

– Vous avez un énorme succès et ils ne sont toujours pas contents ?

– Je ne sais pas.

– Mais quand même, vous réussissez de façon extraordinaire, a-t-elle insisté.

– Chacun a sa propre idée de ce qu'est le succès, a répliqué Mick Jagger. Ce que ça représente pour mes parents, je l'ignore. Pour plein de gens, réussir ça signifie se marier, le train-train de la vie de banlieue et préparer sa retraite. Moi, j'ai toujours eu la sensation que je ne vivrais pas vieux.

– Pourquoi ? Vous ne mangez pas de pommes de terre et vous ne buvez pas de lait.

– J'essaie de faire attention à moi, oui. De toute façon, je n'ai pas envie de vieillir. Les vieux sont rarement heureux. »

Lola ne savait pas s'il avait raison sur ce point. Elle ne connaissait personne de plus âgé que ses parents.

Elle restait préoccupée par le fait que ceux de Mick Jagger n'étaient pas contents : « Ils devraient se réjouir, a-t-elle affirmé. Vous avez cet appartement magnifique, vous êtes connu dans le monde entier…

– Je ne sais pas. Je n'ai pas envie de faire plaisir à mes parents. Pourquoi est-ce que je voudrais leur faire plaisir ?

– C'est peut-être une aspiration naturelle ? » Elle ne comprenait pas pour quelle raison elle se préoccupait autant de ce que les parents de Mick Jagger pensaient.

Il a eu un rire bref. « Moi, je ne veux pas leur faire plaisir. Je ne veux pas les décevoir non plus. Toi, tu veux faire plaisir à tes parents ?

– Je crois que oui. Quoique… peut-être que non. Si je voulais vraiment faire plaisir à ma mère, je maigrirais. Cela dit, je me promets tout le temps de commencer un nouveau régime.

– Ça stresse ta mère que tu sois un peu forte, c'est ça ?

– Stressée, c'est une bonne manière de décrire ce qu'elle ressent, a approuvé Lola. Dans le ghetto ou dans les camps, si on avait un tant soit peu de graisse, ça voulait dire qu'on faisait quelque chose d'incorrect pour avoir de la nourriture. Les kapos et la police juive étaient toujours bien nourris, tout comme les Sonderkommando qui sortaient les cadavres des chambres à gaz et les chargeaient sur les chariots pour les emmener aux fours.

– Merde, a lâché Mick Jagger, « incorrect » n'est peut-être pas le mot qui convient… »

Lola a éteint son magnétophone. Elle estimait qu'elle avait posé toutes les questions qu'elle voulait à Mick Jagger. « Merci beaucoup pour l'interview », a-t-elle dit. Il l'a reconduite jusqu'à la porte d'entrée par le couloir lambrissé et, après l'avoir ouverte, il a regardé Lola : « Tu aimerais rencontrer Paul McCartney ? Il sera ici à quatre heures. »

Elle a été surprise. Elle a hésité. Elle était face à un dilemme : elle aurait réellement aimé faire la connaissance de Paul McCartney – elle n'avait pas réussi à interviewer un seul des Beatles, quoique croiser Paul McCartney chez Mick Jagger ne signifiait pas forcément qu'elle pourrait organiser une interview avec lui –, mais elle avait rendez-vous avec le Manfred Mann Group précisément à cette heure-là, et il lui avait fallu une bonne vingtaine de coups de fil pour l'obtenir. Leur chanson *Semi-Detached Suburban M. James* continuait à bien marcher, et *Ha Ha Said the Clown* était déjà en quatrième position au hit-parade.

« Je ne peux pas, a-t-elle répondu. J'ai une interview avec Manfred Mann justement à quatre heures.

– C'est dommage. »

Elle a compris qu'il commentait en ces termes le fait qu'elle ne puisse pas rencontrer Paul McCartney, non qu'elle ait une interview avec Manfred Mann.

« Merci encore », a-t-elle dit.

Le magnétophone de Lola s'est bloqué aux trois quarts de l'interview avec le Manfred Mann Group. L'un des roadies de la formation a essayé de le réparer, mais elle n'était pas trop préoccupée : elle avait déjà sur bande la majeure partie de ce qu'elle voulait. Et le magnéto n'était pas un vrai problème non plus, puisqu'elle en avait un autre à l'appartement qu'elle partageait avec un groupe de rock australien, The Browns. Elle ne savait pas pourquoi ils s'appelaient comme ça. Contre toute attente, aucun des six membres n'avait Brown pour nom de famille et aucun n'avait les cheveux bruns.

Elle avait mal à la tête. La pièce dans laquelle ils se trouvaient était exiguë et mal aérée. Il y avait trop de fumée de cigarettes et trop d'hommes dans un espace aussi confiné.

Depuis qu'elle était à Londres, elle avait l'impression d'être entourée de mâles. Pour commencer, elle partageait un appartement avec six garçons, et puis il y avait les groupes qu'elle interviewait, tous exclusivement masculins. Durant les trois dernières semaines, elle avait rencontré les Kinks, les Hollies, les Small Faces, le Spencer Davis Group, et pas une seule fille ne figurait dans le tas.

Voir Cher avait donc été un soulagement pour Lola. Elle l'avait interviewée une seconde fois à son hôtel, brièvement, pour une nouvelle rubrique complètement idiote du magazine intitulée « Déballez-vous » : des stars de la pop devaient s'exprimer en deux ou trois phases sur une demi-douzaine de sujets qui auraient nécessité des livres entiers, par exemple l'amour ou le bonheur.

Elle ne l'avait pas interrogée sur ses faux-cils et Cher n'y avait pas fait allusion. Elle avait complimenté Lola à propos de ceux qu'elle portait ce jour-là, de couleur verte, sans toutefois lui demander de les lui prêter. Lola avait pensé que s'il était probablement difficile de demander à qui que ce soit de rendre des faux-cils empruntés, il semblait carrément impossible de le demander à quelqu'un dont la garde-robe occupait une chambre d'hôtel entière.

Lola avait noté que Sonny surveillait Cher comme s'il avait été son père. Elle avait aussi remarqué que la chanteuse le consultait toujours du regard avant de répondre à ses questions. Ils allaient bientôt quitter

Londres. Ils étaient en tournée depuis un moment. « Quand vous vous poserez enfin, dans quel pays désirez-vous vivre ? »

La question avait été adressée à Cher mais c'est Sonny qui avait répondu : « On s'est déjà relativement posés : on a une maison à nous en Californie. On n'a pas encore fondé de famille mais quand on en aura terminé avec une partie du travail qui est encore devant nous, on le fera. » Lola s'était sentie ridicule. Évidemment qu'ils s'étaient déjà posés ! Ils ne partageaient pas un appartement avec les six membres des Browns, eux… Elle espérait seulement qu'elle aurait le courage de prier Cher de lui rendre ses faux-cils lorsqu'elle la reverrait à Los Angeles.

Le reste des Manfred Mann a levé le camp, laissant Lola avec Mike D'Abo, entré récemment dans le groupe, pour qu'il lui fasse ses remarques sur quelques disques australiens qu'elle avait apportés avec elle. Il paraissait plutôt gentil, Mike D'Abo. Auparavant, elle avait interviewé Paul Jones, que d'Abo avait remplacé en tant que chanteur leader.

Paul Jones avait une réputation de mauvais garçon, mais Lola ne voyait pas ce qu'il y avait de si mauvais en lui. C'était peut-être le fait d'avoir quitté le Manfred Mann Band pour une carrière en solo qui lui avait donné cette image, ou alors c'était parce qu'il se montrait toujours très direct. Apparemment, il n'était pas disposé à faire évoluer ses idées pour les rendre plus acceptables par le grand public. Et il en avait plein, des idées.

Ils avaient abordé le sujet de l'éducation et Paul Jones avait remarqué : « Quand les gens parlent des enfants, ils le font à partir de préjugés ; ils disent par exemple qu'imposer une discipline extérieure est une nécessité et une bonne chose. Et ils sortent des banalités dans le genre que ça fait des milliers d'années que la discipline existe. » Dix minutes après, il avait constaté avec un soupir : « Si on veut s'exprimer sérieusement sur une question telle que l'éducation, il faut une journée entière, ou bien on ne fait que répéter des clichés. »

Lola avait dit qu'elle ne pensait pas que *Rock-Out* serait preneur de discussions qui duraient toute une journée, même si elle espérait qu'ils attendaient plus que des clichés. Elle avait demandé à Paul Jones si c'était parce qu'il voulait terminer ses études à Oxford qu'il avait dit non à Brian Jones en 1962 quand celui-ci lui avait proposé de se joindre au groupe qu'il était en train de mettre sur pied. Réponse :

« Non. En fait, je venais juste de passer une audition pour être le chanteur d'un orchestre de danse à Slough. » C'était cette question qui les avait amenés sur le terrain de l'éducation, alors qu'elle aurait dû lui permettre d'apprendre s'il regrettait sa décision de ne pas s'être joint à Brian Jones et donc au groupe qui deviendrait les Rolling Stones.

« Les gens disent que je suis arrogant et c'est peut-être vrai, avait-il observé spontanément. J'ai confiance en moi, ce qui attire facilement une réputation d'arrogance. Quand on me demande comment marche la tournée, ou le concert, ou le film, ou le disque, je réponds honnêtement, parce que je ne crois pas à la fausse modestie. Je dis : "La tournée marche super bien pour moi", et alors ils se barrent en courant et en pleurnichant : "Mon Dieu, il aurait mieux fait d'exprimer de la reconnaissance, en toute humilité." Montre-moi un type qui s'exprime comme ça et je suis sûr que c'est un hypocrite et un menteur. Remarque, c'est très show-biz. »

Paul Jones venait récemment d'être la vedette d'un film intitulé *Privilège,* avec la célèbre top model anglaise Jean Shrimpton. Lola lui avait demandé s'il avait aimé travailler avec elle. Il avait répondu :

« C'est une fille merveilleuse et très chaleureuse, avec qui ça a été un plaisir de bosser. Maintenant, on espère tourner une suite avec Twiggy, et ça s'appellera *Défavorisés.* »

Lola avait eu besoin d'un moment pour comprendre la plaisanterie, et alors elle avait ri de bon cœur. Elle avait trouvé étrangement réconfortant de se moquer de quelqu'un de trop mince.

Elle savait que Mike D'Abo était le fils d'un courtier en bourse londonien, même si elle ignorait ce qu'était un courtier en bourse. Elle savait seulement que c'était un métier qui vous rendait riche, généralement. Comme elle avait reçu plusieurs lettres de lecteurs de *Rock-Out* lui suggérant de demander à un artiste anglais connu de critiquer quelques disques australiens, elle avait avec elle cinq albums qu'elle a prié Mike D'Abo de commenter.

Une heure plus tard, elle s'est dit qu'elle ne pourrait sans doute pas publier une seule de ses critiques. Pourtant, l'exercice avait bien commencé avec le *Spicks and Specks* des Bee Gees : « Grandiose, une très belle chanson », avait-il assuré avant de se livrer à une démolition en règle : « Le problème de ce thème, évidemment, c'est qu'il fait huit ou neuf mesures en tout, et qu'après ils le répètent encore et encore. »

Ses commentaires sur les quatre échantillons suivants étaient allés de « Je me suis incroyablement ennuyé » à « Son style est infernal » en passant par « Il a une voix super, malheureusement ça devient vite lassant et ce n'est pas un très bon thème, en plus » et par « Je déteste ce truc. J'ai horreur d'entendre *ascenseur*, *whisky*, *serveur*, *décorateur*, *commentateur*, dans une chanson. Hideux, tout le machin. »

Lola a remercié Mike D'Abo. Il paraissait de bonne humeur, comme si écouter des disques qu'il trouvait exécrables l'avait requinqué. Un bref instant, elle a été tentée de lui poser des questions plus personnelles, mais elle y a renoncé. Elle était fatiguée. Elle avait commencé à ranger ses affaires, quand une femme d'un certain âge est entrée et lui a dit qu'il y avait un appel téléphonique pour elle à la réception.

Qui pouvait lui téléphoner ? Elle ne connaissait que très peu de monde à Londres, et elle ne voyait pas qui aurait su qu'elle se trouvait dans ces bureaux à ce moment-là. Elle était sûre que ce n'était pas Renia ou Edek, qui n'avaient qu'une très vague idée de ce qu'elle faisait en Angleterre et ignoraient tout de son emploi du temps. C'était peut-être le photographe australien avec qui elle travaillait, puisqu'elle lui avait donné les coordonnées de l'interview.

Elle a saisi le combiné. « Allô, ici Lola Bensky. » À chaque fois qu'elle employait cette formule, elle se revoyait à l'âge de trois ans, chez eux, à North Carlton, grimpant sur le tabouret à côté du téléphone accroché au mur et prononçant « Allô, ici petite Lola. » Elle ne pouvait plus dire ça, maintenant. Elle a tiré sur sa robe qui lui était un peu remontée sur les cuisses.

« Allô, a-t-elle répété.

– Salut, c'est Mick.

– Mick ?

– Mick Jagger.

– Oh... Salut.

– Paul est toujours là et il va rester encore une heure ou deux, l'a informée Mick Jagger. D'autres gens vont passer. Tu veux faire un saut ? » Lola ne savait pas quoi répondre. Elle ne s'était pas du tout attendue à ça.

« Combien de personnes vont passer ?

– Trois autres. C'est juste pour une heure ou deux. Je dois être de retour au studio à huit heures. »

Lola n'avait pas vraiment envie d'y aller. Elle était fatiguée. La journée avait été longue. Entre l'interview de Mick Jagger et celle du Manfred Mann Band, elle avait dû rechercher à quelle banque son dernier salaire avait été viré. Il arrivait dans une banque différente chaque mois et personne à la rédaction n'avait l'air de savoir pourquoi c'était ainsi et comment suivre le virement.

Elle a réfléchi. Elle devrait accepter l'invitation. Était-il courant de recevoir un coup de fil de Mick Jagger demandant si on aimerait passer chez lui pour rencontrer Paul McCartney ?

« Bon, d'accord, a-t-elle murmuré en se rendant compte aussitôt qu'elle n'avait pas paru très enthousiaste.

– Donc, tu nous rejoins ? a insisté Mick Jagger.

– Oui, oui… » Et elle a ajouté un « merci » afin de paraître plus emballée.

« J'envoie une voiture te chercher. Elle sera là dans une quinzaine de minutes. Ça te va ?

– Ce serait super… »

Elle espérait que ce ne serait pas une Rolls-Royce. L'un des membres des Shadows, le groupe de Cliff Richard, était venu la chercher en Rolls et il lui avait raconté qu'un de ses enfants avait eu le bout d'un doigt coupé par une vitre électrique. Lola, qui n'avait jamais vu une vitre électrique de sa vie, s'était juré d'éviter les Rolls-Royce. Elle s'était également demandé si la perte de l'extrémité d'un doigt était une sorte de punition infligée pour avoir circulé à bord d'un véhicule qui coûtait plus cher que la plupart des maisons ; et là, elle avait dû se répéter que Dieu n'existait pas, qu'il lui était donc aussi impossible d'aider les gens que de distribuer des punitions.

Elle a consulté sa montre. Il ne lui restait clairement pas assez de temps pour se mettre au régime avant de faire la connaissance de Paul McCartney. C'est alors qu'elle s'est interrogée : Mick Jagger avait-il dit à la réceptionniste qu'il voulait parler à la grosse journaliste australienne ? Elle a frémi à cette idée.

3

L'une des premières choses que Lola a remarquée à New York, c'était qu'il n'y avait ni minijupes, ni Rolls-Royce. « S'il vous arrive de penser que nous ne sommes pas à la page en Australie, un voyage à New York remettra cette idée en perspective », avait-elle écrit dans une lettre aux lecteurs de *Rock-Out* : « Ici, vous pouvez sillonner la ville toute la journée sans voir une seule minijupe. La mode a des années de retard. Les talons aiguille sont toujours en vogue. C'est un endroit complètement ringard. »

Deux jours plus tard, toutefois, elle avait compris à quel point son jugement avait été superficiel. New York n'était pas en retard sur son temps. New York était différent. Contrairement à Londres, on distinguait difficilement qui était fortuné de qui était relativement pauvre. Il y avait une uniformité dans la façon de s'habiller. Et dans les voitures. La richesse extrême ne s'affichait pas, en tout cas pas au-delà de la 31e Rue, où habitait Lola.

Son hôtel, le Horwood, était minable. Le propriétaire était une ancienne connaissance d'amis d'amis de Renia et Edek. Lola l'avait rencontré. Abe était un gros bonhomme suant, avec ce qui s'apparentait à une tache de moutarde sur le devant de sa chemise. Il lui avait payé un jus d'orange et octroyé un rabais de cinq pour cent sur le prix de la chambre.

Celle-ci était pauvrement meublée et manifestement sale. Une demi-douzaine de cadavres de cafards parsemaient la moquette qui avait jadis été beige et qu'une pellicule graisseuse recouvrait maintenant uniformément, tellement luisante que l'on avait peur de glisser dessus. Tout semblait mort, là-dedans.

Lola s'est demandé si le fait de loger dans une chambre aussi dépourvue de confort et d'âme pouvait rapprocher de Dieu. Mais pourquoi pensait-elle à Dieu ? Elle ne croyait pas en Dieu. Quoi qu'il en soit, si l'une des conditions indispensables à la proximité avec Dieu était le manque de confort, ses parents, en tant qu'anciens détenus des camps de la mort, auraient pu prétendre être ses meilleurs amis. Les autres pensionnaires du Horwood, un ramassis de types mangés aux mites, ne semblaient pas vraiment proches de Dieu. Lola a résolu de se sortir Dieu de la tête et de passer aussi peu de temps que possible dans sa chambre.

Elle descendait MacDougal Street quand elle s'est aperçue qu'elle commençait à se sentir plus en phase avec New York. Elle captait maintenant la charge intellectuelle de la ville. Dans les cafés et les boîtes, les conversations portaient sur la politique et l'art ; personne ne parlait des dernières modes.

New York était une ville surchauffée, surchauffée par la passion et la détermination. Pas grand-chose n'était embelli ou même dissimulé. Les taxis jaunes qui sillonnaient les rues avaient vu des jours meilleurs : la plupart des banquettes donnaient l'impression d'avoir leurs ressorts prêts à bondir hors du skaï et les suspensions de nombre de ces véhicules étaient moribondes.

Les New-Yorkais n'avaient pas peur des aspérités de caractère ; ils ne craignaient certainement pas d'exprimer une opinion ou de poser une question. « Pourquoi vous êtes grosse ? » avait demandé à Lola une passante sur la Cinquième Avenue. Lola avait pilé sur place, médusée. Elle n'était à New York que depuis cinq jours. Elle avait essayé de trouver une réponse qui comporterait un degré de complexité minimum, mais avant qu'elle ait pu trouver quoi que ce soit la femme avait ajouté : « Vous mangez trop.

– Je crois que vous avez raison, avait soufflé Lola avant de passer rapidement son chemin.

– Vous avez un joli visage ! » avait lancé l'autre dans son dos.

Lola ne voulait plus penser au fait qu'une parfaite inconnue se soit sentie obligée de lui faire remarquer qu'elle mangeait trop. Elle aurait dû lui suggérer de s'adresser à Renia ; elles auraient pu avoir une conversation longue et édifiante.

Lola devait acheter des cassettes pour son magnétophone. Elle espérait interviewer Jim Morrison, des Doors. Le groupe n'était pas encore très connu sur le plan international mais on disait dans le monde du rock qu'il le serait bientôt.

Lola avait en revanche une interview assurée avec les Young Rascals, dont elle avait fait la critique du dernier disque, *How Can I Be Sure*, pour *Rock-Out*. C'était un hit et Lola, séduite par l'indécision de ce titre (« Comment puis-je être sûr ? »), avait écrit un papier enthousiaste.

Elle avait aussi organisé une interview des Lovin' Spoonful, qui avaient eu un grand succès avec leur album *Did You Ever Have to Make Up Your Mind*, un disque sur lequel elle avait également écrit un papier élogieux. À cette période, leur nouveau titre, *Summer in the City*, semblait passer en boucle à la radio. Les paroles – « Ville en chaleur, l'été dans la rue / Sueur et saleté sur ma nuque » – sonnaient avec plus de pertinence encore maintenant qu'elle était à New York.

La ville était chaude. Et humide. Et bondée. La chaleur, l'humidité et la densité de la population donnaient au sud de Manhattan un côté légèrement louche. Autour de Central Park, tout avait l'air élégant et propre, mais plus bas la cité se montrait ternie et brunie. Lola aimait bien cet univers à moitié décati, semi-mat, avec son parfum de crime et d'autres temps.

Curieusement, ce New York-là lui rappelait l'univers des spectacles de variétés qu'elle allait avoir avec Edek dans son enfance. Chaque samedi après-midi, son père et elle sortaient pour donner un peu de répit à Renia. Parfois, c'était au zoo de Melbourne. Il lui achetait un long ruban de tickets pour la promenade à dos d'éléphant, puis s'installait sous la rotonde pour lire l'un de ses romans policiers pendant que Lola, assise aussi près que possible de la tête de l'animal, faisait des tours et des tours. Là-haut, avec les grandes oreilles qui s'agitaient tout près de ses bras, Lola avait l'impression de dominer le monde. À cette hauteur, tout semblait plein de promesses. Quand elle n'avait plus de tickets, il lui arrivait de trouver son père, qui assurait deux quarts à l'usine pendant la semaine, profondément endormi sur son siège.

D'autres samedis, ils faisaient des choses ennuyeuses comme déposer du travail à six ou sept femmes vivant pour la plupart en lointaine banlieue et qui, chez elles, cousaient des ourlets, montaient des manches et ajoutaient des poches aux vêtements produits par la fabrique où était employé Edek. Mais une fois par mois, depuis que Lola avait onze ou douze ans, ils se rendaient à la séance de deux heures de l'après-midi au théâtre Tivoli de Bourke Street, à Melbourne.

Le programme proposait invariablement toutes sortes d'artistes, chanteuses, jongleurs, magiciens, danseuses, hypnotiseurs, humoristes et strip-teaseuses. Et Lola et Edek s'asseyaient toujours au deuxième ou au troisième rang. La seule odeur du théâtre enivrait Lola. Elle voulait s'immerger dans ce parfum entêtant de fond de teint et de talons hauts.

Si un hypnotiseur ou un prestidigitateur appelait un volontaire dans la salle, Edek était le premier à sauter sur ses pieds. Il riait tellement aux plaisanteries des humoristes que ceux-ci se tournaient toujours vers lui. Et il applaudissait les danseuses plus fort que n'importe qui.

À vrai dire, elles ne dansaient pas beaucoup, les danseuses, alourdies qu'elles étaient par leurs tiares couvertes de plumes et de brillants, mais au moins une fois à chaque représentation elles faisaient le cancan ou une autre danse. Et alors Edek applaudissait avec une telle force que Lola se disait qu'il devait avoir mal aux mains.

À part les plumes et les brillants, elles portaient un justaucorps moulant de couleur chair, avec une petite culotte parée de pacotille et deux petites pastilles scintillantes pour couvrir leurs tétons.

Il y avait aussi des girls, que l'on distinguait des danseuses à deux détails : un, leurs tétons n'étaient pas couverts et, deux, elles ne bougeaient pas. Les girls étaient nues et très immobiles. À Melbourne, il était contraire à la loi de se mouvoir sur une scène si on était nu.

Lola avait eu envie d'être danseuse ou girl et d'appartenir à cet univers, mais elle savait que pour cela elle aurait dû perdre pas mal de poids, et elle doutait aussi d'être capable de garder toutes ces plumes et tous ces brillants en équilibre sur la tête.

Les chanteuses qui se produisaient au Tivoli ne paraissaient pas arriver tout droit de la Scala ou d'un autre opéra mondialement connu. Elles chuchotaient plus qu'elles ne chantaient. L'une des plus populaires était Sabrina, qui n'avait pas besoin de faire plus que chuchoter ses chansons parce qu'elle avait un tour de poitrine de cent huit centimètres – généreusement exposée aux regards – un tour de taille de quarante-six et un tour de hanches de quatre-vingt-douze.

Lola n'avait jamais vu un buste pareil. Et la poitrine déjà généreuse de Sabrina était amplifiée par son minuscule tour de taille.

« Elle est très douée, avait dit une fois Edek à Lola quand Sabrina eut terminé sa chanson.

– Elle a de très gros seins, avait constaté Lola.

– C'est vrai aussi », avait convenu Edek.

Sabrina n'a peut-être jamais eu l'occasion d'exprimer tout son talent, avait pensé plus tard Lola, quand elle l'avait vue dans le film *Blue Murder at St. Trinian's*. Sabrina y tenait un rôle muet. Elle était assise en nuisette sur un lit, feignant de lire un livre. Personne n'avait pensé à la nominer pour un Oscar, avec ce rôle.

À l'entracte du Tivoli, Edek achetait deux glaces, une au chocolat pour lui et une à la vanille pour Lola, ainsi qu'un paquet de Fantales, des caramels enrobés de chocolat et emballés dans un papier où était imprimée la biographie d'une star de cinéma. Pendant tout le trajet de retour à la maison en voiture, Edek et Lola parlaient du spectacle et finissaient les Fantales jusqu'au dernier. L'instant où Edek garait la voiture en bas de chez eux était la ligne de démarcation : à partir de là, toute mention des jongleurs et des magiciens cessait. Ils rentraient sans donner le moindre indice d'où ils revenaient. Aucune plume accrochée à eux, aucun relent de parfum. Renia ne leur demandait jamais où ils étaient allés ni ce qu'ils avaient fait. Lola aurait aimé que Renia sorte au moins une fois avec Edek et elle. Peut-être pas au Tivoli, mais ailleurs, n'importe où ailleurs. Mais Renia ne l'avait jamais fait. Ils n'allaient jamais nulle part tous les trois, à moins que ce ne soit pour une bar-mitsva, un mariage ou un anniversaire.

Lola adorait le Tivoli. Il y avait notamment une strip-teaseuse sous-marine qui la fascinait. Edek et Lola avaient vu son numéro trois fois. La strip-teaseuse avait de longs cheveux blonds qui flottaient lentement autour d'elle pendant qu'elle nageait et se déshabillait langoureusement dans une immense piscine transparente placée sur scène. Elle nageait avec les yeux grands ouverts et un sourire aux lèvres. De temps en temps, elle collait son visage à la paroi de verre et envoyait des baisers au public. Une petite traînée de bulles remontait à la surface après chaque baiser.

Aussi, la strip-teaseuse sous-marine dansait tout en se dévêtant. Elle se dressait sur la pointe des pieds, allongeait les bras et exécutait des pirouettes verticales à chaque fois qu'elle retirait un vêtement.

Au début du spectacle, elle portait un short et des chaussettes, un chemisier, un cardigan et plusieurs couches de sous-vêtements. Lola s'était dit qu'il ne devait pas être facile d'enlever des chaussettes trempées.

La strip-teaseuse sous-marine dansait et se déshabillait au son de Bobby Darin chantant *Beyond the Sea*. Elle ne sortait pas une seule fois la tête de l'eau pour prendre de l'air. *Beyond the Sea* était une chanson qui rendait souvent Lola un peu triste. Elle avait la sensation que cet « au-delà des mers » était là où elle aurait voulu être. Quelque part. Un vaste quelque part aux possibilités infinies. Pas ici, à North Carlton ou à St Kilda, où Renia, Edek et elle allaient bientôt emménager.

Lola passait un temps fou à essayer de comprendre comment la strip-teaseuse sous-marine parvenait à respirer sous l'eau, tout en se déshabillant par-dessus le marché. Un jour, elle avait convaincu Edek de la laisser aller en coulisses. Elle lui avait dit : « Je veux savoir comment elle arrive à respirer sous l'eau.

– C'est un grand mystère pour moi aussi, avait répondu Edek. À chaque fois je la regarde, encore et encore, et je ne comprends toujours pas comment elle fait. »

À la porte des loges, un homme aux cheveux longs et noirs avait dit à Lola que la strip-teaseuse sous-marine était rentrée chez elle.

« Elle a déjà eu le temps de se sécher et de se rhabiller ? avait demandé Lola.

– Elle est très rapide, avait-il ajouté.

– Vous êtes sûre qu'elle est partie ? avait insisté Lola, déçue.

– Je l'ai vue s'en aller. Je lui ai dit au revoir.

– Vous savez comment elle respire sous l'eau ?

– Je ne sais pas comment elle respire en dehors de l'eau.

– Qu'est-ce que vous voulez dire ?

– Respirer, c'est une affaire compliquée.

– Vous avez son numéro de téléphone ?

– Non, avait répondu l'homme. Quel âge tu as ?

– J'ai treize ans. J'ai vu le spectacle trois fois et je n'arrive pas à comprendre comment elle fait pour respirer sous l'eau.

– Peut-être que tu n'as pas besoin de savoir. Tu passes beaucoup de temps sous l'eau ?

– Non.

– Avec qui tu as vu le spectacle ? avait demandé l'homme de la porte des loges.

– Mon père. Là, il est allé chercher la voiture.

– Si tu as une minute, tu veux faire la connaissance de ma femme, Margot ? C'est l'autre strip-teaseuse, celle qui se déshabille hors de l'eau.

– Oui, s'il vous plaît.

– Je m'appelle Jackie. Jackie Clancy », dit l'homme.

Les coulisses du Tivoli étaient un désordre organisé. Un chaos de gens, de costumes, de chaussures, d'accessoires, d'appareils de magie, avec un chien savant au milieu. L'hypnotiseur était en train de retirer sa moustache dans le couloir. Lola était renversée de voir à quel point il avait l'air quelconque et peu envoûtant sans sa moustache.

« Tu es juive ? avait demandé Jackie Clancy alors qu'ils allaient à la loge de sa femme, Margot.

– Oui. Comment vous savez ?

– Tu as l'air juive. »

« Je n'ai pas rencontré la strip-teaseuse sous-marine, avait annoncé Lola à Edek en le rejoignant dans la voiture. Mais j'ai rencontré l'autre strip-teaseuse.

– Elle a beaucoup de talent aussi, avait remarqué Edek.

– Elle est très gentille. »

Elle avait pris l'habitude de retrouver Jackie Clancy à un café chaque mercredi après l'école. Jackie lui payait un chocolat chaud avec du nougat fondu au Hoagey's de Collins Street, et ils attendaient que Margot les retrouve, une fois qu'elle avait terminé le numéro de la matinée.

Ancien boxeur reconverti en humoriste, Jackie avait parfois l'air déprimé, voire au bord des larmes, et à d'autres moments il était tellement drôle que Lola était prête à mourir de rire. Ils formaient un trio peu commun, la strip-teaseuse en habits de tous les jours, l'adolescente dans son uniforme de collégienne et le comédien ancien boxeur avec sa tignasse emmêlée et souvent sale.

Tous deux britanniques, Jackie et Margot Clancy avaient émigré en Australie en 1956. Lola se sentait bien avec eux. Margot et Jackie s'écoutaient l'un l'autre lorsqu'ils parlaient, et ils écoutaient Lola, et ils riaient ensemble.

Lola s'était mise à quitter l'école plus tôt le mercredi pour passer un peu de temps avec Jackie avant que Margot les rejoigne. Il était petit, tout en muscles et imprévisible, toujours prêt à chercher des crosses à n'importe qui, à interpeller des inconnus, à imiter les gens et les animaux et à méditer à voix haute sur la fin du monde, l'éventualité d'une explosion nucléaire ou d'une invasion chinoise. « Tu ferais bien de planter une rizière dans ton jardin, avait-il déclaré à Lola, il faut savoir sympathiser avec son ennemi. » Lola l'adorait.

Il paraissait appartenir à un monde plus vaste. Il n'était pas nerveux. Il n'avait pas peur de provoquer. Il se fichait de ce que les autres pensaient de lui. Tous les adultes que Lola connaissait, même quand ils sortaient danser ou qu'ils allaient au cinéma, s'enfermaient dans de petits groupes oppressants et chuchotaient entre eux. Jackie Clancy, lui, s'aventurait dans le monde. Il bravait les gens, il assumait ses positions. Il avait de grandes idées et des rêves plein la tête.

En ce temps-là, il passait régulièrement à la radio et à la télévision de Melbourne. Et il était tout aussi régulièrement éjecté des programmes radio ou télé de Melbourne. Entre autres, parce qu'il ne surveillait pas son langage et provoquait la colère des censeurs australiens.

Quand Lola lui avait raconté qu'elle était allée voir *Psychose* au lieu de se présenter à ses examens de fin de cycle, elle était sûre qu'il trouverait ça amusant. Ça n'avait pas été le cas. « Tes parents vont être fâchés », avait-il observé.

Après avoir quitté le lycée, Lola n'avait pas revu Jackie Clancy, ni Margot. Elle allait penser à lui pendant des années et des années. C'était le seul adulte à avoir fait entendre à Lola que l'histoire de ses parents avait été catastrophique. Pour elle aussi bien que pour eux. Plus tard, elle allait dépenser des fortunes pour que divers psychanalystes lui répètent la même chose. Et beaucoup plus tard encore, elle allait découvrir que Jackie Clancy avait aidé des juifs à s'évader d'Allemagne.

Lola a traversé la 14e Rue. Il n'était pas aisé de deviner quelles boutiques pouvaient avoir des cassettes de magnétophone en stock. La 14e Rue avait quelque chose de particulièrement miteux. Une misère qui paraissait à la fois en contradiction et complètement en phase avec l'essence intellectuelle de New York. Il y avait des entrées d'immeuble mal entretenues, des halls minables. Elle est passée devant une cafétéria à peine éclairée, au-dessus de laquelle un panneau peint à la main annonçait « Vente de fourrures à l'étage », et une flèche indiquait un corridor sur le côté. Lola a jeté un coup d'œil à l'intérieur. On pouvait difficilement croire que ces escaliers menaient à un magasin de fourrures. Mais New York était une ville pleine de surprises : un extérieur délabré n'était pas une indication fiable de ce qui se trouvait à l'intérieur.

Lola aimait beaucoup ce coin de la ville. Ça lui plaisait qu'un immeuble de douze étages soit coincé entre un bâtiment de trois étages et un terrain vague. Et ces cafétérias qui ne payaient pas de mine, on semblait y servir de la très bonne nourriture. Et les *delis* juifs, on en trouvait à chaque pâté de maison ; il était possible de s'acheter un sandwich au foie haché, des boulettes de matsot et du bouillon de poulet à toute heure du jour et de la nuit. À Melbourne, Lola n'avait jamais vu de tels aliments hors d'un foyer juif. C'était une drôle d'impression de se dire qu'ici plein de gens savaient ce qu'était le foie haché.

L'un des commerçants de la 14e Rue lui ayant conseillé d'essayer Canal Street, Lola est partie dans cette direction. Les manches courtes de sa robe lui entraient dans la chair. Elle les trouvait plus serrées que la dernière fois qu'elle avait porté cette même robe. C'était peut-être seulement l'humidité.

Elle a essayé de détendre le tissu avec ses doigts ; l'air était tellement humide qu'elle était certaine qu'il réagirait, mais le feston de l'ourlet est resté obstinément serré. Ses efforts pour dégager la chair de l'étau des manches ont laissé des cercles rouges sur la peau de ses bras.

Elle s'est dit qu'elle avait dû prendre du poids. Elle ne se pesait jamais. Son seul moyen de savoir si elle avait grossi, c'était quand un vêtement devenait un peu, ou beaucoup trop juste.

Lola n'observait jamais son corps. D'autres filles remarquaient un bleu à une jambe, une éraflure au genou. Lola, rien. Elle prenait soin de ne jamais se regarder au-dessous du cou. Ce n'était pas si compliqué : il suffisait d'éviter les miroirs, de lever la tête quand elle était sous la douche et de la détourner lorsqu'elle était dans la baignoire.

Lola se concentrait sur ses cheveux et son visage. Notamment sur ses faux-cils. Elle avait l'impression qu'ils la décoraient et masquaient une partie de son malaise. Des dizaines d'années plus tard, elle lirait que les enfants de rescapés sont souvent assaillis par des angoisses de maladie et de souffrance physique. Elle lirait aussi que les enfants des rescapés des camps d'extermination – lesquels étaient plus choqués que ceux ayant survécu à des accidents ou à des guerres – avaient tendance à être plus tourmentés par les traumatismes liés au passé de leurs parents que les enfants d'autres survivants.

Quand Lola a enfin pris conscience qu'elle avait un corps, tout ce qui y avait trait la terrifiait. Un simple élancement dans le bras annonçait forcément une crise cardiaque ; une dartre sur la lèvre suggérait un cancer de la bouche, un cal au pied se métamorphosait en tumeur. La moindre douleur lui donnait des palpitations. Elle se sentait nauséeuse à chaque rendez-vous médical, prenait dix ans à chaque examen, planifiant sans cesse ses funérailles. La vie avait été bien plus simple quand son corps semblait ne pas faire partie d'elle-même.

Lola a trouvé des cassettes dans une boutique qui vendait des ampoules, des tournevis, des niveaux à bulle, des casseroles et des passoires. Elle en a acheté une boîte de vingt. Elle a consulté sa montre. Elle avait juste le temps de retourner au centre-ville où elle devait retrouver Lillian Roxon. L'autre grosse journaliste australienne, comme Linda Eastman l'avait si abruptement exprimé.

Lillian avait demandé à Lola de l'aider à choisir quelques nouvelles tenues d'été dans un grand magasin. Elle avait près de quinze ans de plus que Lola et était vraiment belle. Elle avait des cheveux d'un blond cuivré et de grands yeux verts avec des ombres d'un violet pâle en dessous, une zone plus sombre qui ajoutait une touche de mystère à son allure exotique en suggérant de longues nuits et des rencontres excitantes. Elle avait aussi un teint de porcelaine absolument parfait et un sourire qui réchauffait et mettait en confiance amis et inconnus.

Lillian était assez petite et fluctuait entre être bien en chair et carrément grosse. Elle avait dit à Lola qu'elle suivait un régime strict depuis environ un mois. La veille au soir, au téléphone, elle avait ajouté : « J'ai un nouveau petit ami qui est très jeune. Je lui ai menti en lui disant que j'ai toujours été mince mais que je m'étais un peu laissée aller cette année. » Elle avait eu un rire sardonique avant de continuer : « Je n'ai jamais été mince de ma vie, pas même un jour, mais je n'arrive pas à lui dire que pour moi c'est être presque mince, comme je suis maintenant.

– Quel âge il a ? a demandé Lola.

– Comme toi, dix-neuf ans.

– J'en ai vingt.

– Oh non ! il est encore plus jeune que toi ! »

Lillian était la première correspondante internationale de la presse australienne. Elle était basée à New York et couvrait pour le *Sydney*

Morning Herald la vie artistique, les spectacles et les questions féminines, des sujets qu'elle continuerait à traiter toute sa vie.

Lors de sa première semaine en poste, elle avait interviewé le manager d'Elvis Presley, le colonel Tom Parker, et aussi Rock Hudson. D'ici peu, elle allait interviewer Elizabeth Taylor et Richard Burton, chercher les nouveaux talents dans le monde du rock en pleine expansion, donner une chronique hebdomadaire au *New York Sunday News* et dispenser des conseils psychologiques et sexuels dans une contribution mensuelle au magazine *Mademoiselle*, « Le guide du sexe pour les futées ».

Lillian était aussi la journaliste australienne la plus en vue aux États-Unis. Lola l'aimait énormément. Elle était pleine de vie et de générosité. Elle pouvait aussi être terriblement râleuse, mais Lola respectait l'art de râler quand il était bien exécuté. C'était un côté qu'elle admirait chez sa mère. Renia pouvait dire tout ce qui lui passait par la tête, et Lillian aussi.

Lillian avait téléphoné à Lola dès son premier soir à New York, alors que celle-ci tentait de s'habituer à la compagnie des cafards et aux bruits venus de la cuvette de la salle de bains commune qui était juste à côté de sa chambre.

« Salut, avait commencé Lillian. Tu veux passer chez moi ? J'ai une barre de savon coincée dans le vagin.

– Oh, quelle horreur ! » Lola n'avait même pas osé demander à Lillian pourquoi elle avait cherché de s'introduire une barre de savon dans le vagin. « Tu as essayé de t'asseoir dans l'eau ? Ça pourrait la faire sortir.

– Je suis dans la baignoire, avait dit Lillian, et non, ça ne bouge pas. C'est coincé.

– Tu devrais peut-être demander à quelqu'un de t'emmener à l'hôpital.

– Il y a pas mal de gens ici, en fait. J'ai organisé une petite soirée. »

Lola n'avait pas l'impression de pouvoir faire grand-chose pour Lillian. Franchement, elle était confuse et tracassée par la question suivante : comment pouvait-on se retrouver dans une baignoire, en plein milieu d'une petite soirée, avec une barre de savon coincée dans le vagin ?

« Je suis vraiment crevée, avait-elle annoncé. Je crois que je vais me mettre au lit.

– Tu ne peux pas être fatiguée, s'était insurgée Lillian. Tu n'as que dix-neuf ans !

– J'en ai vingt, n'oublie pas. Et les gens de vingt ans ont apparemment plus besoin de sommeil que les autres.

– D'accord, d'accord, avait convenu Lillian. Je ferais mieux de m'occuper de ce savon. On se voit demain. On va faire du shopping, souviens-toi. » En raccrochant, Lola avait entendu Lillian crier : « Don, viens m'aider ! » Qui était ce Don ? Il y avait un DJ australien de passage à New York, Don Dunlap. Peut-être que c'était lui ?

Lillian attendait devant le grand magasin quand Lola est arrivée. Elle avait l'air pimpante et de bonne humeur. Difficile de croire qu'elle avait eu la veille une barre de savon coincée dans le vagin. Elle a conduit Lola à la partie du magasin où elle aimait faire ses courses, le rayon Ados Rondelettes. « C'est là que tu fais les meilleures affaires », a-t-elle assuré à Lola.

Oui, mais est-ce qu'on y trouvait les plus jolis vêtements, voire des vêtements passables ? s'est demandé Lola. Elle n'avait jamais vu un rayon Ados Rondelettes, jusqu'ici. Elle n'imaginait pas qu'il en existât un à Melbourne, ni nulle part ailleurs dans le monde. Elle était prête à parier que les adolescentes rondelettes détestaient ce rayon.

Tout ce qu'elle y avait vu, c'était des volants et des ruchés. Elle ne pensait pas que les kilos superflus aient besoin d'être amplifiés par des guirlandes de volants et des montagnes de ruchés. Les articles étaient tous dans des couleurs vives, avec des motifs agressifs. Cette cacophonie de teintes criardes et d'imprimés géométriques ou à fleurs avait de quoi flanquer la migraine au plus détaché des bouddhistes.

« Je pense que tu es trop grande pour le rayon Ados Rondelettes, a déclaré Lillian Roxon. J'adore cet endroit ! » Étonnée par l'enthousiasme de Lillian, Lola ne voulait pas faire une remarque qui puisse l'émousser.

« Oui, je crois que je suis définitivement trop grande », a-t-elle confirmé. Elle s'est dit que c'était sa taille qui l'avait sauvée. Renia lui répétait sans cesse qu'elle était trop grande. Elle faisait un mètre soixante-quinze, ce qui en effet pouvait paraître grand pour une fille, mais si Lola savait ce que « trop grosse » signifiait, elle n'était pas sûre que sa taille fasse d'elle quelqu'un de « trop grand ».

Un jour, tout en la regardant, Renia avait soupiré : « Tu es trop grande. »

Lola avait essayé de trouver une réponse adéquate : « Je croyais que tu aimais qu'on soit grand. Tu dis toujours que tu n'étais pas petite comme peuvent l'être les autres filles juives.

– Je ne suis pas petite, avait répliqué Renia, mais toi tu es trop grande. C'est à cause de tous ces bonbons que tu manges. »

Même à douze ans, Lola savait qu'il n'y avait pas de lien entre la taille et la quantité de bonbons ingurgités. S'il en avait existé un, tous les élèves de l'école auraient été des géants. L'Australie avait une culture du bonbon. Des tas de magasins un peu partout proposaient des dizaines de variétés de sucreries pour quelques pennies le sac. Lola n'avait pas été vraiment affectée par cette conversation au sujet de sa taille : cela changeait agréablement des remarques habituelles à propos de son poids.

Lillian s'est acheté une robe à manches courtes et à petits carreaux blancs et bleus. C'était l'un des modèles les plus discrets de tout le rayon. « Elle te va vraiment bien », a dit Lola, et c'était vrai : elle donnait une impression de fraîcheur et de jeunesse, et personne n'aurait deviné qu'elle venait du rayon Ados Rondelettes d'un grand magasin. Lola a remarqué qu'il n'y avait pas d'autres femmes de trente-cinq ans qui essayaient des vêtements au rayon Ados Rondelettes. Elle s'est dit que Lillian avait vraiment de bonnes idées.

« Pourquoi tu ne prends pas aussi la verte et blanche ? a demandé Lola à son amie, elle te va vraiment très bien.

– Tu as raison, a approuvé Lillian. Elles ne sont pas chères du tout.

– Dans ce cas, prends aussi la marron. »

Lorsqu'elles ont quitté le rayon, Lillian avait trois robes à manches courtes en vichy et semblait contente d'elle.

« J'ai appris ça de Barry Gibb, a annoncé Lola.

– Appris quoi ? a voulu savoir Lillian. Je ne crois pas que Barry Gibb fasse ses courses au rayon Ados Rondelettes des grands magasins.

– Il m'a appris qu'on pouvait acheter en gros. À Carnaby Street, il a acheté quatre costumes, tous du même modèle mais dans des couleurs différentes.

– Il est vraiment beau gosse, a constaté Lillian.

– C'est vrai. Et très gentil, aussi.

– Tu parles comme une croulante, Lola ! Tu n'es pas censée te demander si un rockeur célèbre et sexy comme Barry Gibb est *gentil* ou non.

– Je suis censée penser à quoi, alors ?

– À ton envie de baiser Barry Gibb », a répliqué Lillian.

Lola a failli s'écrouler sur une grosse pile de salopettes pour hommes excessivement corpulents. Elles étaient en train de traverser le rayon Hommes Forts. Elle était choquée, primo que Lillian s'exprime de cette façon au rayon Hommes Forts d'un grand magasin extrêmement convenable, et secundo qu'elle estime que Lola aurait dû penser à son envie de baiser Barry Gibb plutôt qu'apprécier sa bonté d'âme.

« J'ai sans doute un problème, a-t-elle concédé à Lillian.

– Oui, probablement le même que beaucoup de femmes : elles sont simplement trop passives. Il faut être agressive ! Socialement, sur ton lieu de travail et aussi agressive sur le plan sexuel, comme un homme. »

Lola avait la tête qui tournait un peu. Elles venaient de traverser le rayon parfumerie et l'odeur entêtante de toutes ces fragrances, associée à l'idée de se montrer sexuellement agressive, lui donnait des vapeurs.

« Ça va ? s'est enquise Lillian. Tu es toute pâle.

– Oui. C'est juste les parfums… »

Elle n'était pas certaine de savoir ce que le fait d'être sexuellement agressive impliquait. Est-ce que ça supposait de parler durement au type, ou de lui envoyer son poing dans la figure ? Ou bien de le poursuivre sans arrêt et de faire l'amour dès que l'un des deux en avait envie, où que l'on se trouve ? Mais si on n'était pas autant portée sur le sexe ? Si on n'en avait pas envie aussi souvent ? La plupart du temps, Lola ne pensait pas au sexe. Son esprit était occupé par ses interviews, ses régimes amaigrissants, son père et sa mère. Tout cela l'accaparait déjà beaucoup.

« Allons manger quelque chose », a proposé Lillian. Elles se sont arrêtées dans un café de la 36e Rue. « Ils ont de fabuleuses glaces à l'italienne basses calories », a-t-elle ajouté.

Lola n'avait jamais goûté une telle chose. Ce concept lui paraissait intéressant, voire extraordinaire.

Il y avait des rangées de boxes aux banquettes rouges. Lillian en a choisi un au fond de la salle. Lola a trouvé cette disposition géniale, supposant que ces banquettes à haut dossier avaient été conçues pour assurer discrétion et tranquillité aux personnes corpulentes pendant qu'elles dégustaient leurs glaces basses calories. Elle ne savait pas encore qu'une bonne moitié des restaurants de New York avaient les mêmes banquettes et que leur mobilier n'avait pas du tout été conçu dans l'idée de satisfaire les gens comme elle, mais pour le confort et l'économie de place. « Ils font aussi des milk-shakes basses calories, ici », a expliqué

Lillian. Lola en a commandé un au chocolat, avec une salade tomate-laitue. Lillian a passé la même commande.

« Quand tu auras fini ton travail aux États-Unis, tu rentreras en Australie ? lui a demandé Lillian.

– Je dois retourner à Londres d'abord, ensuite j'irai en Australie.

– Pourquoi est-ce que tu retournes en Australie ?

– Mais… parce que c'est là que je vis, Lillian.

– On ne vit pas là où on a été placé. On n'est pas des objets inamovibles.

– C'est chez moi, a dit Lola.

– Moi, *chez moi*, c'était supposé être Lvov, en Pologne. Je t'assure que je suis bien contente de ne pas vivre là-bas.

– Tes parents viennent de Lvov ?

– Oui.

– Mes parents sont de Lodz, qui est à trois cent quatre-vingt-cinq kilomètres de Lvov », a annoncé Lola. Elle le savait parce qu'Edek avait trois tantes qui avaient vécu à Lvov. Il parlait souvent de Tchatcha Hannah et Tchatcha Taubé et Tchatcha Rukhel. Elle aimait la sonorité de tous ces « Tchatcha », et celle des noms de Lvov et Lodz. À plusieurs reprises, elle s'était demandé si elle pourrait glisser Lvov et Lodz dans l'un de ses articles. Elle avait appris qu'un membre des Lovin' Spoonful, Zal Yanovsky, était juif : peut-être qu'elle pourrait lui demander d'où était sa famille, et caser Lvov et Lodz dans la phrase.

« Il n'y a pas des masses de gens qui ont entendu parler de Lvov, a remarqué Lillian. Et je ne pensais certainement pas tomber sur quelqu'un qui connaîtrait la distance exacte qui séparait Lvov de Lodz… Je veux dire *qui sépare*.

– Mon père avait trois tantes qui vivaient là-bas.

– On est peut-être apparentées ? Avant, on s'appelait Ropschitz. D^r^ et Mme Ropschitz, c'étaient mes parents. J'avais huit ans quand ils ont décidé de changer de nom pour devenir plus australiens. Mes yeux se sont posés sur des rochers, alors j'ai proposé Roxon.

– Tu étais une gamine intelligente. Nous, on était les Berkelmann. Moi, je voulais changer ça en Beer, parce que déjà très tôt j'avais l'impression que les Australiens buvaient tous beaucoup de bière, mais mes parents ont refusé et on est devenus les Bensky. Renia, Edek et Lola Bensky : ça faisait pas précisément famille d'Écossais épiscopaliens.

– Non, ça faisait toujours *juifs à peine débarqués*, a remarqué Lillian.

– Pas pour mes parents. Ils étaient persuadés qu'ils étaient arrivés à nous angliciser... Enfin, dès que je rentre, je demande à mon père s'il y avait des Ropschitz dans sa famille.

– Pourquoi est-ce que tu dois rentrer en Australie ? a insisté Lillian. Pourquoi ne pas t'installer à New York ? Essaie un an. Tu es très douée, tu ne devrais pas retourner en Australie. » Lola a été surprise et incrédule : personne ne lui avait jamais dit qu'elle était douée. Qu'est-ce que Lillian entendait par là ? Elle ne savait pas chanter, ni danser, ni jouer du piano ou du violon...

« J'ai un petit ami en Australie, a-t-elle lâché.

– C'est pas une raison suffisante pour y retourner, a rétorqué Lillian.

– Il sort probablement déjà avec quelqu'un d'autre », a déclaré Lola. Elle supposait que son petit ami, musicien dans un groupe à la mode, devait forcément avoir des aventures.

« Sort ? a relevé Lillian. Comment ça, il sort ? Tu veux dire qu'il saute probablement quelqu'un d'autre ?

– Je pense, oui, a murmuré Lola.

– C'est un enfoiré ! Pourquoi est-ce que tu veux te remettre avec un type qui saute une autre fille ?

– Je ne sais pas. »

Il ne lui avait pas manqué. Ni lui, ni leurs conversations. Elle n'avait pas l'impression qu'ils se parlaient beaucoup, d'ailleurs. En cherchant à dresser la liste de ses qualités, elle s'est aperçue qu'elle n'avait jamais pensé à ce qu'elles pourraient être. Elle l'aimait bien, elle ne pouvait pas le nier. Ou bien elle aimait simplement le fait d'avoir un petit ami. Ça la faisait se sentir installée dans la vie. Et normale. Il allait avec tout le reste. C'était son petit ami et d'ici six mois et quelque, quand elle aurait terminé son travail en Amérique, elle rentrerait en Australie pour être avec lui.

Des gens lui avaient dit qu'ils l'avaient vu en compagnie d'une fille très réservée, genre petite souris grise, mais Lola avait rangé cette information dans une partie de son cerveau à laquelle elle n'avait pas accès.

Elle avait une facilité exaspérante à ignorer ce qui était flagrant. Quand elle avait seize ans, elle était sortie deux années avec Philip Hughes, un étudiant qui voulait devenir ingénieur. Au bout d'un an, elle avait commencé à sentir qu'il y avait une part de lui qu'elle ne connaissait pas. Une part à laquelle elle ne se fiait pas.

Renia et Edek avaient attendu avec espoir une annonce de fiançailles. Ils aimaient bien Philip Hughes. Bon, ils aimaient le fait qu'il soit de sexe masculin et sorte avec Lola. Renia et Edek pensaient que les parents de Philip, Iris et Fred Hughes, étaient juifs. Des juifs anglais, ce qui expliquait leur ignorance du yiddish et leur stupéfaction en apprenant que les juifs ne fêtaient pas Noël. Iris et Fred Hughes ne les avaient pas contredits ; ils vivaient avec Philip et sa sœur dans un appartement de deux pièces, tandis que Renia et Edek venaient de s'installer dans une maison avec trois chambres : Iris et Fred voyaient en Lola la preuve que leur fils était en pleine ascension sociale.

À une surprise-party dans une maison au bord de la mer, alors que Lola avait dix-sept ans, quelqu'un lui avait dit avoir vu Philip Hughes embrasser un garçon derrière le frigo. Réponse de Lola, qui était dans le jardin :

« Il n'y a pas de place derrière le frigo. »

Un an plus tard, en revenant à l'appartement qu'elle partageait avec une collègue de *Rock-Out*, elle avait découvert Philip Hughes dans son lit avec un homme. Nettement plus âgé que lui. Elle n'avait pas su ce qui l'avait choquée le plus, qu'il s'agisse d'un homme ou qu'il ait cet âge. Ce qu'elle avait compris, c'est que tout était fini entre Philip Hughes et elle.

« Ne te marie pas trop jeune, lui a dit Lillian Roxon. C'est une grave erreur. Vis ta vie et après, marie-toi. » Lola s'est dit que se marier, *c'était* vivre sa vie. « Tu peux venir à New York et t'installer avec moi, a continué Lillian. Réfléchis-y. » Lola a réfléchi : c'était pareil que si on lui avait proposé de devenir une Martienne ou de se transformer en citrouille. Elle n'avait jamais pensé vivre ailleurs qu'à Melbourne.

L'immeuble où vivait Lillian se trouvait 21e Rue Est, juste en face du poste de police numéro 13, ce qui d'après elle était un emplacement de choix. Mais Lola avait remarqué que, malgré cette proximité rassurante, Lillian avait trois verrous sur la porte de son appartement situé au troisième étage sans ascenseur. Elle était sûre qu'à Melbourne personne n'avait besoin de trois serrures.

« Je crois que je vais prendre une glace, a-t-elle dit à Lillian.

– Pourquoi pas ? Elles sont allégées.

– Sur le menu, ils ne disent pas combien de calories ça représente.

– Combien ça pourrait faire de calories une glace allégée, à ton avis ?

– Je ne sais pas. Je n'en ai encore jamais mangé.

– Tu comptes les calories de tout ce que tu manges ? a voulu savoir Lillian.

– Seulement quand je suis au régime.

– Je te l'ai dit, je suis au régime, en ce moment.

– Moi, je l'ai été la moitié de ma vie, dit Lola. Ma mère me servait des repas qui devaient toujours faire moins de deux cents calories. C'était généralement quelque chose de grillé avec de la salade. Poulet grillé et salade, poisson grillé et salade, foie grillé et salade, n'importe quoi de grillé et salade. Il fallait que je remplisse régulièrement la réserve de chocolat du placard de ma chambre pour ne pas mourir de faim.

– Mon père ne supportait pas que je sois grassouillette, a rapporté Lillian. Et en ce temps-là je n'étais qu'un peu enrobée, pas grosse. J'avais seize ans, je me préparais à aller à mon premier rendez-vous avec un garçon, il est venu dans ma chambre et il a dit : « Si tu pouvais te voir de dos, tu ne ferais pas un pas en dehors de la maison. » Ou quand on allait au restaurant, il disait à la serveuse : « Pas de pommes de terre pour ma grosse fille. »

« Ton père et ma mère se seraient entendus à merveille. Elle croit en la minceur plus qu'en tout. Comme elle ne croit pas en Dieu, la sainteté n'est rien pour elle. Être mince, c'est le summum.

– C'est dingue et c'est triste, a jugé Lillian.

– Qu'est-ce qui s'est mis à aller de travers ? s'est demandé Lola, je croyais que nous autres juifs étions censés gaver constamment nos enfants, nos invités, nos cousins…

– Je crois que je vais demander une glace aussi, a annoncé Lillian.

– Elle était très bonne, a affirmé Lola.

– La semaine prochaine, a dit Lillian, je veux t'emmener voir un nouveau groupe, les Doors. Ils vont devenir énormes ! Surtout le leader, Jim Morrison.

– J'ai entendu parler d'eux.

– Linda va venir aussi. » Lola a failli lui raconter qu'elle était tombée sur Linda à Londres pendant que celle-ci photographiait Dave Dee, Dozy, Beaky, Mick & Tich, mais elle a préféré s'abstenir.

Lola avait marché toute la journée. Toujours la grande chaleur. Elle avait tranché que, décidément, elle aimait New York. La ville vous prenait, vous absorbait comme une éponge ou une feuille de papier buvard. À New York, on oubliait presque sa solitude, son statut d'étranger, son dépaysement. On ne vous demandait pas pourquoi vous étiez ici. Il y avait des gens du monde entier à New York, et on en faisait partie.

Lola trouvait aussi plus facile d'y obtenir des interviews. À Londres, il fallait beaucoup discuter pour convaincre les types qu'une interview dans un magazine australien appelé *Rock-Out* valait la peine. En général, les Anglais se méfiaient des Australiens et les regardaient de haut.

À New York au contraire, personne ne contestait l'intérêt d'être interviewé pour une publication australienne au nom bizarre. Lola se sentait étonnamment chez elle dans cette ville plus délabrée que resplendissante. Elle n'avait pas peur de New York. Pas peur de tous les récits soulignant combien la ville était dangereuse, ni des policiers qui allaient et venaient avec leurs armes bien en vue, ni de rien. Elle ne savait pas encore que, dans dix ans à peine, elle aurait peur de tout. Qu'elle passerait par des crises de panique qui la laisseraient le souffle coupé.

Lola commençait à s'habituer aux cafards de sa chambre d'hôtel. Parfois, elle s'asseyait pour les regarder galoper sur le sol. Contrairement aux fourmis, ils marquaient des pauses fréquentes et Lola se demandait ce qu'ils pouvaient bien fabriquer pendant ces arrêts. Ils restaient tout à fait immobiles un instant, puis se remettaient brusquement à bouger. Peut-être qu'ils mangeaient, mais alors c'était d'une manière tellement délicate et raffinée que ses yeux n'arrivaient à détecter aucun mouvement.

Elle avait aussi constaté que si elle se levait assez tôt le matin, elle était presque sûre de disposer d'une salle de bains libre et encore propre. Elle s'était mise à apprécier le Horwood. Ce soir-là, Lillian, Linda Eastman et elle avaient prévu de voir les Doors au Scene, un club de Manhattan. Elles formeraient un trio de *L*.

Lola devait retrouver Lillian et Linda une heure plus tard. Elle a mis ses faux-cils violets. En finissant de les coller et de les recouvrir d'une bonne couche d'eye-liner au-dessus et au-dessous, elle s'est souvenue que ni Lillian ni Linda ne se fardaient, et elle a envisagé de tout enlever, mais cela faisait trop longtemps qu'elle n'était pas sortie sans sa tartine de maquillage, son mascara et ses faux-cils.

Le Scene se trouvait au sous-sol d'un immeuble à l'angle de la 46e Rue et de la Huitième Avenue. Le quartier, surnommé « La cuisine de l'enfer », n'était pas la zone la plus recommandable de la ville. En émergeant du club tard la nuit, on tombait sur une parade de prostituées en pantalons corsaire sur la Huitième Avenue. Lola n'avait encore jamais vu une prostituée de près. Elles avaient l'air de filles comme les autres, seulement plus maquillées, plus lasses et moins habillées.

Le Scene était l'un des endroits en vogue à New York. Les meilleurs groupes s'y produisaient. Steve Paul, son patron, âgé de vingt-trois ans, avait le chic pour repérer les stars avant qu'elles le deviennent. Fleetwood Mac, Traffic, les Lovin' Spoonful, les Young Rascals et Jimi s'étaient produits là. Tiny Tim, un joueur de ukelélé avec une voix de falsetto hyper aiguë qui interprétait des chansons rétro, chauffait la salle avant les concerts.

Beaucoup d'habitués du Scene étaient des hippies professionnels. Il y avait aussi une bande de célébrités comme Liza Minnelli, Andy Warhol, Sammy Davis Jr., Mick Jagger et, ici et là, des rupins new-yorkais venus s'encanailler pour une nuit.

Linda Eastman, qui n'a pas du tout eu l'air gênée de revoir Lola, l'a embrassée sur la joue en la serrant dans ses bras.

« Est-ce que tu as aimé Londres ? lui a-t-elle demandé.

– J'ai aimé Londres, a répondu Lola.

– Je m'imagine facilement vivre là-bas », a affirmé Linda. Elle avait exactement l'allure de ce qu'elle était, une fille de bonne famille de Scarsdale, naturellement élégante sans rien de tapageur, n'ayant pas besoin de s'embellir avec des bijoux ou la coiffure à la dernière mode. Elle était new-yorkaise jusqu'au bout des ongles.

Ses cheveux blonds qui lui arrivaient aux épaules étaient coiffés simplement, ses vêtements étaient de bonne qualité, discrets et pratiques. Elle se comportait avec une assurance naturelle, s'exprimait avec l'accent aristocratique de Scarsdale et beaucoup d'autorité. On percevait l'aisance matérielle dans laquelle elle avait toujours vécu et la confiance en soi qu'elle procure. Elle se distinguait immédiatement de la foule des autres habitués du club, pour la plupart en tuniques babas et bien moins élégants qu'elle.

Linda avait l'apparence de la réceptionniste du magazine de luxe *Town and Country* qu'elle avait été, à deux différences près : d'abord, les deux appareils photo Nikon qui pendaient toujours à son cou, et ensuite sa détermination, une détermination palpable dans chaque syllabe et chaque consonne qui sortaient de sa bouche. Et puis, il y avait sa sexualité. Sans se manifester par des décolletés vertigineux ou des chemisiers transparents, sa sexualité était très visible, à sa façon de regarder certaines stars de la pop music, d'un œil extrêmement direct et résolu.

Lola savait que la mère de Linda avait péri dans un accident d'avion cinq ans auparavant. À l'époque, Linda avait vingt ans. Elle était tombée enceinte un mois après la mort de sa mère, s'était mariée trois mois après et avait eu sa fille, Heather, six mois plus tard. Lola pensait que cette succession d'évènements pouvait être considérée, jusqu'à un certain degré, comme une conséquence de la disparition de Mme Eastman. Linda avait divorcé du père de Heather quand leur fille avait deux ans et demi.

« Vraiment, tu te vois vivre à Londres ? a-t-elle demandé à Linda.

– Oui. J'ai adoré cette ville. J'aime énormément les Anglais.

– Tu devrais venir faire un tour en Australie, a suggéré Lola. C'est plein d'Anglais.

– Alors tu as dû te sentir chez toi à Londres…

– Pas vraiment. Les Anglais n'apprécient pas trop les Australiens. Je crois qu'ils nous considèrent comme des cousins un peu sauvages.

– Mais nous, on n'est pas apparentées aux Australiens, est intervenue Lillian. Ni la famille de Lola ni la mienne ne viennent de Londres. Ils sont de Lvov et Lodz. Ce sont deux villes en Pologne. À trois cent quatre-vingt-cinq kilomètres l'une de l'autre.

– Et donc, vos familles se connaissent ? s'est intéressée Linda.

– Je ne sais pas, a répondu Lola.

– Tu devrais leur demander.

– Je n'ai pas d'autre famille que mes parents à interroger, a constaté Lola.

– Eh bien, demande-leur à eux !

– Elle va le faire, a assuré Lillian.

– La famille de mon père vient de Russie, a indiqué Linda.

– Ah bon, je croyais qu'il était né en Amérique, s'est étonnée Lillian.

– Oui, mais juste juste. Mes grands-parents, Louis et Stella, se sont connus à Ellis Island, pendant qu'ils attendaient leur autorisation d'entrée. Mon père est né l'année suivante.

– C'est pour ça qu'il a l'air si américain, a observé Lillian. Il ne se comporte pas beaucoup comme un juif. Toi non plus, d'ailleurs. Tu adores faire du cheval, être à la campagne. Tu n'as pas peur des serpents et des araignées, tu aimes la nature… C'est pas du tout juif, tout ça.

– On était juifs mais on n'en faisait pas tout un plat, a expliqué Linda. Je ne pense pas beaucoup au fait d'être juive. Je n'y pense même pas du tout.

– Elle sait à peine ce qu'est la Pâque ! a lancé Lillian.

– C'est vrai, a confirmé Linda. Mon père ne se sentait pas très juif. Ou bien c'est qu'il ne voulait pas se sentir juif. Je me rappelle que quand nous avons acheté notre maison de vacances à la plage d'East Hampton, il ne voulait pas que trop de juifs fassent pareil. Il pensait que ça provoquerait de l'antisémitisme là-bas.

– Tu veux dire *encore plus* d'antisémitisme, l'a corrigée Lillian avant de se tourner vers Lola : East Hampton, c'est à une centaine de kilomètres d'ici. Des propriétés gigantesques, hyper-protégées, qui appartiennent au gratin new-yorkais. C'est là qu'ils vont pour s'échapper de New York. Et s'échapper de New York, ça signifie en partie s'éloigner des juifs.

– Il n'y pas besoin de juifs pour avoir de l'antisémitisme, a noté Lola, il suffit d'avoir des antisémites. C'est l'une des phrases préférées de mon père. Ça sonne encore mieux en yiddish.

– Tu parles yiddish ? s'est enquise Lillian.

– Oui.

– Linda ne doit même pas savoir ce que c'est que le yiddish, a glissé Lillian.

– Mais si ! Je ne le comprends pas, c'est tout. Je crois que mon père voulait vraiment oublier sa judéité. »

Même s'ils l'avaient voulu, Renia et Edek n'auraient pas été capables de la rejeter, a pensé Lola. Leurs angoisses, leur tristesse, leur méfiance étaient aussi patentes que si elles avaient été imprimées sur eux, illuminées et agrandies. Et leur méconnaissance de la langue complétait le tout.

Lola allait découvrir plus tard qu'il existait plein de gens qui ne voulaient pas entendre parler de la judéité. Le père de Linda — M. Leopold Epstein devenu M. Lee Eastman – n'était pas le seul à avoir désiré l'abandonner.

Une partie de l'Amérique était pareille. Breckinridge Long, le sous-secrétaire d'État qui dirigeait le département de l'immigration, avait écrit en juin 1940, dans une note confidentielle à ses collègues : « Nous pouvons retarder et même suspendre concrètement, pour une période temporaire d'une durée indéfinie, le nombre d'immigrés entrant aux États-Unis. Nous serions en mesure d'y parvenir tout simplement en recommandant à nos consulats d'élever tous les obstacles possibles, d'exiger des preuves supplémentaires et de recourir à diverses procédures administratives qui permettraient de reporter, reporter et encore reporter la délivrance de visas. »

« Une période temporaire d'une durée indéfinie », c'était une formule astucieuse, avait pensé Lola en lisant ce que Breckinridge Long avait écrit. À la tête d'une grande fortune, Breckinridge Long, un ami proche du président Franklin Delano Roosevelt, était décidément un malin.

Et il savait bien mentir, également : dans le but d'écarter un projet de résolution gouvernementale établissant secrètement un service destiné à sauver les réfugiés juifs, il avait porté un faux témoignage devant la commission des affaires étrangères de la Chambre des représentants, affirmant que tout était mis en œuvre pour permettre à ceux-ci d'échapper à l'extermination. En réalité, le quota de visas disponibles pour les émigrés en provenance de pays sous contrôle nazi ou fasciste était resté inutilisé à quatre-vingt-dix pour cent.

Le night-club se remplissait. Lillian avait expliqué que le Scene – avec le Max's Kansas City de Park Avenue – était l'endroit où il fallait être vu et où l'on pouvait voir tous ceux qu'il fallait voir à New York. Linda s'est mise à parler de ses chevaux. Lola s'est demandé s'il y avait une seule autre personne qui parlait de chevaux dans ce club-là ce soir-là. Penser aux chevaux ou en parler était quelque chose qui n'était réservé qu'aux riches oisifs, a-t-elle décidé. Ni Renia ni Edek ne seraient un jour riches, et ils ne pouvaient pas se permettre d'être oisifs. L'oisiveté était la porte ouverte aux pensées errantes, aberrantes et répugnantes, qui une fois installées semblaient impossibles à déloger.

La seule fois où il avait été question de chevaux chez les Bensky, c'était quand Renia racontait comment son très religieux père lui avait donné un bout de viande de cheval, dans le ghetto. C'était un aliment strictement prohibé par les lois alimentaires juives orthodoxes. « Il m'a dit : "moi je ne peux pas manger cette viande, mais toi, tu le dois. Il est plus important de vivre que d'être cachère." » Habituellement, Renia pleurait après avoir relaté cette histoire.

Lola n'arrivait pas à comprendre l'amour des chevaux que manifestait Linda. Elle ne comprenait pas vraiment que l'on puisse s'attacher à un animal de compagnie quelconque. Elle se demandait d'ailleurs si le cheval entrait dans cette catégorie, ils lui paraissaient trop grands pour être des animaux de compagnie. Tenir compagnie, cela devait vouloir dire être assez petit pour être pris dans les bras, caressé, cajolé. Ou peut-être pas, au fond.

Lola n'était pas intéressée par les chevaux. Elle n'aimait pas non plus les chiens ou les chats. Quand elle avait dix ans, Edek avait ramené de la fourrière un chien noir très agressif. Parce qu'il était noir, Edek lui avait donné un nom qu'on lui avait dit être très courant pour les chiens noirs en Australie, Nigger. Nigger aboyait énormément. Et il adorait mordre les gens. De temps en temps, il s'échappait et Edek lui courait après de Nicholson Street à North Carlton en hurlant : « Nigger, reviens, Nigger ! » Il n'avait pas idée que Nigger signifiait « négro », et Renia non plus, et Lola encore moins. Quand elle avait découvert des années plus tard que « nigger » était un terme insultant, raciste, elle avait été remplie de honte. Entre-temps, heureusement, Nigger, qui avait mordu le postier, le laitier, le médecin et plusieurs passants, avait dû être reconduit à la fourrière.

« Vous vous connaissiez déjà toutes les deux en Australie ? a voulu savoir Linda.

– Hein ? Lola était en maternelle quand je suis venue vivre à New York, a rétorqué Lillian. »

Lola a éclaté de rire. Elle savait que Lillian habitait ici depuis six ou sept ans. « Je crois plutôt que j'allais juste entrer au lycée, a-t-elle avancé.

– Ouais ! Pendant que j'interviewais Rock Hudson, toi tu étais une bonne petite lycéenne…

– Je ne pense pas avoir été une si bonne petite lycéenne, a commenté Lola. Je me faisais virer des cours régulièrement. Surtout de ceux de français et d'allemand.

– Ah oui ? Moi aussi ! Virée des cours de français et de maths, et régulièrement de celui de latin. Je posais trop de questions et les filles n'étaient pas censées se comporter comme ça. Le prof de latin me virait avant même que le cours commence ! Je sortais et j'allais m'asseoir sous le préau.

– Moi, a raconté Lola, je me glissais le long du muret en briques qui soutenait les baies vitrées des salles de classe, je rampais comme ça tout le long du couloir pour arriver à la salle des garçons, à l'autre bout. Il y avait toujours un garçon qui avait été viré aussi, alors on pouvait parler ensemble.

– Pourquoi ils te viraient ? s'est enquise Linda.

– Parce que je parlais trop, j'imagine. Je ne faisais rien de terrible. La plupart du temps, je réfléchissais à ce que j'allais manger au déjeuner.

– Hé, vous deux, vous étiez destinées à vous rencontrer ! s'est exclamée Linda. Toutes les deux australiennes, toutes les deux journalistes, toutes les deux grosses et toutes les deux virées des cours ! »

Lola aurait voulu donner un coup de pied à Linda. Ce qu'elle venait de dire était entièrement vrai, certes, mais très méchant. Elle ne pensait pas que Linda soit méchante. Un peu abrupte, c'était tout. Plus sincère qu'elle n'aurait dû.

« Tu as oublié qu'on est aussi toutes les deux juives polonaises », a dit Lillian.

Linda allait répondre quand elle a repéré Jim Morrison tout près de la scène. Elle a couru vers lui. Il était évident qu'il y avait quelque chose entre eux. Linda faisait de grands gestes, rougissait, et Jim Morrison lui tournait le dos la moitié du temps. Linda semblait supplier le chanteur, même si Lola n'avait pas l'impression qu'elle était du genre à supplier qui que ce soit. Jim Morrison regardait ailleurs. Il n'avait pas l'air d'un type à prêter attention à une quelconque sorte de supplication.

« Ils ont un truc en cours, a chuchoté Lillian.

– Je ne sais pas de quel truc tu parles, mais on dirait que c'est terminé, a observé Lola.

– Je crois que tu as raison, a dit Lillian en riant. Linda n'acceptera pas de se mettre à plat ventre comme ça longtemps. Encore que c'est probablement tout ce dont il est question, se mettre à plat ventre…

– À mon avis, il n'y a plus de mise à plat ventre en vue. »

Jim Morrison faisait maintenant non de la tête et Linda semblait au bord des larmes. Lola a eu de la peine pour elle. Elle avait l'air défaite, mais elle connaissait suffisamment Linda pour savoir que cet état ne durerait pas longtemps.

« Tu vas revenir à New York après Los Angeles ? a demandé Lillian à Lola.

– Quand je quitterai Los Angeles, ça fera plus d'un an que je serai partie de chez moi.

– Melbourne est trop petit pour être ton chez-toi permanent, a dit Lillian. Tu peux y aller de temps à autre mais ne reste pas là-bas. Réfléchis bien. Je parle très sérieusement. »

Melbourne ne lui semblait pas si petit que cela. Loin, oui. Loin de tout, en fait. Lola a changé de sujet : « Tu sais qui va jouer à Monterey ? Ils ont une affiche incroyable. The Mamas and the Papas, les Who, Simon et Garfunkel, Jefferson Airplane, Jimi Hendrix, Otis Redding, Ravi Shankar et plein d'autres.

– Je sais, a répondu Lillian. Il y a un groupe qui s'appelle Big Brother and the Holding Company qui y sera aussi. Leur chanteuse, Janis Joplin, est époustouflante. Téléphone-moi après Monterey, qu'on parle de tes plans.

– Après Monterey, je vais à Los Angeles. Je vais interviewer Sonny et Cher chez eux… » Elle a hésité deux secondes. « À Londres, Cher m'a emprunté mes faux-cils. Ma plus belle paire, avec du strass. Je n'ai pas pu les récupérer là-bas. Tu penses que je devrais demander à Cher de me les rendre, quand je la verrai à L.A. ?

– Et pourquoi pas ?

– Parce que je me sentirais idiote.

– Demande-lui ! Il paraît qu'elle est très sympa. J'ai entendu dire qu'elle dépend de Sonny pour tout. La pauvre. »

Lola avait du mal à imaginer qu'une femme comme Cher, qui avait une silhouette si parfaite, une masse luxuriante de cheveux noirs qui ne frisaient pas et une garde-robe remplie de tenues glamour, puisse être qualifiée de « pauvre » femme. Mais peut-être que oui, finalement, peut-être que Cher était à plaindre. La manière dont Sonny l'avait surveillée en permanence et avait répondu à sa place aux questions que Lola lui posait l'avait mise mal à l'aise. Peut-être qu'elle devrait simplement la laisser garder les faux-cils ornés de strass.

Lola a vu Linda s'asseoir par terre près de la scène. Les Doors préparaient leur matériel et elle avait déjà commencé à les photographier. Les gens autour des tables se sont tus. Les Doors se sont mis à jouer, et au bout d'une demi-heure Lola avait la migraine. Ce n'était pas seulement à cause du volume de la musique ou de la mise en scène d'un spectacle où spontanéité et provocation semblaient soigneusement répétées ; c'était Jim Morrison qui la troublait.

Il était mince, et en chantant il ondulait de droite à gauche comme un serpent. Il avait la beauté sensuelle d'une star du grand écran. Sa bouche était comme figée en une moue permanente, ses yeux d'un bleu gris paraissaient déconnectés de l'âme ou du cœur. Il y avait quelque chose de mort dans tout son être, s'est dit Lola. Il portait un pantalon en cuir noir taille basse qui donnait l'impression d'avoir été peint sur lui tellement il était ajusté. Lola allait lire plus tard qu'il faisait faire ses pantalons sur mesure essentiellement pour donner du relief à son bas-ventre. Pendant qu'il chantait, il se léchait les lèvres avec une viscosité de reptile. Il avait l'air plus venimeux que vénéneux. Et détaché de tout ce qui l'entourait.

Lola a été surprise de l'effet qu'il avait sur elle. Elle ne s'y attendait pas. La vérité, c'était que les gens inaccessibles l'énervaient toujours, et que Jim Morrison semblait totalement inatteignable. Quand les Doors ont enfin terminé leur set, Lillian s'est tournée vers Lola : « Ça a été un plaisir insoutenable, a-t-elle asséné.

– Qu'est-ce qu'il y avait de plaisant ?

– La musique.

– Moi, il y a quelque chose chez Jim Morrison qui me fait flipper.

– Tu crois que c'est parce qu'il a l'air sous hypnose ou en transe ?

– Je ne sais pas », a dit Lola. Personne d'autre dans la salle ne semblait flipper à cause de Jim Morrison. La majorité des gens avait l'air de continuer à planer après le numéro des Doors.

Lola comprenait que l'on puisse être impressionné par Jim Morrison. Sur scène, ses mouvements étaient à la fois suggestifs, agressifs et débridés. L'intensité qu'il dégageait ressemblait à de l'arrogance. Il était revêche, boudeur et sexy. Il hurlait en caressant lascivement son micro ou en l'étranglant. Il était sauvage et dangereux. Parfois, il titubait et vacillait sur l'estrade comme s'il allait s'effondrer d'une seconde à l'autre. Comme s'il avait carrément perdu le contrôle.

« Viens, je vais te le présenter », a lancé Lillian à Lola. Elle l'avait accompagnée à quelques reprises au Max's Kansas City et à chaque fois Lillian, qui connaissait apparemment tout le monde là-bas, l'avait présentée comme la meilleure journaliste d'Australie. Lola avait protesté systématiquement sur un ton embarrassé que non, elle était loin d'être la meilleure ou l'une des meilleures. Jusqu'à ce qu'un soir Andy Warhol tourne son visage blanc et figé vers elle, la regarde fixement et dise : « Ne soyez pas si modeste, vous n'êtes pas assez exceptionnelle pour ça. » Lola allait plus tard entendre cette formule prêtée à Golda Meir, mais même si ce bon mot n'était pas d'Andy Warhol, il avait produit son effet : depuis, Lola se taisait et laissait Lillian proclamer son excellence.

Andy Warhol était l'un des personnages à l'allure la plus bizarre parmi la bande d'exhibitionnistes tapageurs qui hantait le Max's Kansas City. C'était le bar où Lillian était entourée de sa cour les soirs où elle n'était pas au Scene. Il était fréquenté par des peintres, des sculpteurs, des réalisateurs de cinéma, des musiciens, des écrivains, des poètes, des acteurs, des créateurs de mode, des mannequins et quelques mondains ou membres de la famille Kennedy. Très élégants tous deux, le duc et la duchesse de Windsor étaient là le soir où Andy Warhol avait évoqué l'inexcellence de Lola.

« Je ne veux pas être présentée à Jim Morrison, a rétorqué Lola.

– Mais tu dois le rencontrer ! Il va devenir une star planétaire. Arrange une interview avec lui. Il se charge lui-même de ses relations avec la presse, donc interviewe-le tout de suite, s'il est d'accord.

– Tout de suite ?

– Oui, tout de suite ! »

Et peu après, Lillian a commencé : « Jim, j'aimerais te présenter Lola Bensky. Lola est l'une des meilleures journalistes d'Australie. Ses papiers sont lus dans tout le pays, et elle écrit génialement. Elle a interviewé notamment Mick Jagger et Paul McCartney, parmi beaucoup d'autres.

– Je n'ai pas interviewé Paul McCartney, a dit Lola à Lillian, qui lui a envoyé un coup de coude dans les côtes. J'ai bu une tasse de thé avec lui. Il m'a dit que sa mère était morte quand il avait quatorze ans. Je lui ai dit que ma mère avait perdu ses parents à l'âge de dix-sept ans, et ses frères et sœurs trois ou quatre ans après. Il a dit que *perdre* était un terme assez stupide. J'ai dit que j'étais complètement d'accord. On peut perdre ses chaussettes, son parapluie et même sa culotte, mais pas sa mère ou son père. » Jim Morrison regardait à peine Lola. De près, son visage avait un aspect charnu qui aurait pu sembler innocent chez quelqu'un d'autre, mais qui, dans son cas, rendait son expression encore plus malveillante.

Lillian a repéré Paul Newman dans la cohue et elle est allée lui parler, si bien que Lola est restée debout devant Jim Morrison sans savoir quoi dire ou faire. Elle aurait assurément préféré bavarder avec Paul Newman.

« Est-ce que je peux organiser une interview avec vous ? a-t-elle demandé à Jim Morrison.

– Pourquoi vous voudriez faire ça ?

– Parce que je crois que vous allez être très, très célèbre et c'est ce que je fais dans la vie, j'écris sur les stars du rock… »

Elle s'est dit que c'était une réponse assez nulle et elle en cherchait une meilleure lorsque Jim Morrison a repris : « Aujourd'hui, aux États-Unis, pour être une superstar, il faut être un homme politique ou un meurtrier. » Il parlait très lentement, comme si chacun de ses mots était chargé d'un sens qui devait avoir le temps d'être absorbé. « Assieds-toi, a-t-il commandé à Lola.

– Ici ?

– Oui, ici.

– Maintenant ?

– Oui, maintenant. »

Attrapant une chaise, Lola a sorti son carnet de notes. *Attitude bourrue, brutalité sans égards pour les autres*, avait-elle noté en le regardant se produire plus tôt. Elle s'est hâtée de tourner la page, bien qu'elle ait pensé qu'il serait sans doute flatté par cette description.

Elle savait que Jim Morrison était né à Melbourne, en Floride. Jusqu'alors, elle avait ignoré qu'il existait un Melbourne en Floride. Elle avait cru qu'elle vivait dans le seul Melbourne qu'il y ait sur terre. Elle s'est dit qu'elle n'allait pas mentionner ce point commun des deux Melbourne : ce n'était visiblement pas le genre de lien qui aurait pu attendrir Jim Morrison.

Il mettait beaucoup de soin dans son apparente négligence, a-t-elle trouvé. En dépit de ses attitudes désabusées, Jim Morrison avait seulement trois ans de plus qu'elle. Elle savait qu'il ne s'entendait pas avec ses parents. Son père était un officier de marine bardé de décorations. Dans sa notice biographique officielle, il indiquait que ses parents étaient morts. Lola savait que c'était faux.

« On dirait que beaucoup de choses vous dérangent », a-t-elle commencé.

Grand Dieu, a-t-elle soupiré en elle-même, elle n'avait pas eu l'intention de dire ça ! Mais elle n'avait préparé aucune question.

« Plein de choses me dérangent », a-t-il confirmé. Il s'exprimait très lentement, comme si les mots et les blancs qui les séparaient étaient remplis de multiples interprétations. « Plein de choses me dérangent » : Lola trouvait que c'était une phrase plutôt claire et qu'il n'y avait pas trente-six mille façons de l'interpréter.

« Quel genre de choses ?

– Je déteste qu'on respire bruyamment. Surtout quand j'essaie de dormir. »

Ça semblait raisonnable. Lola, qui avait elle-même le sommeil léger, était réveillée par le moindre bruit. Elle pensait que c'était probablement lié au fait que Renia se réveillait souvent en hurlant, et qu'elle-même et Edek devaient alors la calmer en lui disant que ce n'était qu'un rêve, avant qu'ils puissent se rendormir tous les trois.

« Mon frère avait une amygdalite chronique, a poursuivi Jim Morrison. Il respirait vraiment très fort. Quelquefois, je lui ai scotché la bouche pendant qu'il dormait. Il se réveillait à moitié asphyxié, cherchant de l'air… » Il s'est mis à rire en évoquant ce souvenir qu'il trouvait visiblement comique. Lola l'a regardé. Même son rire avait un caractère cruel, presque féroce.

« Il m'arrivait de lui jeter des pierres, aussi.

– Pourquoi ?

– Pour rigoler. Une fois, je lui ai passé de la merde de chien sur la figure. De la crotte toute fraîche.

– C'était amusant, ça aussi ?

– Bien sûr. Tu trouves pas ça amusant ?

– Pas du tout. » Elle était déconcertée, mal à l'aise, et elle s'est dit que cela devait plaire au chanteur de la voir ainsi.

« Pourquoi avez-vous une telle colère en vous ? lui a-t-elle demandé.

– Je ne suis pas en colère. C'est simplement que je hais certaines personnes.

– Qui vous haïssez ?

– Ma mère. Mon frère. »

Il a observé Lola quelques secondes. « Toi, c'est probable que tu aimes tes parents, a-t-il avancé avec un sourire sarcastique.

– Je crois que oui. Vous, vous aimez quelqu'un ?

– Non. Même pas moi. J'aime la poésie. Et Satan. »

Lola l'a dévisagé. Comment pouvait-il aimer Satan ? Satan renvoyait à l'idée du mal, des ténèbres et de la destruction. Est-ce qu'il se considérait comme l'incarnation de Satan ? Un adversaire, quelqu'un qui était contre tout le monde.

« Mon père était le commandant de l'un des plus grands porte-avions au monde, a repris Jim Morrison. Il avait trois mille hommes sous ses ordres, mais à la maison c'était ma mère qui commandait. Elle lui gueulait dessus. Elle lui criait de sortir les poubelles sur le trottoir et il le faisait. Il sortait les poubelles. »

« Il est très lunatique », avait dit Lillian à Lola. Lunatique ? Ça n'aurait pas été un problème. Lola comprenait les sautes d'humeur. Mais ce n'était pas être lunatique, ça. Jim Morrison s'est mis à déboutonner sa chemise avec irritation. On aurait cru qu'il cherchait à se dépouiller non seulement de ses vêtements mais aussi de sa peau. Il griffait sa chemise comme s'il voulait atteindre quelque chose à quoi il n'avait pas droit.

Lola a aperçu Lillian à l'autre bout de la salle. Elle parlait toujours avec Paul Newman. Ils avaient l'air d'être les meilleurs amis du monde. Elle aurait aimé les rejoindre.

« Tu ne m'aimes pas, n'est-ce-pas ? a soudain lancé Jim Morrison.

– Pas vraiment, a-t-elle répondu en se surprenant elle-même. Mais je crois que vous allez avoir beaucoup de succès. »

Elle s'en est un peu voulu. Elle aurait peut-être dû se contenter de répondre : « Mais si, bien sûr. » Elle s'est dit que Lillian avait raison : Jim Morrison serait bientôt une star planétaire.

Deux mois plus tard, *Light My Fire* allait se placer en tête du hit-parade et se vendre à plus d'un million d'exemplaires. La mère de Jim Morrison retrouverait sa trace à New York, parviendrait à lui parler au téléphone et lui demanderait de rentrer à la maison pour Thanksgiving. « Je vais être pas mal occupé », allait-il répliquer. Il dirait aussi qu'il la verrait peut-être lorsqu'il se produirait à Washington, où ses parents habitaient maintenant. Et elle : « Peux-tu faire un grand plaisir à ta mère et te couper les cheveux ? »

Les gens présents dans la pièce l'ont entendu marmonner en raccrochant : « Je ne veux plus jamais lui adresser la parole. »

Sa mère et son frère allaient venir à son concert de Washington, et il éviterait de les voir, l'un comme l'autre. De la scène, il crierait « Mère, je veux te baiser » en fixant un regard vide sur elle. Lola avait conclu que Jim Morrison ne serait pas un bon choix pour sa chronique « Déballez-vous ».

Dans le club qui ne désemplissait pas, il commençait à faire chaud. Jim Morrison agita la main en direction du serveur le plus proche, qui a eu l'air de savoir ce qu'il désirait car il lui a aussitôt apporté deux verres. Lola avait entendu dire que Jim Morrison buvait beaucoup et qu'il s'envoyait de l'acide. Elle n'était pas sûre de comprendre pourquoi on disait « s'envoyer » et non « prendre ». Le LSD était un comprimé comme un autre, et on ne s'envoyait pas une aspirine ou un antibiotique.

L'élocution de Jim Morrison se ralentissait de plus en plus. Les silences entre ses mots devenaient interminables et on avait du mal à ne pas se montrer impatient ou à ne pas lui suggérer la fin de ses phrases. L'unique avantage de cette lenteur d'escargot, c'était qu'elle n'avait aucune difficulté à prendre des notes.

« La musique et la poésie sont des choses que tout le monde peut partager, a-t-il énoncé à un moment, aussi naturelles qu'un enfant qui joue. C'est une bonne façon d'avancer dans la vie. S'il y avait plus de gens qui jouaient, tout serait beaucoup plus facile. »

Lola s'est fait la remarque que si moins de gens jetaient des pierres, tout serait encore plus facile.

Elle ne connaissait pas grand-chose à la musique ou à la poésie. Il n'y avait que peu de musique et aucun recueil de poèmes dans la maison où elle avait grandi. Pas de livres du tout, en fait.

Edek empruntait ses romans policiers à une bibliothèque, en ville. Lola croyait que la majeure partie de l'anglais qu'il connaissait, il l'avait appris dans ces romans. Il maîtrisait la terminologie employée dans les laboratoires d'autopsie et les postes de police à travers tout le monde anglophone. Il était capable de parler d'aortes, de trachées-artères ou de la différence entre un suicide et un homicide par pendaison.

Linda Eastman s'était approchée et se tenait debout à côté de Lola. Elle prenait des photos de Jim Morrison, qui ne lui prêtait aucune attention.

« Tu as lu *The Doors of perception (Les Portes de la perception)* d'Aldous Huxley ? a-t-il demandé à Lola.

– Non.

– C'est dommage », a dit Jim Morrison.

Lola savait que les Doors tenaient leur nom d'une réflexion de William Blake : « Si les portes de la perception étaient purifiées, toute chose apparaîtrait à l'homme telle qu'elle est, infinie. »

« Il bouffe de l'acide comme d'autres des cacahuètes, a murmuré Linda à Lola. Et il fume des sacs entiers d'herbe. » Lola savait qu'il ne s'agissait pas de pelouse : tout le monde parlait de marijuana, de ganja, d'herbe qui, à cette époque, semblait venir essentiellement du Mexique.

« À part la musique et la poésie, qu'est-ce qui est important, pour vous ?

– L'art, la littérature, la philosophie… et le truc qui a réellement transformé ma vie a eu lieu quand j'étais tout jeune. J'ai vu une famille d'Indiens américains dispersés sur l'autoroute, en train de mourir. Il y avait du sang partout. Du sang sur l'autoroute. Du sang, du sang, du sang. » Lola trouvait le mot sang très cru. Jim Morrisson l'a répété encore plusieurs fois.

Le sang, c'était une des choses dont Renia parlait. « Tout ce sang. Ils ne le prenaient pas d'une veine dans le bras d'un déporté, non, ils taillaient directement dans la carotide, disait-elle en montrant son cou. Ils en prenaient autant qu'ils voulaient et ils le laissaient mourir là. » Parfois, elle ajoutait : « Le sang, c'était pour l'armée allemande. »

Lola aurait aimé pouvoir parler de sujets normaux avec Renia. Par exemple, si la conversation avait pour objet le sang, elles auraient pu évoquer la question de la menstruation. Quand Lola avait onze ans et qu'elle était rentrée à la maison un jour avec du sang sur sa culotte, Renia avait simplement dit : « Ce sont tes règles. » Lola avait pensé que ces *règles* n'allaient lui arriver qu'une seule fois, et elle avait eu un choc terrible lorsque cela s'était produit à nouveau un mois plus tard.

« Alors que l'un de ces Indiens succombait, a continué Jim Morrison, son âme est passée dans mon corps.

– Quel âge aviez-vous ?

– Cinq ans, je crois. » Lola ignorait pourquoi elle avait demandé ça à Jim Morrison. Peut-être parce qu'elle n'avait rien trouvé d'autre à dire.

Elle ne pensait pas vraiment que les âmes puissent voyager, et dans le cas contraire elle était presque certaine qu'elles ne choisiraient pas bêtement leur destination, comme par exemple le corps de Jim Morrison. Est-ce que les âmes pouvaient réellement se loger dans d'autres individus ? Est-ce qu'elle-même portait en elle des âmes étrangères ? Les âmes des parents défunts de sa mère ? Celles des parents défunts de son père ? Non, elle ne le pensait pas. Mais des décennies plus tard, elle n'en serait plus si sûre.

« Est-ce que vous vous entendez bien avec les autres membres du groupe ? » Elle avait conscience que c'était une transition un peu abrupte après l'histoire de l'Indien dont l'âme était passée dans l'enveloppe charnelle de Jim Morrison, mais bon…

« Si je m'entends bien avec eux ? a-t-il répété. Ils sont incapables de penser, incapables de se battre, incapables de baiser. Ça va. »

Lola doutait que *Rock-Out* publie cette remarque. Le mot « baiser » ne passerait pas, et sans lui la phrase perdait de son punch.

Elle a décidé qu'elle avait assez de matériau. Et elle en avait assez de Jim Morrison. Elle s'est tournée vers Linda, toujours en train de photographier. « J'ai pratiquement fini. On prend un café ensemble ? » Elle éprouvait le besoin urgent de parler avec quelqu'un de plus facile à comprendre et de plus avenant que Jim Morrison.

« Mais oui, a fait Linda.

– Merci beaucoup pour l'interview », a dit Lola à Jim Morrison, qui avait maintenant l'air un peu effaré, comme s'il venait seulement de rejoindre le cours des choses.

« Il n'est pas idiot, a affirmé Linda à Lola pendant qu'elles cherchaient une table, il est seulement déboussolé. » Lillian, qui venait de terminer de parler à Steve Paul, le patron du club, les a rejointes.

« On prend un verre avant de rentrer ? » a-t-elle proposé. Puis, avec un petit rire : « Tournée de soda, d'eau gazeuse ou de café ! Vous deux, vous êtes probablement les seules ici qui ne boivent pas d'alcool et ne se droguent pas.

– Je n'aime pas perdre le contrôle, s'est défendue Lola.

– Si tu ne te laisses jamais aller, tu ne profites jamais de la vie », a assuré Linda.

Lola était épuisée. Quelque chose chez Jim Morrison l'avait terriblement fatiguée. Ou plusieurs choses, peut-être. Il semblait maudit. Et déchaîné.

« Peut-être que je ne recherche pas l'aventure, a-t-elle répondu à Linda.

– Ce n'est pas une mauvaise chose, l'aventure ! »

Moins de deux ans plus tard, Lillian allait téléphoner à Lola : « Linda dit qu'elle va épouser Paul McCartney !

– Tu la crois ?

– Mais oui ! Elle ne m'a jamais menti. »

« N'importe quelle femme capable d'écarter les jambes aussi grand pouvait probablement obtenir qui elle voulait », se dirait Lola. Et elle aurait tout de suite eu honte d'avoir pensé cela. Sans doute était-ce plutôt l'assurance de Linda, son intrépidité et sa hardiesse qui avaient séduit Paul McCartney.

« Je la crois, affirmerait Lillian.

– Je pense que moi aussi », dirait Lola.

4

Lola Bensky s'est réveillée le jour de son trentième anniversaire stupéfaite d'avoir atteint cet âge et que ses parents soient encore en vie. Depuis sa prime enfance, Lola appréhendait le décès imminent de Renia et d'Edek. Des années durant, chaque coup de téléphone tard le soir l'avait fait sursauter, et des années durant elle avait eu des palpitations quand ils ne répondaient pas alors qu'elle les croyait chez eux.

Cette idée qu'ils pourraient mourir avant l'heure venait des intéressés eux-mêmes. « Après ce que nous avons traversé, nous n'allons pas faire de vieux os », répétait sans cesse Renia Bensky d'aussi loin que Lola se souvienne, et toutes les fois Edek hochait la tête d'un air entendu. Parfois, elle se demandait si ses parents avaient conclu entre eux une sorte de pacte selon lequel ils ne vivraient pas longtemps, mais elle n'y croyait pas vraiment. C'était juste qu'Edek approuvait tout ce que Renia disait. Jamais il ne la contredisait ou proposait un autre point de vue. Il ne levait même pas les yeux au ciel.

« Tu vas me tuer » était une autre affirmation que Renia réservait souvent à Lola. En maintes occasions, elle était suivie par : « Tu pleureras sur ma tombe mais ce sera trop tard. » Même à sept ou huit ans, Lola sentait son cœur se serrer en pensant que Renia avait raison, sur ce point.

Une fois, ils lui avaient téléphoné de l'hôpital après avoir eu un accident de voiture. Dès l'instant où Lola avait décroché, elle avait pratiquement cessé de respirer. Bien que Renia ait tout de suite dit qu'ils n'avaient que quelques contusions, Lola en était convaincue, le moment que sa mère ne cessait d'évoquer était arrivé, le moment où soudainement Renia et Edek n'étaient plus.

Et pourtant Lola était là le jour de son trentième anniversaire, et ses parents étaient toujours vivants. Il fallait qu'elle relâche la pression. Son père et sa mère allaient probablement être encore de ce monde pour un bon bout de temps. Le temps d'arranger les choses. Arranger quoi, elle n'était pas sûre de savoir. Si on lui avait dit qu'il restait à Renia Bensky moins de dix années à vivre, jamais elle n'aurait pu se détendre.

Lola a quitté le lit. Son mari dormait encore. Elle était mariée et elle avait deux enfants. Elle pensait qu'elle était heureuse, sans doute. Parfois, en plein milieu de la nuit, elle se levait et allait s'asseoir par terre au fond du couloir de la vieille maison de style edwardien qu'ils habitaient à Melbourne. Elle s'asseyait sur le sol et tentait de retrouver son calme, parce qu'elle s'était réveillée avec le cœur battant à tout rompre. Si fort qu'elle avait l'impression qu'il allait sauter hors de sa poitrine. Cela lui arrivait surtout quand elle avait trop mangé. Parfois, son mari remuait légèrement quand elle revenait se coucher, mais il ne lui demandait jamais où elle était allée. Lola se disait qu'elle avait de la chance d'avoir son mari.

À partir du moment où Lola avait eu dix ans et avait dépassé sa mère de quelques centimètres, Renia l'avait quotidiennement accablée de conseils et de remontrances. Ils tournaient tous autour d'un seul et unique problème : « Aucun garçon n'a envie d'épouser une fille grosse », pour reprendre les termes de Renia. Ils avaient eu pour point de départ « Aucun garçon ne voudra avoir une petite amie grosse » avant d'évoluer en « Aucun garçon ne s'engagera sérieusement avec une fille grosse. »

Le mari de Lola était grand, blond et ancienne rock star. Ou plutôt ancienne rock star dans la majeure partie de l'Australie. Il n'avait pas caché qu'il aurait préféré quelqu'un de plus mince. En réalité, elle n'était pas sûre de comprendre pourquoi il s'était marié avec elle.

À cette époque, Lola n'était plus aussi enveloppée qu'elle avait pu l'être. En fait, elle était plus légère qu'elle ne l'avait été depuis des années. Tellement légère qu'elle craignait de s'évaporer dans les airs. Ses chevilles, qui demeuraient néanmoins plus épaisses que la moyenne, lui semblaient trop fines pour la supporter. Malgré son mètre soixante-quinze, Lola se sentait sans substance. Les balances indiquaient qu'elle avait encore quinze kilos en trop – ou qu'il lui manquait dix centimètres – pour avoir la masse corporelle idéale, et pourtant elle avait la sensation d'être toute menue.

Elle était au régime depuis dix semaines. Tous les matins, elle se préparait une énorme salade pour la journée. Elle mélangeait deux boîtes de thon en miettes à un chou, deux grosses carottes et cinq courgettes râpées, et ajoutait douze radis en rondelles. Elle ne râpait pas les radis, ayant découvert qu'ils devenaient alors aqueux. Elle assaisonnait le tout de sel, de poivre et d'une demi-tasse de jus de citron. Ce n'était pas fantastique mais il fallait bien mastiquer, à cause des fibres.

Lola est allée à la cuisine préparer le petit déjeuner pour ses enfants. Elle aimait ses enfants. C'étaient de beaux enfants. Qui valaient la peine d'être mariée à un homme auprès duquel elle se sentait trop grosse. Lola ne pensait pas que son mari était un mauvais mari ; elle était convaincue que son mal-être avait plus à voir avec elle-même qu'avec lui.

Lola et M. Ex-Rockstar étaient mariés depuis neuf ans. La noce avait été un fiasco complet. Le matin du grand jour, Lola avait présenté son émission de télévision, un programme de quatre heures en direct. Tous les samedis matins, elle s'asseyait derrière un bureau aux studios de Channel 0, à Nunawading, près de Melbourne, pour interviewer des stars du rock et présenter les nouveaux disques. Les trois autres filles du show faisaient semblant de chanter et dansaient sur la musique du hit-parade de la semaine, tandis que Lola restait à sa place derrière le bureau.

Elle était rentrée chez elle pour découvrir que sa coiffeuse, qui s'était disputée avec son petit ami, n'était pas venue. Elle avait saupoudré de talc ses cheveux afin d'absorber le gras de la crème dont elle s'était servie pour se démaquiller après l'émission. Le résultat avait été encore pire.

Renia Bensky s'était mise à pleurer dès qu'elle avait posé les yeux sur la robe de mariée de Lola, en velours bordeaux. « Mais tu l'as déjà vue », lui avait fait remarquer Lola.

« Oui, mais elle n'avait pas l'air aussi informe », avait répondu Renia en reniflant.

Lors de la réception, les invités étaient restés dans leurs groupes respectifs. Si la famille et les amis du marié – la Brigade de l'Église d'Angleterre, ainsi que Lola les avait secrètement surnommés –, étaient déjà guindés quand ils restaient entre eux, en présence des juifs ils se transformaient en blocs de glace.

Et les juifs étaient trop bruyants. Trop expansifs. Et trop obséquieux envers la Brigade de l'Église d'Angleterre. Ils avaient aussi tendance à beaucoup embrasser, et trop de baisers étaient destinés aux non-juifs.

Plusieurs juifs avaient présenté leurs condoléances à Renia et Edek parce que leur fille se mariait en dehors de la communauté. Renia et Edek avaient ignoré ces marques de sympathie. Ni l'un ni l'autre n'avait l'air d'accorder de l'importance à ce manquement aux traditions. À chaque fois qu'on lui en faisait la remarque, Renia secouait impatiemment la tête. Elle était visiblement bien plus préoccupée par le fait que la robe de Lola paraissait un peu juste.

« Tu as pris du poids ? » lui avait-elle demandé alors qu'elles se dirigeaient vers la salle de réception.

« Je ne sais pas », avait répondu Lola. Elle avait failli dire « Depuis quand ? » mais elle savait que sa mère se rappellerait la date exacte à laquelle elle avait essayé sa robe pour la première fois.

Tous les invités, juifs et non-juifs, avaient fait remarquer à Lola comme sa mère était belle ce jour-là. Renia portait une robe sans manches, moirée et brodée, couleur crème. Un grand rond taillé à l'arrière révélait presque tout son dos. Lola en avait déduit que Renia devait avoir sur elle l'un de ses nombreux soutiens-gorge sans bretelles ou sans attache dorsale. Elle, sa robe en velours bordeaux la couvrait du cou aux chevilles.

Avec ses yeux immenses, ses pommettes bien découpées, son gros chignon et sa peau bronzée éclatante, Renia rayonnait. On aurait dit à la fois Sophia Loren et Gina Lollobrigida, les deux femmes auxquelles elle voulait le plus ressembler.

Edek essayait de faire en sorte que les invités se mélangent, une mission impossible. Plus tard, Lola l'avait vu se consoler en grignotant une gaufre au chocolat qu'il avait certainement apportée avec lui. Il l'avait terminée juste avant de commencer son discours.

L'escouade de l'Église d'Angleterre n'avait pas compris un mot de ce qu'Edek avait dit. Il avait tenté un discours extrêmement formel et, dans le processus, estropié son anglais déjà hésitant.

Quant à celui de son nouveau beau-père, Lola s'était dit qu'il ne finirait jamais. La plupart des invités avaient eu la même crainte, en particulier les juifs. Leurs visages exprimaient une concentration torturée tandis que Jack Weldon Worthington Senior discourait, pontifiait et faisait des citations.

Lola s'était mise à penser à ses cheveux. Elle n'aurait jamais dû mettre de talc. Quelle idée stupide, se talquer les cheveux le jour de son mariage ! Le temps qu'elle sorte de ses rêveries poudrées, Jack Weldon Worthington Senior avait atteint l'apogée de sa rhétorique :

« Le mariage est un mal accepté par l'immense majorité, avait-il lancé, et pour citer un vieil adage : "Garde tes yeux grands ouverts avant de te marier, et à moitié fermés après". » Il s'était éclairci la gorge. « Eh bien, assurément notre fils avait un as dans la manche… » Un murmure interloqué avait parcouru les tables juives. Même Lola, félicitée par ses parents et leurs amis pour sa maîtrise de l'anglais depuis qu'elle était toute petite, ne voyait pas de quel as Jack Weldon Worthington Senior voulait parler. Edek, passionné de cartes, avait opiné du bonnet et remarqué : « Oui, c'est toujours bien d'avoir l'as. » Puis, se penchant vers Renia, il avait chuchoté : « Mais peut-être pas dans sa manche. »

« Enfin, nous savons qu'on joue à pile ou face, avait continué Jack Weldon Worthington Senior avec un sourire, il n'y a pas de règle absolue. »

« *Er ret far fayer un far vaser* », avait-elle entendu M. Dunov glisser à M. Pincus, « Que du baratin ».

À quoi M. Pincus avait répondu : « S'ils greffent sa cervelle sur un poulet, le poulet courra droit chez le boucher. » L'expression était encore plus savoureuse en yiddish. Lola avait eu du mal à ne pas pouffer de rire.

Jack Weldon Worthington Senior s'était rassis. Un silence avait suivi, puis Edek s'était mis à applaudir, et le reste de l'assistance l'avait imité. Ensuite, Edek avait conduit Lola et M. Ex-Rockstar au milieu de la salle, et les cinq membres du Haïm Rappaport Big Band s'étaient lancés dans un air appelé *Hozen Kalleh Mazeltov*. Les paroles, *hozen* (fiancé), *kalleh* (fiancée), *mazeltov* (félicitations), étaient répétées à l'infini.

Lola avait entendu cette chanson dans d'innombrables mariages juifs et elle lui donnait souvent envie de pleurer. Sans doute à cause des espoirs démesurés que portent la plupart des mariages, et des notes plaintives de la flûte soutenant la mélodie. Une mélodie qui semblait venir d'un autre monde.

Tous les juifs savaient comment réagir, à ce moment : ils avaient formé deux cercles, l'un avec les hommes, l'autre avec les femmes ; en se tenant par la main, ils s'étaient mis à faire la ronde autour du jeune couple et, chacun à leur tour, ils s'avançaient au milieu du cercle pour danser soit avec la mariée, soit avec le marié.

Les juifs avaient fait signe aux non-juifs de se joindre à eux. Certains s'étaient risqués. Les parents du marié restaient assis à la table d'honneur avec des sourires figés. « C'est une danse juive ! » avait crié Edek alors qu'il passait devant le nouveau beau-père et la nouvelle belle-mère de Lola.

La ronde avait duré longtemps, du moins c'est l'impression que Lola avait eue. Elle n'avait jamais été bonne à cette danse, même si on pouvait s'en tirer en faisant simplement des pas de côté. Elle avait regardé son père. Il connaissait tous les pas qu'il fallait, lui. Bien qu'il ait été quelque peu rondouillard – un patapouf, disait Renia –, il avait le pied léger. Il volait littéralement autour du cercle.

Luba Lipschitz, Martin Schenkel et Fay Feldman étaient assis à leur table, avachis, moroses et silencieux. Leurs parents, tous des rescapés des camps de la mort, étaient sur la piste de danse. Certains des autres invités avaient survécu aux camps de travail ou avaient réussi à se cacher pendant la guerre. Hormis Israël, l'Australie était le pays où l'on comptait le plus de survivants de l'Holocauste par tête d'habitant. Et les enfants étaient les survivants de leurs parents. Plus d'un avait été modelé par un manque d'attention excessivement attentionné. Ils avaient des parents qui remarquaient chaque gramme qu'ils prenaient en trop, ou s'ils n'avaient pas la longueur de cheveux qu'il fallait, mais ne détectaient jamais la moindre tristesse, le moindre désarroi, la moindre sensation de solitude ou la moindre anxiété chez eux. Les absences à l'école, l'argent volé dans le portefeuille ou tout autre symptôme d'une enfance troublée étaient des détails qu'ils ne voyaient pas.

L'espace que la majorité des autres parents gardaient disponible pour leurs enfants était chez eux occupé par le passé. Lola voyait bien que sa mère n'arrivait pas à l'écouter. Elle était souvent obligée de répéter la même phrase trois ou quatre fois, et quand bien même Renia l'entendait, il n'était pas évident qu'elle obtienne une réponse. Dès que Lola était à la maison, sa mère s'absorbait dans une activité quelconque, étendre le linge, ranger la vaisselle… Quand Lola lui posait une question, Renia semblait avoir brusquement quelque chose d'urgent et d'inutilement compliqué à faire. Par exemple, il lui arrivait de placer une chaise en équilibre sur une autre et de s'aider du banc de la cuisine pour grimper dessus afin d'atteindre un placard particulièrement haut. C'était un exercice tellement périlleux qu'à chaque fois Lola oubliait ce qu'elle avait voulu lui demander. Pendant son adolescence, elle reproduisait parfois cet exercice d'équilibriste devant des camarades de classe. Il suffisait qu'elle pose une question à Renia, lui demande quoi que ce soit, et les deux chaises se retrouvaient empilées l'une sur l'autre. Il allait lui falloir des années et des années pour comprendre que Renia n'était pas capable de répondre aux questions. Qu'elle était terrifiée par les questions. Et par les réponses.

Edek avait du mal à entendre Lola, lui aussi. De retour du travail, il dînait puis s'installait dans un fauteuil avec un roman policier. Il écoutait à peine Lola, à moins qu'elle ne hurle presque ce qu'elle avait à dire, et là il levait les yeux de son livre en sursautant.

Lola s'était aperçue que si vous aviez des parents incapables de vivre dans le présent, cela vous rendait la vie dans votre propre présent encore plus compliquée. Une fois seulement elle avait été l'objet de l'attention conjointe des siens : elle avait été arrêtée pour vol à l'étalage quand elle avait dix ans, et Renia comme Edek avaient très mal réagi. Renia, hystérique, n'avait cessé de lui demander comment elle avait pu leur faire une chose pareille, et Edek avait été furieux. Pendant que Renia claquait les portes et faisait résonner les casseroles dans la cuisine avec plus de vigueur que d'habitude, Edek lui, faisait le muet, ne retrouvant l'usage de la parole que pour lui répéter à intervalles réguliers qu'elle avait bien de la chance de ne pas avoir été jetée en prison. Il avait fallu des mois pour que la situation à la maison reprenne son cours normal.

Lola avait épousé M. Ex-Rockstar parce qu'il le lui avait demandé. Aussi parce qu'elle pensait qu'elle l'aimait. Pour Lola, l'argument massue de la demande en mariage de son futur mari avait été de lui dire que jusqu'alors il n'avait jamais voulu se marier, de crainte que celle qu'il épouserait finisse par l'abandonner. Elle avait promis qu'elle l'aimerait toujours et ne le quitterait jamais. Elle ne savait pas encore qu'elle romprait un jour cette promesse.

Pendant la noce, elle avait observé son nouveau mari. Il était tout en cheveux blonds et en peau rosâtre. Elle s'était sentie fière de l'épouser. Ils avaient sauté le pas en dépit de quelques cahots dans leur relation. Elle n'était pas sûre de pouvoir appeler ça des cahots, parce que ces incidents auraient dû théoriquement être plus difficiles à supporter que de simples cahots. Mais pas pour Lola.

Ces incidents, ou cahots, qu'importe le nom qu'on leur donnera, impliquaient d'autres filles. Des filles dans son lit à lui. Un jour, ça s'était passé quelques instants à peine après qu'elle eut quitté ce même lit. Ayant oublié quelque chose chez elle, elle était revenue sur ses pas vingt minutes après être partie au travail et avait trouvé M. Ex-Rockstar en plein hoquets et grognements conclusifs. Très fermement, elle avait demandé à la fille, une blonde aux cheveux raides et aux hanches incroyablement étroites, de déguerpir. Et avec un dédain suprême, elle avait ordonné à son amant de changer les draps du lit.

Elle avait été secouée, certes, mais pas autant qu'elle aurait dû l'être. M. Ex-Rockstar s'était présenté à son bureau quelques heures plus tard avec une mine déconfite et désolée. Et assez flippé aussi, mais Lola n'aurait pas pu dire quelle partie de l'incident l'avait mis dans cet état. Il avait juré que ça ne se reproduirait pas. Lola n'était pas certaine qu'il tiendrait parole. Mais pour une raison ou une autre, même si elle s'était demandé comment il avait pu passer, en seulement vingt minutes, de ses contorsions sur elle au pistonnage de Miss Taille-de-guêpe, ce n'était pas un sujet sur lequel elle voulait s'attarder.

Et elle n'allait certainement pas y penser là, maintenant, le jour de son mariage. Il était tard et elle dansait avec l'un des amis de ses parents, Herschel Ryza, sur la musique du Haïm Rappaport Big Band qui était passé à un répertoire moins fougueux. Herschel Ryza était un petit homme charmant. Topcha, son épouse, et lui n'avaient pas eu d'enfant. Le week-end, Topcha préparait des petits gâteaux aux amandes en forme de fer à cheval et des biscuits au miel. Elle en gardait toujours quelques-uns pour Lola.

À côté d'eux, M. Grynbaum dansait avec Mme Mendel, Mme Slotkowski dansait avec M. Mendel et l'épouse de M. Grynbaum dansait avec Edek. Lola apercevait Renia à l'autre bout de la piste de danse, en train de se mouvoir gracieusement et en harmonie avec M. Slotkowski. Elle soupçonnait sa mère d'avoir une liaison avec celui-ci ; des années auparavant, en rentrant de l'école plus tôt que prévu, elle les avait trouvés tous les deux à la maison, étrangement échevelés et avec des plaques rouges sur la figure. Sa mère lui avait dit que M. Slotkowski était venu l'aider à préparer un cadeau surprise pour l'anniversaire d'Edek et qu'en conséquence Lola ne devait pas parler de sa visite. Puis l'anniversaire de son père s'était passé sans aucune surprise notable. Mais malgré tout, elle n'avait soufflé mot des fréquentes visites de M. Slotkowski et des nombreux coups de téléphone qu'il échangeait avec Renia.

Lola savait que M. Grynbaum avait une liaison avec Mme Zucker. Celle-ci portait une robe en soie turquoise incrustée de perles qui lui laissait une épaule découverte et elle avait l'air de bouillir intérieurement. Elle l'avait vue approcher ses lèvres de l'oreille de M. Grynbaum pour lui murmurer quelque chose. Renia elle-même lui avait parlé de cette intrigue : « Regina Zucker croit que Josef Grynbaum est amoureux d'elle, avait-elle observé, mais il a déjà une grande histoire avec la sœur de Mme Slotkowski ». Lola s'était demandé ce qui distinguait une grande histoire d'une petite. Était-ce la fréquence, la durée ou l'intensité des rapports sexuels ? Elle n'en avait aucune idée, et elle s'était abstenue d'interroger Renia à ce sujet. D'après ce qu'elle avait vu de sa peau pleine de marques rouges et à la façon dont sa mère s'enfuyait de la pièce avec le téléphone à la main à chaque fois que

M. Slotkowski appelait, elle supposait que leur liaison entrait dans la catégorie des grandes histoires.

Elle observait à présent les parents de M. Ex-Rockstar. Ils étaient occupés à parler avec leurs amis Annabelle et Alistair Pilkington, ainsi qu'au juge Wilkinson-Powell. Elle s'était demandé si les invités appartenant à l'Église d'Angleterre avaient eux aussi des aventures avec les conjoints de leurs connaissances. Ils paraissaient tous un peu trop empesés pour ça. Même en bavardant avec leurs proches, ils avaient l'air tendus. Lola ne les imaginait pas froisser leurs vêtements en s'étreignant tour à tour, ni assumer les conséquences de leurs étreintes. Pas plus qu'elle n'imaginait la nature imprévisible des bruits accompagnant des ébats non sanctifiés, elle ne se les figurait pas remettre de l'ordre après la tempête. Peut-être avaient-ils simplement des liaisons plus policées, modérées et distinguées que les autres. Heureux ensemble, avec leur gêne partagée.

Les parents de Lola, qui à ce stade de la soirée dansaient ensemble, avaient décidé de faire l'impasse sur la partie de la noce où les jeunes mariés sont hissés en l'air chacun sur une chaise et transportés à travers la salle, généralement accompagnés encore une fois par l'air de *Hozen Kalleh Mazeltov*.

Lola les avaient entendus débattre de la question avant la fête. « Elle est trop grosse pour qu'on puisse la soulever sur une chaise, avait décrété Renia Bensky.

– Ce n'est pas un seul type qui soulève la chaise, ils se mettent à quatre, avait objecté Edek.

– Elle est trop grosse pour quatre personnes », avait répliqué Renia.

Au bout de deux minutes, Lola avait entendu Edek dire : « Le fils de M. Kirschbaum est très gros et ils l'ont bien soulevé sur une chaise.

– Elle est trop grosse », avait tranché Renia avant de quitter la pièce. Pour Lola, c'était égal : elle n'aimait pas quitter le sol, de toute façon. Être en hauteur lui donnait la nausée.

Lola a achevé la préparation de sa salade au thon. La maison était silencieuse. Même sa petite d'un an n'était pas encore réveillée. Lola n'avait pas l'impression d'avoir trente ans mais d'un autre côté, comment aurait-elle pu savoir quelle impression cela faisait, d'avoir trente ans ? Ce qu'elle savait, c'est qu'elle avait encore son père et sa mère, et c'était une idée curieusement stimulante.

Elle a mangé une petite assiette de salade. Ce n'était pas vraiment le petit déjeuner idéal, mais c'était plein de fibres. Ensuite, elle est allée aux toilettes et elle s'est assise sur la cuvette. Lola adorait s'asseoir là en paix. Elle pensait avoir hérité ce trait d'Edek, qui s'assurait toujours, avant de se rendre aux toilettes, que personne ne viendrait le déranger. « C'est vrai que j'aime avoir la paix sur la cuvette, disait-il toujours, ajoutant parfois : même la reine d'Angleterre a la paix quand elle y est. » C'était bien la seule fois qu'il faisait référence à la reine d'Angleterre, et jusque-là Lola n'avait jamais soupçonné l'un ou l'autre de ses parents de connaître même l'existence de la reine d'Angleterre, ni a fortiori la paix dont elle pouvait jouir lorsqu'elle allait aux toilettes.

Lola avait découvert qu'il n'était pas facile d'avoir la paix quand on avait des enfants. Son fils aimait lui tenir compagnie quand elle allait aux toilettes. Il profitait de ce moment pour lui poser un millier de questions, par exemple : où allaient les tampons hygiéniques qu'elle s'insérait lorsqu'elle avait ses règles ? Il était difficile de se concentrer sur le siège avec un gamin de six ans qui vous demandait de lui montrer où se logeaient les tampons.

Lola, à l'instar d'Edek et éventuellement de la reine d'Angleterre, aimait avoir la paix aux toilettes. La tranquillité permettait au processus de s'accomplir ainsi qu'il le devait. Elle imaginait les muscles du sphincter donner des instructions à son canal anal pour qu'il détende et ouvre son anus ; elle voyait les parois de son colon se contracter et se dilater tandis qu'elles malaxaient la nourriture qui avait été ingérée, dans son cas une grande quantité de choux, de carottes, de radis et de courgettes, encore et encore, comme le contenu d'une machine à laver, ne cessant de broyer les aliments pour en extraire l'eau. Elle savait que plusieurs fois par jour, surtout après avoir mangé, le colon opérait de longues contractions musculaires qui permettaient aux fèces toutes fraîches de passer dans le rectum ; une fois rempli, celui-ci envoyait un message aux centres nerveux de la colonne vertébrale, qui le relayaient aux muscles du sphincter du canal anal en lui commandant de dilater et d'ouvrir l'anus ; et si ce n'était pas un moment opportun pour avoir l'anus béant, le cerveau télégraphiait à la colonne vertébrale de retenir l'envoi du message « Ouvrez l'anus ».

Lola était fascinée par ce système de communication. Chaque partie du corps parlait la même langue. Pas comme sa famille. Renia, Edek et Lola n'avaient jamais parlé la même langue. Renia et Edek parlaient polonais et yiddish. Leur allemand était aussi très correct, mais leur anglais était resté rudimentaire pendant des années, et même après il était demeuré haché et hésitant.

Quand ils vivaient en Allemagne, où Lola était née, ils parlaient tous les trois allemand, mais dès qu'ils étaient arrivés en Australie, Renia et Edek avaient tenu à ce que leur fille ne s'exprime qu'en anglais. Et ils ne s'adressaient à elle que dans cette langue. Le résultat, c'était qu'ils ne comprenaient pas les trois quarts de ce qu'elle leur disait, et vice versa.

Entre eux, Edek et Renia ne parlaient qu'en polonais et en yiddish. Heureusement, Lola savait le yiddish mais elle ne pouvait jamais se joindre à leurs conversations, car dès qu'elle prononçait un mot dans cette langue, Renia la coupait d'un « English, please ! ».

L'anglais de ses parents regorgeait de mots bricolés ou complètement inventés. Edek appelait les fèces « bikpizes » et, jusqu'à ses vingt ans ou presque, Lola avait cru qu'il s'agissait d'un terme polonais, avant de réaliser qu'il disait « *big pieces* », gros morceaux. Cela la rendait triste :

si seulement ils avaient pu parler la même langue, il y aurait eu moins d'espace pour la confusion, la distraction, le désarroi et l'incertitude.

Renia et Edek n'avaient jamais eu l'occasion d'apprendre sérieusement l'anglais. Trois jours après leur arrivée en Australie, ils étaient déjà à l'usine. La seule personne à parler anglais dans l'entreprise était leur patron, qui n'adressait jamais la parole à des prolétaires tels que Renia et Edek. Au travail, ils avaient glané des bribes d'italien, de grec, de maltais et de chinois.

Il était sept heures. Lola savait que son fils serait bientôt debout. Il ne s'attardait jamais au lit. Toujours actif, un peu comme elle. Entendant sa fillette d'un an gazouiller dans son berceau, Lola est allée dans sa chambre. Un bout de fille avec une masse de cheveux blond cuivré lui a souri. « Bonjour, Madame Beauté », lui a lancé Lola.

Madame Beauté était véritablement très belle. Une peau claire et d'immenses yeux de la couleur des bleuets. Lola adorait leur nuance, dans laquelle on retrouvait un peu de ciel et un peu de mer. Des évocations de bonheur. Et elle n'était pas la seule à aimer les yeux de Madame Beauté : tous les juifs en étaient apparemment fous. « Regardez ces yeux bleus qu'elle a ! » s'extasiaient les passants quand Lola descendait Acland Street, à Saint Kilda, avec Madame Beauté dans sa poussette.

Lorsque Renia avait vu le bébé pour la première fois à la maternité, quelques heures après sa naissance, elle avait soudain pâli. Livide. « C'est le portrait d'Hanka », avait-elle soufflé avant de s'enfuir de la chambre. Hanka était la fille de Bluma, la sœur préférée de Renia. À l'époque où Renia et Edek avaient perdu leur permis de travail dans le ghetto et devaient se cacher, Hanka, âgée de neuf ans et qui continuait à travailler, leur apportait sa ration de soupe tous les jours.

Hanka et Bluma avaient fait partie du dernier convoi de déportation du ghetto de Lodz vers Auschwitz avec Renia et Edek. Sur le quai d'arrivée au camp, Renia, qui avait été poussée dans le groupe de ceux qui pourraient vivre, avait essayé d'arracher Hanka des bras de sa sœur, mais Bluma, dirigée vers la chambre à gaz sans le savoir, avait serré sa fille contre elle.

Madame Beauté était une enfant pleine de gaieté. Elle souriait pour un rien. Lola espérait qu'elle garderait cette bonne disposition. Elle savait que c'était une chose que l'on perdait facilement. Les rares personnes qui avaient connu Lola au camp de transit en Allemagne, puis à son arrivée en Australie à l'âge de trois ans, lui disaient toujours qu'elle avait été une enfant adorable, souriante et gaie.

Elle ne pensait pas que quiconque la connaissant maintenant se serait empressé de la décrire en ces termes. Comment avait-elle perdu sa gaieté, se demandait-elle parfois. Où était-elle partie ? Est-ce qu'il n'y avait qu'une quantité limitée de gaieté dans le monde ? Peut-être que si on ne la surveillait pas de près, sa gaieté, elle pouvait disparaître comme ça, d'un coup.

Non que Lola ait été particulièrement renfrognée. Elle ne l'était pas. Elle riait beaucoup et trouvait drôles plein de choses. C'était juste qu'elle baignait dans une sorte de tristesse, une tristesse dont il était difficile de s'échapper. Même avec le visage ravi de Madame Beauté levé vers elle.

Après le petit déjeuner, Lola a conduit son fils à l'école malgré ses protestations, il en avait soupé des cours, il s'y ennuyait et ne voulait plus y retourner. Ensuite, elle a déposé Madame Beauté à la garderie et s'est rendue à son travail.

Au volant de sa voiture, Lola rêvait souvent tout éveillée. Et ces dérives fantasmatiques avaient toujours pour thème des accidents de voiture. Elle imaginait la scène après une affreuse collision. Jamais la collision elle-même, mais le chaos qui s'ensuivait une demi-minute après. Le sang, les vitres explosées, les portières et les capots déchiquetés, les toits enfoncés et des éclats de verre partout.

Invariablement, la personne blessée était quelqu'un qu'elle connaissait. Dans ces rêves éveillés, Lola s'arrêtait au bord de la route, attrapait le kit d'urgence qu'elle avait dans la boîte à gants et courait à la rescousse. Elle retirait les bouts de verre, stoppait les hémorragies, pansait les plaies, retirait péniblement la victime de l'épave en lui répétant que tout irait bien.

Et ensuite, la famille débordait de gratitude envers elle. Ils pleuraient en disant « Merci mon Dieu, Lola était là ! » Les plus riches lui proposaient souvent de l'argent pour manifester leur reconnaissance, et même si elle en avait eu l'utilité – M. Ex-Rockstar était désormais simple fonctionnaire, comptable dans une administration publique –, elle refusait toujours.

Plusieurs années après, Lola allait lire dans un livre consacré aux enfants des rescapés des camps de la mort que souvent ils ne s'estimaient pas en droit de vivre leur propre vie tant qu'ils n'étaient pas revenus symboliquement à l'univers chaotique et psychotique du camp de concentration pour y sauver leurs parents. Aussitôt, elle allait faire le lien avec ces fantasmes de premier secours. Des fantasmes qui avaient accaparé des milliers d'heures dans son existence.

Dans ce même ouvrage de la psychanalyste Louise J. Kaplan, *No Voice Is Ever Wholly Lost*, Lola apprendrait que l'un des problèmes majeurs de ces enfants était le besoin obsédant de revivre le passé de leurs parents. C'était leur manière de transformer l'humiliation, la déchéance et la culpabilité de leurs géniteurs en triomphe sur ceux qui les avaient opprimés. Lola allait être très marquée par cette analyse : elle correspondait point par point à ses rêves éveillés d'accidents de la route.

Lola se préparait à ces collisions imaginaires avec la même impatience et les mêmes attentes que d'autres quand ils étaient sur le point de voir un film. Le cinéma l'ennuyait. Elle avait regardé les interminables mélodrames d'Ingmar Bergman en se demandant seulement quand cela allait finir. Elle avait baîllé devant *Jules et Jim* et s'était retrouvée presque comateuse à la fin de *Mary Poppins*. En revanche, elle sortait de ses rêveries d'accident revigorée, pleinement satisfaite et, oui, victorieuse. Pas une seule fois, dans toutes ces scènes tragiques, le triomphe ne lui avait été dénié.

Lola connaissait très bien ce sentiment de ne pas être en droit de vivre sa vie. Elle se voyait souvent comme une simulatrice. Quelqu'un qui faisait semblant d'appartenir à la famille Bensky. Les « vrais » membres de cette famille étaient bien entendu les morts, et ceux qui avaient souffert de concert avec eux. Même au temps où Renia, Edek et elle devaient se partager une seule pièce, elle se considérait comme une petite fille riche et gâtée. Sa vie était tellement facile, se disait-elle. Et elle devait passer une grande partie de son existence à essayer de corriger cela, à faire en sorte que sa vie ne soit pas si facile. Seulement, elle ne le savait pas, elle le faisait de manière inconsciente.

Lola ignorait qu'elle était liée aux morts par une double couture. Cousue à eux par un fil invisible. Et commençant à éprouver leur poids.

Elle ne savait pas non plus qu'elle allait bientôt se mettre à avoir des crises de panique. Celles-ci se sont déclenchées de but en blanc par une belle journée ensoleillée, alors qu'elle ramenait à la maison son fils et un camarade de classe. Elle venait de s'engager sur Toorak Road, l'une de ces larges artères bordées de boutiques qui traversent les banlieues les plus huppées de Melbourne ; les mamans faisaient du shopping avec leurs enfants, des passants promenaient leur chien, les terrasses de café étaient bondées de citadins profitant du printemps, c'est alors que Lola a senti que la tête lui tournait et que son front se couvrait de sueur. Elle s'est cramponnée au volant, persuadée qu'elle allait s'évanouir.

Son fils, qui avait alors huit ans, et son ami étaient assis à l'arrière. Madame Beauté, qui en avait deux, était à la maison avec la baby-sitter. Lola a baissé sa vitre et s'est efforcée de respirer profondément. Elle ne comprenait pas ce qui lui arrivait mais elle sentait que ce n'était pas bon. À cette heure de la sortie des écoles, la circulation était dense. Elle a conduit avec la tête à moitié en dehors de la voiture, le cœur palpitant. Elle a réussi à déposer le camarade de son fils devant chez lui et à parvenir à bon port.

Elle a consulté trois neurologues différents. Sa tête a été mesurée, explorée et radiographiée. On a parlé de tumeurs, de crises épileptiques, de maladies infectieuses, mais sans jamais trouver aucune preuve de tout cela. Elle est retournée voir son analyste, celui qu'elle allait par la suite appeler « mon premier psy ». « Attaques de panique, a-t-il énoncé, périodes d'anxiété paralysante survenant soudainement. »

Lola était allée chez le Dr Silver pour la première fois quand elle avait vingt-cinq ans. Elle avait cru qu'elle s'adressait à un spécialiste des problèmes de poids. Pendant quatre ans, elle s'était allongée sur son divan deux fois par semaine. La première année avec lui, elle avait pris dix kilos.

Le deuxième analyste de Lola, qu'elle avait commencé à voir alors qu'elle approchait de la quarantaine, avait émis l'hypothèse que ses crises avaient pu être provoquées par un besoin de se punir d'avoir obtenu ce qu'elle voulait. Enceinte de Madame Beauté, Lola désirait fortement avoir une fille. Après l'accouchement, une césarienne sous anesthésie générale, son obstétricien lui avait raconté qu'elle avait répété à plusieurs reprises dans son état de semi-conscience : « Quelqu'un qui a beaucoup de chance a eu une fille », et qu'elle l'avait dit encore et encore, « Quelqu'un qui a beaucoup de chance a eu une fille », quand bien même lui et les infirmières certifiaient à Lola que c'était elle qui venait d'avoir une petite fille. Avec son troisième analyste, Lola avait compris qu'il n'était pas si facile de vivre avec la sensation d'être chanceuse.

Les crises de panique la prenaient toujours par surprise, au supermarché, dans la rue, en voiture. Elle essayait de conduire aussi peu que possible, ce qui dans une ville comme Melbourne n'avait rien d'évident. Elle a embauché une assistante à temps partiel pour avoir de la compagnie au bureau. Quand elle avait une interview, elle prenait un Valium dosé à cinq milligrammes.

Depuis des années, elle avait tout géré seule. Rester tard au travail, se repérer dans les aéroports, parcourir de très longs trajets en voiture. Maintenant, elle avait besoin de quelqu'un près d'elle tout le temps.

Elle ne connaissait personne qui avait eu une attaque de panique. Elle n'en avait jusque-là jamais entendu parler, mais elle ignorait tant de choses… Par exemple être juive : ses connaissances étaient des plus limitées sur le sujet. Elle ignorait la signification de la plupart des fêtes, n'entendait rien à la religion, ne comprenait pas un mot d'hébreu. Elle avait été une enfant juive mais on ne lui avait permis de rejoindre aucune des deux organisations de jeunesse juives auxquelles la majorité des adolescents juifs de Melbourne appartenaient. Elle n'avait pas non plus été autorisée à aller à la synagogue. Le jour de Kippour, le moment du Grand Pardon, la date la plus sacrée du calendrier juif où l'on était censé jeûner, ne pas conduire et s'abstenir de tout travail, Edek passait en voiture devant la synagogue en agitant en l'air un sandwich au jambon. « Hypocrites ! maugréait-il entre ses dents, qui est-ce que vous priez ? »

Renia et Edek étaient fâchés contre Dieu. Ils n'étaient pas réellement fâchés contre les Allemands. Ils étaient bouleversés par le nombre de Polonais qui avaient été plus que contents de se débarrasser de leurs juifs, mais c'est surtout à Dieu qu'ils en voulaient. En fait, ils proclamaient tous deux que Dieu n'existait pas et, en même temps, ils étaient l'un comme l'autre furieux contre lui. Aussi Lola se sentait-elle coupable à chaque fois qu'elle mettait les pieds dans une synagogue. Là aussi, elle avait l'impression d'être une simulatrice, une intruse, une étrangère. Pas une vraie juive.

Combien de fois avait-on dit à Lola qu'il était essentiel qu'elle se marie à un garçon juif ? Dix mille ? Où et comment elle devrait le rencontrer étaient des points qui n'avaient néanmoins jamais été abordés. Attendaient-ils qu'elle se précipite sur Harry Mendel, le fils des amis de ses parents, M. et Mme Mendel ? Elle avait treize ans et demi quand il lui avait déclaré qu'il pourrait envisager de sortir avec elle si elle perdait un peu de poids. Lola l'avait dévisagé un long moment, puis elle avait tendu la main pour attraper une grosse part du cheesecake que Mme Mendel venait de préparer.

Elle s'est garée devant le petit pavillon qu'elle louait à Carlton et dont elle avait fait son bureau. Vraiment petit : deux pièces et une cuisine. Il lui rappelait celui de North Carlton où elle avait emménagé avec ses parents quand ils avaient quitté leur minuscule appartement de Brunswick. Il était situé dans le nord du quartier, à quelques minutes à pied de son bureau.

Elle travaillait pour un mensuel illustré qui se voulait à la fois tendance et hautement intellectuel. Elle écrivait des portraits élaborés de cinq ou six pages. Ce mois-là, elle rédigeait le portrait d'un psychiatre de Melbourne qui avait recours à la méditation pour éliminer des tumeurs cancéreuses ou stopper leur croissance. Lola avait dû participer à plusieurs séances de méditation. Elle n'était pas douée pour méditer : elle avait du mal à rester assise sans parler pendant une heure, en compagnie de gens qu'elle ne connaissait pas. Ça réveillait ses angoisses. Elle s'était dit que si elle était obligée de retourner méditer, elle prendrait un Valium.

Lola n'était pas bonne pour tout ce qui exigeait de l'inertie. Méditation, massages, masques faciaux, bains de boue, tout ça la rendait très anxieuse. Elle ne croyait pas qu'elle aurait besoin d'assister à une séance de méditation supplémentaire. Elle avait probablement tout le matériau nécessaire à son papier.

Elle aimait écrire des portraits. Assembler le puzzle d'une trajectoire individuelle. La plupart des gens avaient des éléments et des facettes qui se combinaient bien. Les pièces concordaient, il n'y avait pas de vides béants ou de manques inquiétants. Lola avait découvert qu'en général, elle était en mesure de former un tableau complet si elle posait suffisamment de questions. Et elle aimait observer les sujets de ses portraits, noter leurs gestes les plus fréquents, étudier les inflexions de leur voix et les changements dans leur attitude, guetter leurs réactions. Voir comment leurs habitudes et leurs histoires s'associaient pour faire d'eux qui ils étaient.

Elle pensait que son histoire à elle aussi était perceptible, même si elle prenait soin de la déguiser sous une voix calme et des mouvements réfléchis, pondérés. Mais il suffisait de regarder plus attentivement, au-delà du sourire mesuré, et alors on voyait presque des nazis lever la jambe au pas de l'oie, comme une ligne de chorus girls bien entraînées.

Certains individus lui paraissaient venus d'un coin de ciel éternellement bleu et ensoleillé. Elle les enviait. Toutefois, elle éprouvait une certaine méfiance envers ceux qui se montraient exagérément optimistes et enjoués. Elle était plus attirée par les gens moroses, ceux qui avaient des doutes, ceux qui avaient dû lutter, ceux qui avaient souffert. Elle croyait que l'une des raisons pour laquelle elle aimait M. Ex-Rockstar était la froideur extrême de ses beaux-parents. Ils étaient si distants. Son mari était leur plus jeune enfant et Lola supposait que cela avait été très dur pour lui de grandir dans une famille aussi riche et aussi peu chaleureuse. Ils manifestaient une indifférence envers leur progéniture que Lola trouvait effrayante. La mère disait « Hello darling » à son fils et lui posait un rapide baiser sur la joue, du bout des lèvres, mais il n'y avait rien dans ce geste, rien que du vide.

La mère de M. Ex-Rockstar jouait souvent au golf. Elle ne travaillait pas et ne faisait pas non plus la cuisine, ce qui d'après Lola n'était pas plus mal, car dans les rares occasions où elle s'était mise aux fourneaux, elle leur avait servi le même repas infâme. Son entrée habituelle consistait en tomates coupées en deux garnies d'une rondelle d'oignon cru. Elle appelait ça une entrée ? Lola était habituée aux repas de Renia Bensky, qui cuisinait des heures durant et préparait assez de nourriture pour trois fois le nombre d'invités attendus. Chez elle, l'entrée était une série de mets servis avec le pain noir et compact qu'elle achetait sur Acland Street, par exemple un pâté de foie de poulet, du fromage blanc relevé de ciboulette et de radis hachés, de la langue de bœuf au poivre coupée en fines lamelles…

M. Ex-Rockstar adorait les petits plats de Renia, et ils dînaient chez les parents de Lola au moins une fois par semaine. Lui-même ne faisait pas la cuisine mais il aimait bien préparer des sablés, son ambition étant de parvenir à la recette parfaite. À chaque fois que Lola rentrait du travail tard le soir, elle tombait sur des plateaux et des plateaux de petites galettes à peine sorties du four. D'après ce qu'elle avait compris, le secret d'un sablé réussi résidait dans la qualité du beurre. Comme il fallait utiliser les plus savoureux, le frigo de Lola était envahi de différents beurres importés et locaux. Ces biscuits demandaient une tasse de beurre et une demie de sucre pour deux de farine. Ce n'était pas excellent pour le régime de Lola. C'était même catastrophique.

Quand Lola a pris la décision de quitter M. Ex-Rockstar, elle l'a dit à Renia et Edek peu après l'avoir annoncé à l'intéressé. Elle ne s'attendait pas à ce que ses parents prennent bien la nouvelle, elle avait redouté le moment où elle la leur communiquerait, mais l'hystérie qui a suivi a été encore pire que ce qu'elle avait appréhendé. Cela a été pire que de le dire à M. Ex-Rockstar lui-même.

Après le choc initial causé par l'annonce que quelqu'un d'autre était tombé amoureux de Lola – ou était-ce d'apprendre que Lola était tombée amoureuse de quelqu'un d'autre ? –, M. Ex-Rockstar a paru presque content. Au bout d'une semaine sans rien manger, pendant laquelle il a perdu six kilos, il a demandé à Lola s'ils pourraient rester bons amis. « Bien sûr », a-t-elle répondu. Elle avait l'impression d'aimer M. Ex-Rockstar comme une sœur, disons.

« De toute façon, tu as toujours été un peu trop difficile à suivre pour moi », a remarqué M. Ex-Rockstar.

« Ah oui ? » a-t-elle répondu. Les scrupules qu'elle avait à le quitter ont commencé à s'estomper. Et une gaieté qu'elle ne lui avait pas vue depuis des années est apparue sur le visage de celui qui allait bientôt être son ex-mari. Elle devinait qu'il se demandait si, du fait de son statut de comptable, il allait pouvoir retrouver ses mœurs de rock star.

Edek n'avait pas pris la chose avec autant de flegme. « *Oy, Gott !* » a-t-il gémi à plusieurs reprises, à la fois stupéfait et incrédule.

Renia, elle, n'y est pas allée par quatre chemins : « Hitler ne m'a pas tuée, donc tu veux m'achever ! » s'est-elle exclamée. Avant que Lola puisse répondre – si elle était capable de répondre quoi que ce soit à cette accusation de complicité avec Hitler –, sa mère s'est lamentée : « Ah, j'aurais mieux fait de mourir à Auschwitz que de vivre pour entendre une chose pareille !

– Liebala, Liebala, a supplié Edek en appelant Lola par son petit nom, ne nous fais pas ça !

– Je ne *vous* fais pas ça, je me le fais à moi-même. C'est moi qui mets fin à mon mariage.

– Elle veut nous tuer !

– Je ne veux pas vous tuer du tout.

– J'aurais dû mourir à Auschwitz », a répété Renia en sanglotant.

Lola en a été secouée. Jusque-là, elle n'avait vu Renia pleurer que discrètement. Sur ses morts, sans bruit. Sur son père, sa mère ou sur ses frères et sœurs. Une fois, quand elle avait cinq ou six ans, elle l'avait regardée pleurer en silence. Tout le corps de sa mère était secoué de sanglots mais aucun son ne s'échappait de sa bouche. Lola avait passé ses bras autour d'elle mais Renia n'avait pas paru s'en apercevoir.

En rentrant à la maison, Edek les avait trouvées assises l'une à côté de l'autre, muettes. Il avait dit quelque chose à Renia en polonais, puis il avait expliqué maladroitement à Lola : « Ta mère pleure pour un petit garçon qui est mort au ghetto. » Lola savait que sa mère devait penser à quelque chose de très triste ; ce qu'elle allait apprendre seulement des années plus tard, c'est que ce petit garçon, ce bébé, était son frère. Le fils de Renia et d'Edek.

Lola a regretté de ne pas avoir attendu plus longtemps avant d'informer ses parents qu'elle quittait M. Ex-Rockstar. Elle n'avait jamais vu sa mère pleurer de manière si franche. Cela l'effrayait. Elle a essayé de se raisonner. Elle ne croyait pas que Renia aurait véritablement préféré périr à Auschwitz.

Elle s'est dit que ce mot, Auschwitz, était sans doute l'un des premiers qu'elle avait appris dans son enfance. Renia racontait qu'elle avait été un bébé précoce, qu'elle parlait déjà à dix mois. Dans le camp de personnes déplacées où elle était née, Auschwitz avait dû être un sujet de conversation courant. Les gens étaient obligés d'en parler : cela faisait partie des informations personnelles que l'on recueillait chez les rescapés de l'extermination nazie.

Quelques années après, la plupart de ces mêmes rescapés allaient arrêter de parler d'Auschwitz, mais ils ne cesseraient jamais d'y penser. Et parfois, ils laisseraient échapper des petits fragments explosifs appartenant à ce monde passé, ce monde déformé, ce monde perverti.

« Cette pauvre Ida, elle voulait tellement avoir un enfant », disait par exemple Renia à chaque fois que leurs amis Ida et Yitzak Stein leur rendaient visite. Quand Lola avait fini par demander pourquoi Ida n'en avait pas, si elle en avait tant voulu, Renia avait murmuré d'une voix à peine audible : « Parce qu'ils ont essayé de lui fermer l'utérus avec de la colle. »

Lola savait très bien à qui ce « ils » renvoyait : à la Gestapo, aux SS, aux Obersturmfuhrers et aux kapos qui venaient prendre les juifs dans les baraquements, dans les rassemblements pour l'appel, dans les files de travail, pour les abattre sur place ou les envoyer subir des expériences pseudo-médicales aberrantes. Et plus tard, elle allait retrouver dans des livres tous ces médecins allemands qui avaient expérimenté comme des fous à Auschwitz, y compris un certain Professeur Herr Doktor

Carl Clauberg qui, sous prétexte d'étudier des techniques de stérilisation, avait injecté à un grand nombre de prisonnières des substances chimiques destinées à coller les parois de leur utérus.

Lola était triste. Elle n'arrivait pas à croire que Renia ait eu une telle réaction en apprenant que sa fille quittait un homme qu'elle n'avait peut-être pas souhaité au départ voir devenir son gendre. Elle espérait vraiment que Renia ne regrettait pas réellement de ne pas avoir péri à Auschwitz.

Edek a quitté la pièce. Lola s'est dit qu'il était probablement allé lire un de ses romans policiers qui avaient des titres comme *Du sang sur la crosse*, *Cinq épouses mortes* ou *Terreur au triage*. Ou bien il cherchait un bout de chocolat quelque part.

« C'est une tocade, a déclaré Renia, comme si l'idée que Lola puisse avoir une liaison extraconjugale lui était brusquement venue à l'esprit. Ce n'est pas de l'amour. Moi, j'ai aimé quelqu'un d'autre, mais je n'ai pas quitté ton père. » Lola ne voulait pas entendre ça. Elle ne voulait pas savoir comment Renia avait sacrifié son bonheur pour le bien de sa fille. Edek adorait Renia. Pourquoi Renia ressentait-elle le besoin de noircir le tableau ? Il était déjà bien assez sombre.

« Vous êtes un exemple pour nous qu'un mariage mixte il peut marcher, a affirmé Edek, qui était revenu avec du chocolat sur la bouche.

– J'essaierai de faire mieux la prochaine fois », a promis Lola. Car il y aurait une prochaine fois. Elle le savait. Elle quittait M. Ex-Rockstar parce qu'elle était tombée amoureuse de quelqu'un d'autre. Vraiment amoureuse, pensait-elle.

5

« Tu as tout pour toi », a assuré Patricia Pritchard à Lola Bensky. La poitrine de Lola s'est contractée. C'était comme si ses côtes étaient devenues des mains enserrant ses poumons. « Tu as tout pour toi, a répété Patricia Pritchard, tu es splendide, tu as un homme qui t'adore, tu as des enfants extra et tu vis à SoHo. »

Patricia, qui travaillait chez Oliver and Joseph, un groupe d'édition international, était très mince, très blonde et très têtue. Elle était aussi l'éditrice de Lola. « Personne n'a tout », a répondu Lola sur un ton qu'elle espérait plus mélancolique que brutal. Elle a tenté de prendre une profonde inspiration, mais sa poitrine restait bloquée.

« Et tu es mince, en plus, a continué Patricia avec un air presque chagriné. Moi, je fais de l'exercice deux heures par jour pour pouvoir manger un peu. J'ai quarante-trois ans et j'attends encore de rencontrer l'homme avec qui fonder une famille.

– Je ne suis pas mince », a coassé Lola. Elle s'est raclé la gorge et a dit à nouveau : « Je ne suis pas mince. » Lola avait cinquante et un ans, presque cinquante-deux. Elle n'était pas censée couiner au lieu de parler.

La raison pour laquelle elle avait maintenant une éditrice, c'était qu'elle avait écrit un livre. Un livre intitulé *L'Agence de détectives ultra-privés*. Elle ne savait pas pourquoi elle avait écrit ce livre. Elle ignorait tout des détectives privés et du fonctionnement de leurs agences.

Elle avait eu depuis longtemps envie d'écrire quelque chose de plus long qu'un grand article de magazine. Écrire sans avoir à s'arrêter au bout de dix ou douze pages. Mais elle continuait à s'étonner d'avoir écrit ce livre. Le fait d'avoir vu très souvent Edek plongé dans un roman policier ne l'avait pas rendu familière de cette littérature. *L'Agence de détectives ultra-privés* avait étonné Lola autant que son entourage.

Patricia Pritchard avait fait l'acquisition de son manuscrit pour une somme relativement modeste. Il s'était déjà vendu à plus de cent mille exemplaires. Lola se demandait qui pouvait bien l'acheter. Peut-être des gens qui ne connaissaient pas grand-chose au roman policier, eux non plus.

Edek n'avait pas aimé *L'Agence de détectives ultra-privés.* « Il ne se passe rien, dans ce livre », avait-il critiqué. Lola trouvait qu'il avait raison. Il n'y avait pas un seul meurtre ni un seul chantage, alors qu'Edek voulait plein de meurtres et plein de chantages. Et plus il y en avait, plus il appréciait sa lecture.

Dans son roman, Lola s'était plutôt intéressée aux problèmes les plus courants de la vie quotidienne. La femme mariée de cinquante-deux ans qui disparaît chaque mercredi matin ; l'associé en affaires qui se met à se teindre les cheveux et à venir au travail en patins à roulettes des décennies après la mode du patin ; le mari qui rentre tard trois soirs par semaine, rendu bouffi et haletant par une allergie, alors que les autres soirs il rentre à l'heure et en parfaite santé.

La majorité des revenus de l'Agence de détectives ultra-privés provenait des recherches concernant les divorces. Elle se procurait le dossier de divorce des personnes auxquelles ses clients s'intéressaient sur le plan sentimental. Ces documents pouvaient en dire long sur l'homme ou la femme que l'on envisageait d'épouser. Les disputes autour de l'argent étaient extrêmement révélatrices du caractère et de la mentalité de quelqu'un, de même que des détails mineurs cités comme facteurs de discorde, par exemple le fait de mastiquer bruyamment, de grincer des dents ou d'avoir une propension excessive aux flatulences. L'agence recherchait aussi dans ces dossiers des indications d'usage de drogue, d'alcoolisme, de violence conjugale (habituellement de l'homme envers la femme) ou de mauvais traitement des enfants. Un dossier de divorce, c'était une mine d'informations.

L'agence comptait deux détectives privés juifs, Harry et Shlomo. Ils étaient l'un et l'autre obsédés par la météo. Le poste de télévision dans l'arrière-salle de leurs bureaux au Village était en permanence réglé sur la chaîne météo. Plusieurs fois par jour, ensemble ou non, ils venaient surveiller le temps et écouter avec une mine catastrophée les annonces d'ouragans, de tornades ou de violents orages quelque part dans le pays.

Shlomo n'allait nulle part sans un grand parapluie, quelle que soit la saison. Même s'il était difficile d'organiser une filature ni vu ni connu quand on se baladait avec un immense parapluie en pleine vague de sécheresse, Shlomo et son pépin étaient inséparables. Aussi, Shlomo était juif orthodoxe. Il portait un costume noir que l'âge faisait briller, un chapeau noir et de longues papillotes noires qui se balançaient de chaque côté de son menton.

À l'instar d'un grand nombre de juifs hassidiques et de taxis chinois, il conduisait comme un dément. Il se moquait des limitations de stationnement et du code de la route en général, exécutait de brusques demi-tours au mépris de la ligne continue, prenait à contresens les rues à sens unique, et agitait théâtralement son bras par la fenêtre de sa camionnette cabossée pour prévenir les autres automobilistes de la manœuvre qu'il souhaitait exécuter. Ces avertissements étaient incompréhensibles et intervenaient trop tard, obligeant l'autre conducteur à donner un coup de volant désespéré pour éviter de se prendre la voiture d'en face ou de tamponner la camionnette de Shlomo.

Sa dégaine de tous les jours était le déguisement idéal. Personne n'aurait pensé être filé par un juif orthodoxe d'un certain âge, débraillé et nerveux, avec un chapeau noir de travers et des papillotes trop longues. Shlomo avait peint à la main une fausse raison sociale sur les flancs de son véhicule : « Fournitures scolaires Brooklyn, 68 Front Street, Brooklyn, téléphone 718-678-6786 ».

« Jamais qu'on va soupçonner quelqu'un qui met son nom, son adresse et son numéro de téléphone sur son voiture », avait-il commenté fièrement. Né en Amérique, Shlomo parlait un anglais à la grammaire torturée avec un fort accent yiddish. « Où tu es allé à l'école ? À Minsk ? À Pinsk ? » lui demandait régulièrement sa boss, et lui de répondre à chaque fois :

« À Brooklyn ! »

Shlomo était tellement maladroit qu'on ne pouvait le soupçonner de quoi que ce soit. Quand il n'était pas derrière un volant, il attirait la sollicitude et la commisération de la plupart des gens. Il arrivait que des suspects qu'il prenait en filature lui demandent s'ils pouvaient lui être de quelque secours. Il avait l'air perdu, déboussolé, et de fait il n'avait aucun sens de l'orientation. Il avait sur lui en permanence un GPS étanche, un appareil conçu pour la randonnée. C'était bien pratique qu'il soit étanche : il n'avait pas à s'inquiéter qu'il soit endommagé s'il se mettait à pleuvoir. Il jetait un coup d'œil au petit écran toutes les deux minutes pendant qu'il marchait. Les gens s'arrêtaient souvent pour lui proposer de l'aider à trouver son chemin.

La femme de Shlomo essayait de l'aider, elle aussi. Chaque matin, elle lui préparait son costume noir, une chemise, des chaussettes et des sous-vêtements propres. Elle mettait dans un sac à bandoulière noir son déjeuner, le bulletin météo du jour qu'elle avait téléchargé et imprimé et, en été, une paire de lunettes de soleil.

La maladresse de Shlomo, combinée à son allure inoffensive ou même inepte, se révélait être un grand avantage. Les suspects se déballaient volontiers devant lui, dévoilant souvent bien plus que ce que l'Agence de détectives ultra-privés avait besoin de savoir. Les maris qu'il filait le prenaient pour confident, au point que Shlomo avait parfois de la peine pour eux. Avoir de la peine pour les gens ne fait pas partie des spécificités du métier, devait fréquemment lui rappeler sa boss lorsqu'il lui remettait les photographies et les enregistrements de ses conversations.

L'agence était constituée de trois composants, ou plutôt deux composants, Shlomo et Harry, et une composante puisque leur boss était une femme, Petrushka Inge Maria Pagenstecker, qu'ils appelaient plus simplement Pimp.

Le collègue de Shlomo, Harry, avait lui aussi sa licence de détective privé et il était un grand spécialiste d'Internet. Il était capable de débusquer n'importe quelle information dont il avait besoin avec un ordinateur. Il pouvait vérifier les références et le passé de la nounou, du garçon chargé de promener le chien, de la femme de ménage, du couple surveillant la maison pendant les vacances, de la personne repérée sur un site de rencontres ou de celle qu'on envisageait d'épouser. Il allait regarder dans les casiers judiciaires et les historiques d'assurances auto, était en mesure de dire si quelqu'un était visé par une action en justice en cours ou s'apprêtait à traîner quelqu'un d'autre devant les tribunaux. Il pouvait retrouver les déboires financiers de tel ou tel suspect, s'il avait déclaré faillite dans le passé, s'il avait signé des chèques sans provision, s'il avait eu des défauts de paiement ou un redressement fiscal. Si vous vouliez savoir quoi que ce soit au sujet de votre petit ami, ou du mari de votre meilleure amie, ou de la femme de votre oncle, ou de votre ancien professeur de violon, Harry répondait à vos attentes.

C'était lui qui avait la charge de toutes les enquêtes concernant les dossiers de divorce. Il s'occupait également de tenir les statistiques : grâce à lui, l'agence savait que son taux de succès dans les cas de surveillance conjugale – c'est-à-dire quand ils arrivaient à prendre en faute le conjoint d'un client ou d'une cliente – atteignait les quatre-vingt-dix-huit pour cent. Harry estimait qu'ils devraient en faire un argument publicitaire, mais Petrushka Inge Maria Pagenstecker ne croyait pas à la publicité. Elle se fiait plutôt au bouche-à-oreille. « La publicité n'est pas privée », aimait-elle affirmer. Ni Harry ni Shlomo ne comprenaient ce qu'elle entendait par là, mais ils ne posaient que très rarement des questions et ne contestaient jamais les paroles de Pimp.

Harry avait fait remarquer que les deux tiers des clients de l'Agence de détectives ultra-privés étaient de sexe féminin. Il avait aussi relevé que lorsqu'un homme surprenait son épouse en train de le tromper, cela se terminait en divorce dans quatre-vingt-dix-neuf pour cent des cas, mais que si c'était le contraire, la femme choisissait de préserver son mariage dans cinquante à soixante pour cent des cas. Ainsi qu'il l'avait formulé, quand les clients masculins découvraient qu'ils avaient été trompés, ils devenaient furieux, et quand les clientes avaient la preuve de l'infidélité de leur mari, elles fondaient en larmes. Lola Bensky n'était pas certaine que l'Agence de détectives ultra-privés eût besoin de ce genre d'informations, mais Harry continuait à les accumuler et à les partager.

Harry n'était pas vraiment fait pour la surveillance ou toute autre forme de travail sur le terrain. Il n'était pas à l'aise en société. Il ne desserrait pas les dents pendant des heures, et mettait un temps fou à répondre à la moindre question. Il était très maigre et il avait toujours faim. Il n'avait pas la condition physique requise pour installer ou contrôler des écoutes téléphoniques ou une surveillance par micros. Devant un écran d'ordinateur, toutefois, il se transformait du tout au tout. Ses doigts filaient sur le clavier à une vitesse vertigineuse, il maniait sa souris avec la dextérité d'un pianiste professionnel et la rapidité d'un pilote de course automobile.

Tout en travaillant, Harry était capable d'ingurgiter des donuts, des bagels au fromage fondu, des hot dogs et des sandwichs œufs mayonnaise sans observer la moindre pause ni se déconcentrer. En dépit de tout ce qu'il mangeait, il restait maigre, alors que Shlomo essayait tout le temps de perdre du poids pour mieux pouvoir se glisser dans les embrasures étroites. Quand Shlomo avait rencontré Harry pour la première fois, il avait été ravi. Il s'était dit que ce dernier pourrait se charger des courses et des poursuites quand ce serait nécessaire. Mais malgré son extrême minceur, Harry était un piètre coureur. Heureusement, l'Agence de détectives ultra-privés ne prenait pas beaucoup d'affaires qui nécessitaient de piquer un sprint.

Lola Bensky estimait que la majorité des juifs n'étaient pas bâtis pour la course à pied. Il ne devait pas y avoir des masses de juifs médaillés olympiques en course de fond ou de demi-fond. Quelle que soit leur corpulence, quand les juifs essayaient de mettre leur corps en mouvement, tout s'entrechoquait dans un fouillis disgracieux de coudes, de genoux, de bras, de jambes, de hanches et de ventre.

Lola a regardé Patricia Pritchard. Elles étaient au Balthazar, la brasserie éternellement chic de Spring Street, à Soho. Si cette scène avait eu lieu dans son livre, Lola aurait réussi à distraire Patricia en faisant en sorte que le serveur renverse une carafe d'eau sur la table ou que le client assis sur la banquette de l'autre côté de l'allée se mette à vomir. Dans la situation présente, elle était impuissante : elle était forcée d'écouter Patricia, qui maintenant dissertait sur le fait que Lola non seulement était adorée de son mari mais qu'en plus elle en avait déjà eu un autre.

« Je croyais que c'était pas une bonne chose, deux maris, a objecté Lola.

– Mais si ! a protesté Patricia. Ça veut dire que tu as eu deux fois plus de succès. »

Lola avait la tête qui commençait à tourner. Elle s'est demandée si elle pouvait discrètement attraper la moitié d'un comprimé de vingt milligrammes d'Inderal, un bêta-bloquant, et l'avaler sans que Patricia le remarque. D'habitude, cette dose suffisait à réduire son rythme cardiaque, à la calmer et à dissiper son malaise.

Elle en avait toujours dans une petite boîte ronde en plastique transparent qu'elle rangeait dans son sac. Elle s'est dit que l'opération attirerait forcément l'attention de Patricia. En plus, il était seulement onze heures du matin, trop tôt pour commencer à ingérer des cachets. Idéalement, elle aurait aimé n'avoir besoin d'aucun cachet. Elle gardait l'Inderal sur elle en cas d'urgence. Elle avait vécu une succession de crises ces trois ou quatre dernières années, et elle n'arrivait pas à croire qu'elles avaient disparu pour de bon.

Les attaques de panique qu'elle avait connues auparavant étaient revenues avec virulence. Elles avaient été accompagnées d'un accès d'agoraphobie aiguë qui avait duré deux ans. L'agoraphobie se caractérisait par une peur extrême ou irrationnelle des grands espaces, des foules immenses ou des réunions en société non maîtrisées et ses symptômes ressemblaient à ceux de crises de panique. Lola avait évité les centres commerciaux, les parcs, les grands magasins et les salles de concert. Elle choisissait toujours d'emprunter les rues les plus étroites de Manhattan pour se rendre là où elle devait aller, fuyant autant que possible les avenues larges et les traversant en courant quand il n'y avait pas d'autre chemin.

Si elle apercevait quelque connaissance en public, elle était incapable de s'arrêter pour dire bonjour. Dès qu'elle parlait à quelqu'un en restant debout, elle avait des vertiges et se sentait sur le point de tomber par terre. Pour s'adresser à qui que ce soit, il lui fallait être assise. Du coup, les réceptions mondaines, simplement ennuyeuses jusqu'alors, étaient devenues intenables. Plusieurs fois, elle s'était retrouvée à dialoguer avec le bas-ventre des gens, seule invitée assise parmi trente ou quarante personnes.

L'agoraphobie et les vertiges avaient été assez terrifiants, et Lola espérait de tout cœur qu'ils ne reviendraient plus l'assaillir. Mais il n'y avait aucune garantie que ce serait le cas. Contrairement à la grippe, on ne trouvait aucun vaccin contre l'agoraphobie. Elle avait appris qu'il existait une relation entre celle-ci et la difficulté à s'orienter. C'était en rapport avec le système vestibulaire, à la base de la perception du mouvement et du sens de l'équilibre chez la plupart des mammifères. Le nerf vestibulaire de l'oreille interne envoie des signaux aux neurones qui gouvernent la vision et le positionnement du corps, permettant aux gens de rester debout. Lola se disait que son système vestibulaire n'envoyait décidément pas les bons messages à son cerveau.

Le sens de l'orientation lui avait toujours posé problème. Si elle abordait une rue qu'elle connaissait par un côté différent, elle avait du mal à se repérer. La compréhension de l'espace occupé par les personnes et les choses n'avait jamais été son fort. Elle mettait un temps fou à charger un lave-vaisselle : où placer quoi n'avait rien d'évident pour elle.

Quelques années plus tôt, Madame Beauté, qui en avait maintenant vingt-trois, avait grommelé : « Quand on est capable de calculer le nombre de calories à la vitesse de la lumière, on doit pouvoir piger comment remplir un lave-vaisselle ! » Lola s'était fait un plaisir de confier à sa fille les déficiences de son système vestibulaire.

Il y avait toute une liste de phobies que Lola aurait volontiers prises à son compte à la place de l'agoraphobie : l'ablutophobie, la peur de se baigner ou de se laver ; l'astraphobie, peur du tonnerre et des éclairs ; l'hylophobie, peur de la forêt et des arbres ; la pédiophobie, peur des poupées ; et la meilleure de toutes, la coulrophobie, la peur des clowns. Lola ne raffolait pas du tonnerre, ni des éclairs, ni des forêts, ni même des poupées, et elle pouvait très bien se passer de clowns.

La seconde série d'attaques de panique et d'agoraphobie était apparue quand Lola avait quarante-six ans, cela faisait alors quatre ans qu'elle-même, son fils, Madame Beauté, l'homme pour lequel elle avait quitté M. Ex-Rockstar et la fille de celui-ci s'étaient installés à New York. C'est aussi à cet âge que Lola avait connu des accès de dépression pour la première fois de sa vie, accompagnés d'images de lames tranchantes, de flacons remplis de comprimés, d'immeubles élevés et de l'envie de mourir.

La période précédant celle-ci n'avait pas été plus idyllique. Deux ans après avoir plaqué M. Ex-Rockstar, Lola a vu son poids s'emballer. Elle était plus grosse que jamais. Avec l'homme qui partageait dorénavant sa vie, elle devait aller en reconnaissance dans les restaurants où ils avaient l'intention de réserver pour voir si les sièges pourraient la contenir. Elle avait ainsi découvert que les chaises sans accoudoirs, bien plus pratiques pour elle, étaient rares dans les restaurants.

Elle avait subi un avortement, aussi. Elle était tombée enceinte une semaine après avoir mis fin à son histoire avec M. Ex-Rockstar et avait jugé que ce n'était pas du tout un moment opportun pour avoir un autre bébé, décision qu'elle regrettait encore aujourd'hui. Et puis, sa mère est morte. On avait diagnostiqué chez Renia, qui avait l'estomac gonflé, un cancer du pancréas avec métastases. Quatre mois plus tard, elle était morte. Elle avait à peine eu le temps de comprendre ce qui lui arrivait. Un matin où Lola l'aidait à prendre son bain, elle s'était regardée dans la glace et avait soufflé d'une voix tremblante, incrédule : « Qu'est-ce qui s'est passé ? » Lola avait compris ce qu'elle ressentait : dans le miroir, elle paraissait presque aussi squelettique qu'elle avait dû l'être à Auschwitz.

Après la mort de Renia, Lola avait pleuré des semaines et des semaines. Elle ne savait pas alors qu'elle continuerait à pleurer Renia jusqu'à la fin de sa vie. Elle regrettait la mère qu'elle avait eue et celle qu'elle n'avait pas eue. Son élégance et sa fureur lui manquaient. Et son parfum, aussi. Et elle rêvait encore à une mère qui l'aurait caressée, réconfortée. Plusieurs années après la mort de Renia, elle pensait parfois l'apercevoir dans la rue, dans un magasin ou dans le bus. Quand le téléphone sonnait, elle courait décrocher dans l'espoir que c'était Renia qui l'appelait. Elle lui achetait des cadeaux et c'est seulement après avoir réglé son achat qu'elle se souvenait qu'elle était morte. Renia n'aurait plus besoin de cadeaux, ne passerait plus de coups de fil et n'irait plus jamais faire un tour dehors.

Dix ans après le décès de sa mère, elle s'est retrouvée un jour dans un petit bureau de poste de La Havane. C'était dans l'une des nombreuses rues de la ville bordées de maisons jadis splendides et maintenant décrépites, dont les façades avaient la pâleur fanée d'anciennes beautés restées vieilles filles. Avec ses trois mots d'espagnol, elle essayait d'envoyer une carte postale à sa mère. Quelques minutes après que le très serviable employé lui avait assuré que son envoi dûment affranchi arriverait à bon port, elle s'était brusquement rendu compte qu'aucun bureau de poste au monde ne pouvait faire parvenir sa carte à Renia là où elle se trouvait désormais. Tout occupée par l'idée que Renia aurait adoré recevoir une carte postale de La Havane, elle avait oublié que sa mère était morte.

Lola avait eu l'habitude de lui écrire à chaque fois qu'elle était en voyage. Elle arrivait alors à formuler toutes les manifestations d'amour qui, dès qu'elle était en présence de Renia, restaient bloquées dans sa gorge. Renia lui manquait et ça ne s'arrêterait sans doute jamais. Elle n'était pas sûre de savoir quels aspects de sa mère lui manquaient, même si elle avait essayé de les identifier. Ce n'était pas les longues conversations pleines de chaleur, puisque ses échanges avec Renia avaient été généralement brefs et réduits à l'essentiel. Ce n'était pas ce qu'elles avaient pu faire à deux, étant donné qu'elles n'avaient partagé presque aucune activité : elles n'allaient pas au cinéma ou chez le coiffeur ensemble, ne sortaient même pas flâner de concert. De temps en temps, elles se rendaient au supermarché, mère et fille, une expérience que Lola avait eu à chaque fois la surprise de trouver bizarrement enrichissante.

Lola ne pensait pas qu'elle aurait été capable de partir vivre à New York si Renia était restée en vie. Elle ne croyait pas qu'elle aurait eu la force de la laisser. Edek, lui, avait tout fait pour l'encourager à quitter l'Australie. Il voulait qu'elle aille en Amérique, qu'il considérait comme la *goldeneh medinah*, le pays de cocagne. « Je vous rejoindrai plus tard », disait-il souvent avant d'ajouter : « Tu sais que ton mari il a très envie d'y aller ».

Lola savait bien que son mari avait très envie de s'installer aux États-Unis. Il rêvait de New York depuis son adolescence, qu'il avait passée dans une banlieue ouvrière extrêmement pauvre de Sydney. Il était certes son mari, mais Lola pensait rarement à lui comme tel : dans la vie courante, elle l'appelait Chéri et dans sa tête M. Quelqu'un-d'autre. Ce surnom venait des interminables explications qu'elle avait dû donner à ses amies, ses voisins, son médecin, son dentiste et pratiquement tous ceux qu'elle connaissait quand elle avait quitté M. Ex-Rockstar : « Je suis amoureuse de quelqu'un d'autre », avait-elle répété. M. Quelqu'un-d'autre aimait Lola. Et il adorait Edek. Lola savait qu'il conspirait avec son père pour que celui-ci les rejoigne à New York.

Lola a choisi de ne pas prendre le comprimé d'Inderal. Elle se sentait trop vieille pour ça. Il lui semblait inconvenant – et inélégant, en plus – de fouiller furtivement dans son sac pour y piocher des cachets.

« Tu crois que tu vas écrire d'autres livres sur l'Agence de détectives ultra-privés ? a voulu savoir Patricia.

– Je ne sais pas, a-t-elle avoué. Je dois finir *Shlomo à SoHo* avant d'envisager d'écrire quoi que ce soit d'autre.

– C'est un titre super.

– Peut-être que je le changerai.

– Les lecteurs adorent Pimp, a remarqué Patricia Pritchard.

– Pour moi, elle est moins Pimp que Petrushka Inge Maria Pagenstecker. » Elle ne se trouvait pas très gentille d'avoir dit, alors que Patricia venait de la complimenter sur le titre de son nouveau roman, qu'elle pourrait éventuellement le changer. En fait, elle n'avait pas l'intention d'en choisir un autre. Celui-là sonnait bien. Mais quelque chose dans l'attitude de son éditrice avait réveillé son esprit de contradiction.

« Ils aiment bien Pimp même si elle crie tout le temps ? s'est étonnée Lola.

– Oui, absolument. Je pense qu'il n'y a pas assez de femmes qui crient ou qui parlent fort. Les femmes s'expriment tout bas, surtout dans les situations où il y a des hommes autour, et sur leur lieu de travail.

– Franchement, j'aime bien sa façon de crier. D'autant que j'ai beaucoup de mal à le faire moi-même. »

Se réincarner en Pimp avait été une grande source de satisfaction pour Lola. Pimp était très consciente de la place qu'elle occupait dans le monde. Durant sa première année sur terre, Petrushka Inge Maria Pagenstecker avait été Rachel Feinblatt. Ses parents, Moishe et Fela Feinblatt, avaient fait modifier l'état civil de Rachel en Petrushka Inge Maria Pagenstecker dans l'espoir d'éloigner Rachel Feinblatt de sa judéité. Pimp avait une masse de cheveux sombres et une poitrine plantureuse, et elle était très grande : Moishe et Fela Feinblatt, qui étaient tous deux extrêmement petits, ne comprenaient pas comment leur fille avait atteint le mètre soixante-dix-huit. Ils étaient également effarés par ses épaules carrées, ses gros seins, le métier qu'elle avait choisi d'exercer et son aplomb.

Pimp était détective privée, avec la licence et tout le tremblement. Elle dirigeait son agence. Elle avait quarante-sept ans. Elle était trois fois divorcée et avait trois enfants, Esther, Elijah and Ezekiel, tous issus de son premier mariage. Son premier ex-mari, David Feingold, avait accepté qu'ils portent le nom de Feinblatt, lequel, comme Pimp le lui avait fait remarquer, contenait déjà la moitié de son propre nom de famille. Contrairement à ses deux autres ex-maris, David Feingold était quelqu'un de très raisonnable, ce que Pimp savait apprécier.

Quand on lui demandait « Comment allez-vous ? », Pimp, à la différence de Lola, ne marquait pas un temps d'arrêt pour considérer la question sous son aspect littéral. Elle ne se demandait jamais si ses reins fonctionnaient correctement, ou si son appareil gastro-intestinal était intact et non obstrué. Elle ne pensait pratiquement jamais à son état physiologique. Des contractions à l'abdomen, des douleurs dans les bras ou les jambes, une soudaine inflammation, une crampe ou un élancement dans telle partie du corps étaient laissés sans examen et sans interprétation.

Lola essayait de maîtriser ses angoisses liées à la souffrance et à la déchéance physiques. Elle savait que sa peur des maladies et de tout dysfonctionnement dans son organisme était liée au fait d'être l'enfant de rescapés des camps de la mort. Elle tentait de ne pas perdre cela de vue quand elle se découvrait en train de paniquer à propos de sa rate ou de ses glandes surrénales. Elle savait que l'on peut infliger un traitement affreux au corps humain. Que par exemple au bloc 28 d'Auschwitz, la section d'expérimentation sur les prisonniers masculins, on leur injectait des dérivés du pétrole, ou on leur frottait la peau des bras et des jambes avec, ce qui provoquait d'énormes abcès remplis d'un liquide noirâtre qui empestait l'essence. Ces expériences-là avaient pour but officiel d'identifier les techniques d'automutilation auxquelles avaient recours les Allemands qui cherchaient à échapper à la conscription. Des expériences assez similaires à des jeux d'enfant avec leurs règles arbitraires et leurs conclusions sans queue ni tête.

« Super », répondait immanquablement Pimp quand on voulait savoir comment elle allait. *Super* était un terme que les cordes vocales de Lola se refusaient à produire. Elle pensait que très peu de choses dans la vie étaient super. Que presque tout était mitigé.

À la même question, M. Quelqu'un-d'autre répondait souvent : « Fabuleux ! », un mot qui élevait brutalement le niveau d'anxiété de Lola. Elle se sentait alors obligée de formuler une prière silencieuse, de toucher du bois ou de cligner des yeux à cinq reprises. Si elle n'avait aucune preuve que les battements de paupières, les prières ou le contact avec le bois avaient la moindre efficacité, elle se disait aussi qu'elle n'avait guère plus de preuves qu'ils ne servaient à rien.

M. Quelqu'un-d'autre lançait « Fabuleux ! » avec la délectation de celui qui savoure son bonheur. Se sentir heureux ne l'inquiétait pas. Lola, pour sa part, tempérait son bonheur, ne le laissait émerger que par petits bouts afin qu'il ne soit pas trop évident pour elle-même et pour les autres. La félicité était un état qu'elle ne pourrait certainement jamais atteindre, et ce malgré trois analyses sur deux continents et des milliers d'heures passées sur le divan d'un psy. L'incertitude et l'appréhension lui étaient des sensations bien plus familières.

M. Quelqu'un-d'autre se réveillait presque tous les matins en se sentant heureux. Nageant dans le bonheur et la paix. Dans la gratitude, aussi : il rendait grâce d'avoir Lola, et leurs trois enfants avec eux, et de vivre à New York, et d'être en vie. Il était peintre. Il composait de belles et poignantes images abstraites de la mortalité, de la fragilité et de la poésie que recelait la condition humaine. Des représentations abstraites de l'existence, de ses phases et de ses voies. M. Quelqu'un-d'autre travaillait bien, mangeait bien, déféquait bien et dormait bien.

Lola avait des problèmes de sommeil. Elle se disait qu'il en était sans doute ainsi depuis sa petite enfance. Elle faisait souvent des cauchemars. L'un des plus fréquents lui était venu la première fois lorsqu'elle avait environ sept ans. Elle évoluait dans un univers à des centaines de mètres au-dessus du sol ; dans cette sphère élevée, elle marchait, elle parlait, tout paraissait normal mais elle ne désirait pas du tout se trouver là, à une pareille altitude au-dessus du vide ; en dépit de tous ses efforts pour revenir sur terre, elle n'arrivait pas à s'extirper du ciel. Et elle se réveillait en proie à la terreur, finissait par redouter le moment d'aller se coucher le soir. Ce cauchemar, et d'autres tout aussi récurrents, l'avaient tourmentée pendant des années. Comme la peur d'aller au lit.

Plus tard dans sa vie, elle s'était demandé ce qu'elle avait bien pu faire là-haut, dans le ciel. Est-ce qu'elle se trouvait en compagnie des morts de sa famille ? Elle éprouvait une sensation de proximité avec les morts. Elle avait l'impression de garder des souvenirs de personnes qu'elle n'avait jamais connues directement. De cousins dont elle n'avait jamais entendu la voix. D'une tante qui avait les mêmes cheveux trop bouclés qu'elle, le même nez, les mêmes pommettes prononcées, la même façon de parler et les mêmes pieds plats. Était-elle là-haut avec un oncle qui lui pinçait les joues en lui disant qu'elle ressemblait énormément à ses deux grands-mères ? Si elle pouvait distinctement se voir flotter dans ces expéditions aériennes et nocturnes, elle n'arrivait pas à discerner avec qui elle voyageait dans les airs.

« C'était un petit peu plus facile la nuit », lui disait souvent Renia. Elle parlait du camp de concentration et de comment, toujours éveillée sur son châlit, les côtes saillantes, les poignets et les chevilles de ses voisines qui lui criblaient le corps, elle rêvait de la bonne soupe de pommes de terre et du gâteau au miel de sa mère. « C'était presque comme être avec elle, presque comme manger un repas qu'elle avait préparé », racontait-elle.

Peu de temps auparavant, Lola avait dîné avec une connaissance à elle, Rebecca Eisenhood, une avocate dont la mère avait aussi été déportée à Auschwitz. « Ma mère est la personne la plus joyeuse que je connaisse, lui avait confié celle-ci ; elle est toujours contente, toujours bien lunée, toujours positive. Elle se lève le matin en pleine forme, et elle communique sa bonne humeur à tout le monde autour d'elle. » Immédiatement, Lola avait compris que son amitié avec Rebecca Eisenhood était sans avenir.

« C'est la personne la plus joyeuse que vous connaissez ?

– Oui, elle est heureuse tout le temps.

– Il y a quelque chose qui ne va pas, alors.

– Quoi ? C'est stimulant pour tout le monde ! »

Lola s'était dit que l'état apparent de la mère de Rebecca était plus déprimant que stimulant. Personne ne devrait être heureux en permanence.

« Votre mère était à Auschwitz, non ?

– Mais oui ! avait confirmé Rebecca Eisenhood avec un enthousiasme surprenant, comme si un séjour à Auschwitz était comparable à une cure de jouvence, ou à quinze jours passés dans un spa luxueux ou un centre de méditation bouddhiste.

– Est-ce qu'il arrive à votre mère de vous parler de ce qu'elle a vécu à Auschwitz ? avait demandé Lola.

– Bien sûr que non ! s'était récriée Rebecca Eisenhood. Pourquoi elle ferait ça ? »

Lola avait remarqué que Rebecca Eisenhood, qui avait le teint pâle, les cheveux pâles et les cils pâles, touchait à peine à son plat. Avec de minuscules coups de fourchette, comme si elle explorait la nourriture plutôt qu'elle ne la goûtait réellement, elle reconfigurait nerveusement la présentation recherchée de son assiette de tilapia en croûte de falafel, avec jeunes pousses de fougères et couscous de quinoa.

« Je ne pourrais plus avaler une miette », avait-elle assuré à la fin du repas. Lola avait jeté un coup d'œil à l'assiette recomposée. Le filet de poisson était intact, les pousses de fougère n'avaient pas été touchées, et une dizaine de grains de quinoa qui s'étaient échappés du tableau gisaient en désordre sur la table.

Mon Dieu, nous avons tous quelque chose qui ne tourne pas rond, s'était dit Lola. Presque tous les enfants des survivants des camps de la mort qu'elle avait connus étaient pareils. Ils se montraient trop souvent sévères ou excessivement circonspects, ou enveloppés dans un brouillard.

Pas étonnant que Lola ait été soulagée d'être transformée en Pimp. Pimp ne doutait pas souvent, ou presque jamais. Elle n'avait pas peur de grand-chose non plus. Elle faisait ce qu'elle avait à faire. Si elle devait se rendre à l'autre bout du pays, elle montait dans un avion et y allait. Pimp était capable de s'asseoir au milieu d'une rame de métro bondée. Elle ne craignait pas la foule. Elle n'analysait pas tous ses faits et gestes. Elle mangeait ce dont elle avait envie et n'avait pas la moindre idée du nombre de calories procurées par une pomme, une carotte, un œuf dur ou une tablette de chocolat.

Quand Lola devenait Pimp, un grand calme l'envahissait. Elle trouvait la sérénité en ajustant et réorganisant les petits et les grands moments de la trajectoire du personnage. Elle composait ses phrases et ses paragraphes avec une paix intérieure qu'elle connaissait rarement. Elle maniait les points virgules et les guillemets avec la tranquillité d'un moine zen. Il y avait une harmonie gratifiante à ordonner et réordonner mots et mondes, à arranger et réarranger concepts, consonnes et contextes.

Lola aimait les mots. On pouvait leur faire confiance. Les verbes et les pronoms ne décidaient pas de but en blanc de ne plus s'adresser la parole ; les expressions et les formules consacrées n'étaient pas saisies par la discorde ou la pagaille ; si les syllabes avaient des révélations choquantes à se faire entre elles, cela restait sous le contrôle de Lola.

Un mot, un seul mot, pouvait être parfaitement complet. « Pléthore », par exemple ne suggérait aucune absence, alors que Lola se sentait remplie par l'absence. L'absence pouvait occuper l'espace avec une surprenante intensité. Lola se demandait souvent comment quelque chose qui n'était pas là pouvait se faire aussi présent. L'absence des êtres, notamment. Des oncles, des tantes, des cousins et cousines avec lesquels elle aurait théoriquement dû grandir. Des grands-parents dont elle avait la nostalgie même si elle ne les avait jamais connus. Et aussi l'absence de réponses, l'absence de questions. Des questions qui restaient en suspens ou qui n'étaient jamais formulées. Et l'absence de sa mère. Sa mère, qui avait semblé si souvent absente quand elle était en vie, était vraiment très absente maintenant qu'elle était morte.

Il y avait des mots qui étaient chargés d'absence. Ainsi, Lola n'arrivait jamais à dire « adieu », parce que c'était un terme qui exprimait une séparation aussi inflexible que la mort. « À bientôt, à bientôt », répondait-elle invariablement quand quelqu'un qu'elle aimait, ou simplement appréciait, lui disait « adieu ». L'absence minait Lola en laissant d'immenses trous en elle, des vides qui la déstabilisaient, qui la laissaient sans attache. Même entourée d'êtres qui l'aimaient, elle se sentait seule et en danger.

Parfois cependant, Lola avait l'impression d'être entière. Lorsque M. Quelqu'un-d'autre la caressait, par exemple, lorsqu'elle se promenait avec son fils ou qu'elle parlait avec Madame Beauté. Dans ces rares moments, elle se sentait en paix, une paix qui se glissait jusque dans ses os, qui déplissait son front. La même sérénité qu'elle éprouvait en agençant les mots, les paragraphes, les chapitres.

Étonnante aussi, la satisfaction que l'on retirait à monter une intrigue policière pièce par pièce. C'était comme assembler un puzzle. Tous les éléments étaient là, tous visibles, et il n'y avait pas un seul morceau mal dessiné ou impossible à insérer. Lola se sentait bien en préparant et en révélant la conclusion des affaires dont l'Agence de détectives ultra-privés se chargeait, en décodant et en décortiquant tout ce que la vie a de mystérieux et de dérangeant.

Lola avait jadis pensé que ce serait la psychanalyse qui lui apporterait tout cela. Qui repérerait et éradiquerait ce qui était dérangeant ou déstabilisant en elle. Elle avait été convaincue que l'analyse était la réponse à son malaise. Désormais, pourtant, elle l'idéalisait moins : elle estimait qu'une psychanalyse pouvait l'aider, mais pas reconstruire ni même rénover la structure incontournable de son psychisme. Elle avait cru que les dizaines d'années d'analyse qu'elle avait suivies lui apporteraient comme une seconde naissance, alors qu'en réalité elle continuait à être confrontée à plusieurs de ses vieux problèmes. Peut-être avec plus de compréhension et, depuis que l'agoraphobie la laissait en paix, plus de stabilité, mais il restait encore tant de choses dont elle ne pouvait se débarrasser…

Elle continuait à souvent se réveiller le matin tenaillée par la peur. Elle devait se lever, faire quelques pas, se laver les dents et vérifier que rien n'avait changé. Que ses dents étaient pareilles, que ses cheveux, ses yeux et son nez étaient toujours à leur place. Qu'elle était bien à New York, que c'était une journée comme les autres qui commençait et qu'aucune menace ne pesait sur elle. Au contraire de M. Quelqu'un-d'autre, Lola ne se réveillait jamais en prenant le temps de savourer son bonheur. Elle sortait du lit en hâte, pressée de quitter la pénombre de l'inconscient. Il fallait qu'elle se prouve qu'elle se trouvait chez elle et que tout était identique à ce qu'il avait été la veille et l'avant-veille.

Lola a dévisagé Patricia Pritchard. Elle n'avait pas idée de ce que son éditrice venait de dire. Elle avait décroché, ce qu'elle essayait d'éviter, et avait cessé d'écouter son interlocutrice. Laquelle était maintenant en train de parler d'éditions brochées, d'éditions de poche et de statistiques démographiques sur les auteurs.

« Le mois prochain, on lancera la campagne publicitaire pour l'édition de poche, a-t-elle annoncé. On va te vendre comme quelqu'un qui écrit des portraits très perspicaces de célébrités.

– Pourquoi devez-vous dire *célébrités* ? J'ai interviewé une tonne de gens dont personne ne soupçonne l'existence. Entre autres, un cordonnier originaire d'Ouzbékistan, des jumeaux tous deux chirurgiens spécialistes de la greffe du rein, un clown et un praticien de chirurgie cardio-thoracique.

– Pourquoi précisément de chirurgie cardio-thoracique ? a voulu savoir Patricia.

– Ça m'a toujours fasciné. Ça demande à la fois une force de brute et une énorme sensibilité.

– Tu es étrange… Enfin, dans le bon sens du terme. Je veux dire que tu es quelqu'un de très sensible, justement. Et un écrivain très à l'écoute des gens. » Lola se fichait qu'on la trouve étrange. Elle ne trouvait pas cela insultant. Mais elle en avait un peu assez qu'on la juge sensible et à l'écoute.

Si elle n'avait pas eu cette réputation, pourtant, elle n'aurait jamais rencontré M. Quelqu'un-d'autre. On lui avait demandé de faire le portrait de sa femme mourante, une poétesse. « Il nous faut quelqu'un de très sensible », avait affirmé le rédacteur en chef. Lola avait brièvement rencontré M. Quelqu'un-d'autre quand elle était allée interviewer son épouse. Ils avaient échangé quelques mots. Lola savait que M. Quelqu'un-d'autre n'avait pas été heureux en mariage, que sa femme et lui avaient vécu séparés jusqu'à ce qu'il revienne auprès d'elle quand un cancer du sein lui avait été diagnostiqué. Il s'était occupé de sa femme pendant deux ans. Quinze jours après la parution du papier de Lola, elle était morte. Elle avait trente-huit ans, M. Quelqu'un-d'autre trente-deux.

Lola l'avait revu quelques semaines après, dans une petite librairie de Melbourne. Il s'était presque jeté sur elle et lui avait dit : « Je suis né pour être avec vous. » Elle avait sursauté. Elle n'avait pas l'habitude qu'on la salue de cette manière. Elle s'était mise à rire. Il avait continué : « J'ai rêvé de vous toute ma vie. » Comme elle ne voyait pas quoi répondre, elle avait ri encore. Deux mois plus tard, ils vivaient ensemble.

« Je ne voulais pas dire que tu es étrange, a répété Patricia.

– Ça ne me gêne pas qu'on me trouve étrange, a assuré Lola.

– Mais je ne te trouve pas étrange ! Je te trouve très sensible ! »

Peut-être que sa prétendue sensibilité expliquait plus d'une de ses phobies, a pensé Lola. Jusqu'à ses vingt-cinq ans et quelques, elle n'avait pas connu la peur ; elle pouvait tout faire, aller partout. Son troisième analyste lui avait assuré qu'elle avait eu un comportement de déni. Le résultat, c'était qu'à maintenant cinquante-deux ans elle s'imposait un nombre incalculable de contraintes. Au cinéma et au théâtre, elle ne pouvait occuper qu'un siège proche de l'allée, et elle était incapable de prendre le métro, son cœur se mettant à battre à tout rompre dès qu'elle commençait à descendre les escaliers de la station.

« Le thème de la campagne pour l'édition de poche, a repris Patricia, c'est : "L'auteur de portraits pleins de sensibilité de célébrités a créé des détectives privés à la sensibilité hilarante".

– Ça existe, *une sensibilité hilarante* ? a demandé Lola.

– Bien sûr !

– Toi, tu les trouves sensibles ?

– Évidemment ! Harry peut à peine parler et se cache derrière son ordinateur. Quant à ce pauvre Shlomo, il compatit avec tout le monde, même les criminels. »

Lola aimait entendre parler de Harry comme s'il s'agissait d'un être en chair et en os. C'était ainsi qu'elle les voyait, lui et Shlomo. Elle avait l'impression de les connaître, et leur famille aussi : elle ressentait de la sympathie pour la femme de Shlomo, car ce dernier, bien que capable d'un effort de concentration soutenu lorsqu'il s'agissait de changer de file en voiture, pouvait aussi se montrer d'une distraction irritante. Quant à son obsession de la météo et du parapluie qu'il maintenait toujours collé à lui, elle avait de quoi rendre folle Lola, qui pourtant portait un intérêt plus que prononcé au temps qu'il faisait.

« C'est tellement fabuleux de t'avoir comme auteur, a dit Patricia Pritchard. J'ai de nouveau foi dans l'amour, dans le mariage et dans le succès. » Bien que Lola n'ait pas vraiment saisi ce qu'elle voulait dire par là, elle a senti qu'il s'agissait d'un compliment. Néanmoins, cette évocation ambitieuse de sa prétendue réussite en matière d'amour, de vie conjugale et de ventes de livres a provoqué chez elle une nouvelle contraction à la poitrine. Dans ces moments-là, elle avait du mal à respirer : sa cage thoracique refusait de se dilater, comme si elle se recroquevillait d'horreur, s'affaissait sous le poids de tous ces éloges excessifs.

Patricia a embrassé Lola, un baiser sur chaque joue. Lola a été très surprise. À leurs précédents rendez-vous, elle lui avait donné une poignée de main ferme et rapide. Cette soudaine affection venait-elle de la perfection imaginaire que Patricia lui attribuait ? Lola était contente de s'en aller. Elle espérait que dehors, dans l'air chargé de monoxyde de carbone qui lui était maintenant familier, son thorax arriverait à se décrisper.

En rentrant chez elle à pied, Lola a regardé son reflet dans la vitrine de Sur La Table, une boutique de Spring Street qui proposait des articles de cuisine à la française. Elle n'était décidément pas mince, a-t-elle pensé. Elle n'était pas grosse non plus, du moins pas là où cela se verrait facilement. Ses cuisses étaient encore un peu épaisses, mais il y avait finalement très peu de gens qui voyaient les cuisses de Lola.

Elle avait perdu du poids progressivement. Toutes ces heures sur les divans d'analyse avaient finalement émoussé sa faim. Le fait qu'elle angoisse quand elle mangeait trop l'avait également aidée. Elle s'efforçait de se limiter à mille sept cents ou mille huit cents calories quotidiennes lorsqu'elle restait à la maison, de veiller à prendre plaisir à manger sans exagérer en terminant le repas par un dessert au chocolat quand elle était au restaurant. Elle se demandait si Renia aurait été heureuse que sa fille soit moins grosse. Ou bien était-ce un lien spécial entre elles qui aurait été perdu si elle avait maigri ? Ou pire encore, est-ce que cette perte de poids aurait énervé Renia ? Parfois, Lola se disait qu'elle gardait le contrôle sur ses propres nerfs en continuant à se sentir grosse.

Elle a respiré à fond. Sa poitrine s'était décoincée. Être dehors avait amélioré les choses. Elle aimait l'odeur des rues new-yorkaises, ce mélange spécial d'effluves de nourriture, d'automobiles et de gens. Elle aimait New York. Il lui avait fallu un certain temps pour s'acclimater, se faire au débit rapide et au franc-parler de la plupart des New-Yorkais. Maintenant, elle appréciait l'absence de circonlocutions, la disparition de toutes ces formules interrogatives qui orbitaient autour de la véritable question, tournaient et tournaient autour du pot en exaspérant tout le monde par leur politesse affectée. Elle ne regrettait certainement pas de ne plus entendre « Vous ne sauriez pas, par hasard, où je pourrais éventuellement trouver le métro le plus proche ? » et préférait de loin « Où est le métro ? »

Ce refus new-yorkais des périphrases se retrouvait dans le vocabulaire citadin. Quand Lola avait entendu pour la première fois que tous les lofts de leur immeuble allaient être « exterminés », elle était restée bouche bée. L'affichette à l'entrée annonçait négligemment : « L'exterminateur commencera par les étages inférieurs à huit heures du matin ». Elle avait observé un voisin en train de lire l'avis. Il était juif et ne semblait pas du tout paniqué.

Jusque-là, Lola avait cru que l'extermination désignait uniquement la tuerie en masse de juifs. Elle avait découvert que cela s'appliquait également aux insectes et aux rongeurs. L'exterminateur passait dans l'immeuble chaque mois, et il lui avait fallu quelques visites pour ne plus être alarmée par cette perspective.

Lola savait qu'en arrivant chez eux elle trouverait M. Quelqu'un-d'autre en train de peindre dans son atelier avec la musique à plein volume. Du Bob Dylan, probablement. Heureusement, le bureau de Lola était de l'autre côté du loft, et quand elle fermait sa porte, elle fermait efficacement le bec à Bob Dylan. Elle savait aussi qu'en la voyant entrer, M. Quelqu'un-d'autre poserait ses pinceaux et viendrait l'embrasser. Il ne lui donnait jamais un seul baiser : il la couvrait de bécots jusqu'à ce qu'elle se mette à rire ou se dépêtre de son étreinte. Tout comme sa mère.

Invariablement, Renia se dépêtrait – ou plus exactement se dégageait violemment – des embrassades d'Edek, de ses caresses ou de ses tendres pinçons. En général, elle faisait non de la tête en se libérant, comme si elle était bien trop occupée pour s'adonner à ces petits jeux. Quand Edek revenait du travail, il essayait toujours de prendre Renia dans ses bras, ou de lui tapoter le derrière, ou de lui caresser les cheveux. Il n'y parvenait jamais. Renia s'échappait.

Edek aimait Renia depuis longtemps. Il était tombé sous son charme la première fois qu'ils s'étaient vus. Renia avait alors douze ans, presque treize. Edek, qui en avait dix-neuf, était beau garçon et issu d'une famille fortunée. Mais rien de tout cela n'avait impressionné Renia : elle ne voulait pas de petit ami, elle ne voulait pas se marier ; ce qu'elle voulait, c'était faire des études de médecine pour devenir pédiatre. Renia était première de sa classe dans toutes les matières et donnait des cours supplémentaires en sciences et en histoire à des camarades d'école quatre soirs par semaine. Edek avait dû travailler dur pour s'imposer peu à peu dans le cœur de Renia. Plusieurs années plus tard, l'arrivée d'Hitler au pouvoir avait scellé l'affaire : Renia et Edek s'étaient mariés quelques jours avant que tous les juifs de Lodz soient expulsés de leur domicile et enfermés dans le ghetto.

Lola était presque arrivée chez elle. Elle savait qu'elle avait à conclure une dispute que Pimp avait commencée avec Shlomo. Ce matin-là, Pimp avait déjà été très irritée par Harry, resté dans le petit bureau de l'agence à East Village, tandis que Shlomo et elle étaient maintenant installés dans de nouveaux locaux à SoHo. Harry s'était énormément attaché à East Village et aux trois *delis* où il achetait chaque jour les multiples composants de son déjeuner. De plus, Pimp n'avait pas réussi à se libérer de la dernière année du bail. Harry avait entièrement vidé les tiroirs du bureau dont elle se servait au Village. Lorsqu'elle était passée aux anciens locaux de l'agence, il lui avait été impossible de mettre la main sur ses lunettes de lecture et les documents dont elle avait besoin.

« Tu ne devrais pas être aussi maniaque, avait-elle déclaré à Harry.

– Je ne suis pas maniaque, avait répliqué celui-ci, offusqué. Je suis pointilleux. C'est pour ça que nous trouvons toujours ce que nous cherchons.

– Tu es bien pire que pointilleux ! avait hurlé Pimp. Et pire que pointilleux, c'est maniaque ! »

Lola avait été étonnée qu'elle tienne à faire la différence entre pointilleux et maniaque. Pour se changer les idées, elle s'était demandée si elle serait capable de hurler comme Pimp. Elle supposait que ses cordes vocales se bloqueraient et qu'elle ne produirait qu'un petit glapissement.

Pimp criait après tout le monde. Et régulièrement après Shlomo.

« Pourquoi ti crues comme ça, crues, crues, crues ? se rebiffait ce dernier.

– Je ne crue pas, je crie ! » beuglait Pimp, que l'accent yiddish de Shlomo exaspérait.

La dernière dispute entre Pimp et lui avait eu pour sujet le matériel de travail. Shlomo raffolait des gadgets. Il s'était mis en tête qu'il lui fallait absolument l'Oreille bionique avec kit booster qu'il avait vue dans un catalogue. L'Oreille bionique avec kit booster amplifiait les sons les plus ténus ou éloignés avec une définition que la présentation disait remarquable.

« Tu as déjà l'Oreille parabolique dont tu ne te sers jamais, a objecté Pimp.

– L'Oreille parabolique, c'est pour les bruits de la natire jisqu'à cent mètres de distance. Y a pas de bruits de la natire à SoHo.

– Pourquoi on l'a achetée, alors ? a tonné Pimp.

– Crue pas. On l'a achetée parce que je croyais que ça marche pour le voix. Or ça marchait pas trop bien pour le voix.

– Chez toi, avec ta femme, tu parles anglais ?

– Bien sîr ! Maintenant ti fais insiltante.

– C'est "être insultante", pas "faire insiltante" ! »

Schlomo a haussé les épaules. « J'ai besoin de l'Oreille bionique avec kit booster, dit-il. Je file un type, sa femme dit qu'il est plis intéressé faire l'amour avec elle, et je ti jire que comme il regarde la fille qu'il a retrouvée, il est toujours très intéressé faire l'amour. Mais j'entends pas un mot qu'ils disent. Si je veux entendre, je dois me rapprocher tellement qu'ils sentent mon odeur.

– Tu as une odeur ?

– Tout le monde a !

– Tu accumules tout cet équipement dont tu ne te sers jamais ! a crié Pimp à Shlomo. Le Stylo-Sténo enregistreur, où il est passé ?

– Je croyais je fais semblant d'écrire quelque chose pendant que j'enregistre un sispect, mais ça a pas marché », a avoué Shlomo.

Lola penchait du côté de Pimp. Shlomo avait en effet des tas de gadgets qu'il laissait apparemment au placard. Il avait commandé le Stylo-Sténo enregistreur, puis s'était rendu compte qu'il avait l'air idiot en agitant un stylo en direction de son interlocuteur. Il avait fait l'acquisition du Micro Passe-murailles, capable de détecter des sons derrière n'importe quelle surface solide, avant de découvrir qu'il y avait rarement un mur entre la personne qu'il filait et lui-même.

Harry estimait que Shlomo était une catastrophe en matière d'équipement professionnel. La dernière fois qu'ils s'étaient retrouvés tous les trois ensemble, il avait remarqué : « Shlomo, il a installé l'appareil de pistage de véhicules sur sa voiture à lui…

– J'ai pas besoin ton aide, Harry, avait répliqué Shlomo.

– Tu as besoin de te faire aider, Shlomo », avait tranché Pimp.

Lola, elle, devait aider Pimp à résoudre le problème de Shlomo et du shabbat. Schlomo observait le shabbat. Chaque vendredi après-midi, il quittait le travail et restait injoignable jusqu'à la tombée de la nuit le samedi. Il arrêtait tout ce qu'il avait en cours et rentrait à la maison avant le coucher du soleil le vendredi. La semaine précédente, il était à quelques minutes de découvrir l'identité de l'auteur d'un chantage acharné sur la personne du directeur de la chaîne de restaurants Best Ever Burger de New York lorsqu'il avait dû remballer son sac et se précipiter chez lui.

« Est-ce que Dieu n'aurait pas été plus content si on avait pincé le sale type ? avait voulu savoir Pimp.

– Non », avait répliqué Shlomo très fermement. C'était le premier cas de chantage confié à l'Agence de détectives ultra-privés, et le patron de la chaîne Best Ever Burger était l'un de leurs plus riches clients. Lola s'était demandé si Pimp pourrait trouver un détective privé intérimaire qui assurerait les vendredis après-midi et les samedis.

Lola était maintenant à sa table de travail. Elle a jeté un coup d'œil à la dernière page qu'elle avait écrite. Shlomo avait décidé de commencer le yoga. Oh non ! a-t-elle pensé. Ça s'est passé quand, ça ? Soudain, elle s'en est souvenue : ça s'est passé à sept heures du matin. Il était trop tard pour changer le cours des choses : Shlomo était déjà inscrit au cours de yoga au coin de la rue où elle habitait.

6

Quand Lola Bensky avait vingt ans, personne ne faisait de yoga. Même pas les tout nouveaux hippies apparus au festival pop de Monterey. La première personne que Lola a aperçue après avoir pénétré sur le champ de foire du comté de Monterey a été Jimi Hendrix. Il était assis sur une chaise pliante devant l'immeuble qui servait de centre administratif aux organisateurs du festival, une série de concerts sur trois jours présentée comme « Une semaine de musique, d'amour et de fleurs ». À l'intérieur, Michelle Phillips des Mamas and Papas se dépensait sans compter, tapant à la machine et répondant au téléphone, pendant que son mari, John Phillips, travaillait encore au programme de leur concert, la tête couverte de son bonnet en fourrure grise qu'il avait l'air de ne jamais quitter en dépit de la chaleur californienne.

Jimi Hendrix tripotait les cordes de sa guitare. Il portait un chapeau noir aux bords ornés de broches en argent et de badges, une veste bordeaux et une chemise en soie blanc cassé imprimée de grandes fleurs roses et vertes. Cinq colliers de différentes longueurs pendaient à son cou, le plus court étant une grosse chaîne en argent qui enserrait sa gorge, le plus long descendant tout près de la boucle de ceinture également en argent. Deux bagues en argent massif brillaient aux deux derniers doigts de sa main gauche.

Lola admirait la façon dont il s'habillait et se parait. À première vue, cela donnait l'impression d'un bric-à-brac d'éléments hétéroclites en technicolor, puis on découvrait une surprenante harmonie dans tous ces habits et ornements qui allaient bien avec sa silhouette épurée et la passion que l'on sentait brûler en lui à petit feu.

Lola ne voulait pas déranger Jimi Hendrix ; il avait l'air captivé par les cordes de sa guitare. Elle s'est dit qu'il ne se souviendrait sans doute pas d'elle. Baissant les yeux, elle s'est rendu compte qu'elle portait des bas résille. Pas la même paire que celle qu'elle avait sur elle quand elle l'avait rencontré à Londres, mais tout de même des bas résille. Les mailles de cette nouvelle paire étant plus lâches que les autres, elles ne s'enfonçaient pas dans l'excès de chair et elle n'avait pas eu besoin de tapisser de mouchoirs en papier l'intérieur de ses cuisses, ni de s'inquiéter de laisser des lambeaux de papier dans son sillage.

Jimi Hendrix a levé la tête, il a aperçu Lola et un sourire lui est venu au bout de quelques secondes. « Salut, a-t-il lancé. Comment ça va ? Hé, tu n'es jamais revenue pour me voir avec mes bigoudis...

– Non, c'est vrai, a admis Lola. Et pourtant, ça m'intéressait beaucoup de voir comment vous les mettiez, si ce n'était pas en rangées.

– Je sais exactement où placer mes bigoudis, a-t-il déclaré.

– Vous avez dit la même chose la dernière fois.

– Tes cheveux sont toujours raides mais tu les as coupés. » Lola en est restée toute étonnée. Elle n'arrivait pas à croire qu'il ait remarqué que sa chevelure, longue et lissée au fer lors de leur première rencontre, était maintenant courte et raide. Elle s'était fait coiffer à la Mary Quant avant de quitter Londres. Elle le regrettait. Avec un style de coiffure aussi audacieux, elle se sentait un peu en contradiction avec elle-même. Elle n'était pas vraiment du genre audacieux.

« On dirait que tu t'es fait faire une permanente, a ajouté Jimi Hendrix.

– À quoi vous le voyez ?

– Je me suis déjà fait permanenter les cheveux, je peux reconnaître cette texture particulière qu'ils ont. »

Mauvaise nouvelle, a pensé Lola. Si Jimi Hendrix était capable de détecter une permanente, plein de gens l'étaient probablement aussi, et le festival de Monterey, avec toute sa célébration de l'amour, de la paix et de l'authentique n'était peut-être pas l'endroit où débarquer avec une chevelure aussi artificielle.

– Je n'aurais pas dû les faire raidir, a-t-elle soupiré.

– C'est très bien. »

Elle s'est consolée en se disant que peu de gens s'y connaissaient autant en cheveux que lui. Elle s'est reprise en silence : qu'est-ce qu'elle fabriquait à parler de permanentes et de mauvais choix de coiffure avec Jimi Hendrix ?

« T'es une nana cool, *man*, a-t-il continué, et comme Lola avait lâché un petit rire : tu ne te vois pas comme une nana cool, pas vrai ?

– Pas précisément… » Elle ne s'était jamais considérée ni comme une nana, ni comme cool. Les nanas, surtout quand elles étaient cool, avaient de longs cheveux blonds, des hanches fines qu'elles exposaient, des jambes fuselées et dénudées. Elles n'avaient pas besoin de dissimuler leurs cuisses et mollets boudinés sous de la dentelle ou des bas résille. Les nanas cool pouvaient danser avec grâce et abandon sur la piste de danse ou sur la plage, et dans leur immense majorité elles n'étaient pas juives. Lola aurait eu à subir une transformation de provenance divine pour entrer dans la catégorie des nanas cool. Elle aurait eu à réécrire l'histoire, à modifier ses gènes et à attraper la malaria pour perdre du poids.

« Je suis sérieux, t'es vraiment une nana cool », a insisté Jimi Hendrix. Il l'a observée. « Tu as un joli visage. Je ne juge pas les filles à leur apparence. Il y en a qui ne font attention qu'à ça. Pas moi. » Lola était embarrassée. Est-ce qu'il était en train de lui dire ce qu'elle savait déjà, qu'elle était trop grosse pour être attirante ? Non, elle ne croyait pas : son expression semblait sincère, il n'avait pas cherché à la blesser.

« L'allure d'une fille peut te donner, pendant une seconde ou deux, l'envie d'être avec elle, mais c'est tout, a-t-il continué. Il y a d'autres trucs que les filles ont à offrir, à part leur physique. Je sais pas exactement quoi, mais on peut capter de petites choses chez quelqu'un qui ne sont pas aussi évidentes que son allure.

– Je suis d'accord avec vous, a approuvé Lola. Choisir quelqu'un juste pour son allure, c'est plutôt superficiel.

– Mais tu ne penses toujours pas que t'es une nana cool, vrai ?

– Non », a avoué Lola.

Un type dont les cheveux d'un blond très pâle étaient retenus par un serre-tête à plumes s'est arrêté devant Jimi Hendrix : « Hé, *man*, je t'ai rencontré à Buffalo il y a de ça quelques années. T'es de Buffalo, exact ?

– Non, a répondu Jimi Hendrix. Je suis de Seattle, État de Washington. J'ai passé deux mois et quelque à Buffalo mais je suis parti. Faisait trop froid pour moi, là-bas. »

Lola se demandait ce qui rendait Jimi Hendrix aussi poli et indulgent. Sur la planète rock, les hommes étaient presque toujours d'une arrogance insupportable. Les stars, les directeurs de tournée, les assistants, tous. C'était comme si le simple fait de se trouver dans l'orbite de quelqu'un de célèbre justifiait un dédain complet pour tous ceux qui n'appartenaient pas à cette petite galaxie.

« Quoi, il faisait pas aussi froid à Seattle ? s'est étonné le type au bandeau à plumes.

– Non, a répondu poliment Jimi. Seattle, c'est un froid différent. Un froid agréable. Qui ne te pénètre pas jusqu'aux os comme celui de Buffalo.

– Mon père disait la même chose de la Pologne, est intervenue Lola. Il disait qu'il ne ressentait jamais le froid, là-bas. Que c'était un bon froid. Le genre de froid qui ne vous pénètre pas jusqu'aux os. Je crois que c'est peut-être parce qu'il se sentait chez lui.

– Peut-être », a dit Jimi Hendrix.

M. Bandeau-à-plumes s'est éloigné, sans doute peu fasciné par les sentiments d'Edek au sujet du froid en Pologne. Lola a tiré sur sa robe violette et blanche. Elle était sûre qu'elle ne la serrait pas autant, le mois précédent. Elle venait d'envoyer une carte postale à Renia dans laquelle elle lui annonçait qu'elle avait commencé un régime. Elle a calculé qu'elle avait une dizaine de jours pour s'y mettre, le temps que la carte arrive à Melbourne ; comme ça, elle n'aurait pas menti.

Le champ de foire se remplissait rapidement. Les gens arrivaient par vagues. Personne ne faisait trop attention à Jimi Hendrix. Malgré ses succès au hit-parade britannique, il restait peu connu en Amérique. Son groupe, The Jimi Hendrix Experience, n'était encore jamais apparu à la télévision, ses disques passaient rarement à la radio et la presse n'en avait presque pas parlé.

« Content de t'avoir revue, a lancé Jimi à Lola.

– Moi aussi, ça m'a fait plaisir de vous revoir », a dit Lola. Elle lui a fait au revoir de la main en partant, puis elle s'est sentie idiote. On aurait cru une petite fille, à agiter la main aussi longtemps. Elle s'est retournée pour le regarder. Il souriait et faisait au revoir de la main, lui aussi.

Le festival de Monterey était conçu comme une grande réunion – une communion dans l'amour – de gens venus du monde entier. Des groupes d'Amérique, d'Angleterre, d'Afrique du Sud, d'Inde, allaient se produire. C'était le premier festival important à inclure des formations originaires de tout le continent nord-américain. Nombre de ces musiciens, bien que très connus, ne s'étaient encore jamais rencontrés.

Le programme du festival encourageait tout le monde à être heureux et libre, à se couvrir de fleurs, à apporter des cloches et à apprécier la musique. Lola a constaté que les milliers de personnes autour d'elle avaient suivi la consigne.

Jamais encore elle n'avait vu une foule avoir l'air aussi contente. Il y avait des sourires partout, des sourires qui exprimaient l'optimisme et la fraternité. On se côtoyait dans la bonne humeur. Les arbres, les automobiles, les camionnettes, les bébés, les enfants, les chiens petits ou grands portaient des écriteaux proclamant *Peace* ou *Love*. Et les fleurs ! Des fleurs par milliers. Presque tout le monde en arborait. Fleurs dans les cheveux, autour du cou, fixées à la chemise, aux lunettes de soleil ou peintes sur le visage.

Et les habits… C'était un grand délire vestimentaire, qui hypnotisait Lola. Elle a regardé une fille qui portait une veste violette à motifs cachemire et des chaussures assorties partager un sandwich avec son chien… lequel portait un gilet violet aux mêmes motifs cachemire. Les garçons étaient en chemises psychédéliques, les filles en robes longues fleuries, mais il y en avait aussi en shorts et tee-shirts, ou en vestes de tweed avec coudières en cuir, ou en pantalons et vestons militaires à bandes dorées et emblèmes brodés. Plusieurs jeunes femmes accompagnaient leur courte robe d'été de collants noirs et de lourdes bottes noires à hauteur du genou. Pas d'uniforme ici, et pas d'uniformité sinon ce sentiment de bienveillance réciproque que l'on retrouvait partout, presque palpable.

De la musique sortait des énormes enceintes. Quelques couples dansaient déjà sur l'herbe, d'autres allaient et venaient, ou étaient assis tranquillement, en train de manger. Des fruits, surtout. Lola n'avait jamais vu autant de gens rassemblés mordre dans un fruit. Tout le monde ou presque avait une pomme à la main, une orange, une tranche de pastèque. Comme si les fruits étaient le symbole d'une ère nouvelle, un symbole de renouvellement.

Lola se sentait sur une autre planète. Assistait-elle au début d'une révolution ? Elle savait qu'il pouvait arriver que le monde change du jour au lendemain. Pour Renia, par exemple, l'avenir s'était transformé en une nuit. Il était sorti de son axe, s'était emballé follement, s'était fissuré, fragmenté, fendu. Il avait explosé en éclats fracturés, en pièces déformées. D'une minute à l'autre, la belle et studieuse adolescente, comme les autres juifs de Lodz, s'était muée en une prisonnière débraillée, enfermée dans un univers privé de moyens de subsistance.

Lola s'est vu offrir une orange par un jeune homme en kilt et bandeau du régiment écossais Black Watch, qui l'avait piochée dans un vieux break rempli de cageots pleins. « Merci, lui a dit Lola.

– Avec grand plaisir », a-t-il répondu en esquissant une révérence.

La communauté juive de Beth El avait monté un stand où l'on trouvait des sandwichs au pastrami. Il y avait aussi un kiosque de cuisine du Sud et les Kiwanis de Monterey, section d'un organisme international d'aide aux enfants en détresse, faisaient griller des épis de maïs servis sur une baguette en bois. Ailleurs, on pouvait acheter de la nourriture macrobiotique, du pop-corn, des posters, des broches, des pin's, des robes en papier…

La police était présente en force au festival et, sous leurs casques bleus étincelants, les policiers aussi souriaient. Plusieurs d'entre eux avaient même glissé une fleur dans leur mentonnière. Lola s'est dit qu'elle n'essaierait même pas de décrire toute cette ambiance dans sa prochaine carte postale destinée à Renia.

Elle a vu Brian Jones vaquer sans but, d'une blondeur presque angélique et drapé dans une cape rose laissant apercevoir plusieurs foulards en soie imprimée autour de son cou et une chemise du même tissu. Lola savait que Brian Jones raffolait des vêtements. Il portait souvent des couches superposées de satin et de dentelle, des cravates et des jabots. Son style baroque lui avait conféré en Angleterre le statut de maître des élégances. Il avait l'air de rêver éveillé, comme à moitié détaché de tout ce qui l'entourait. Lola devait l'interviewer d'ici moins d'une heure. Elle avait entendu dire qu'il était hypersensible, assez chatouilleux, nerveux et fréquemment shooté. En plus de toute une variété de drogues, il prenait paraît-il beaucoup de Mandrax, un sédatif et relaxant musculaire dont les effets étaient similaires à ceux des barbituriques.

Elle avait vu quelques photographies de Brian Jones enfant. Il ne semblait pas avoir eu une enfance heureuse. Sa mère était professeur de piano et son père, ingénieur aéronautique, en jouait également, en plus de diriger le chœur de son église. En dépit de cet environnement petit-bourgeois, Brian avait déjà l'air largué.

Qu'il prenne énormément de drogues et boive autant avait apparemment eu un impact négatif sur sa condition physique. Il avait été hospitalisé pour « problèmes de santé » à plusieurs reprises. Lola supposait que l'alcool et la came accentuaient sa tendance à fuir la société.

Mais il y avait un aspect du personnage encore plus préoccupant : selon des rumeurs dont elle avait eu connaissance, il lui arrivait de battre sa petite amie, Anita Pallenberg. On avait souvent vu celle-ci avec des bleus sur les bras. Mais si pas mal de gens semblaient au courant, personne n'avait l'air de s'en soucier. Lola se demandait pourquoi le fait d'agresser un inconnu dans la rue était considéré comme un comportement criminel alors que se livrer à des violences physiques sur sa femme ou sa petite amie passait pour un aléa banal de la vie quotidienne, un simple désaccord domestique.

Trois mois avant le festival de Monterey, Anita Pallenberg, qui était avec Brian Jones depuis deux ans, l'avait quitté pour Keith Richards. Elle était partie avec lui alors qu'ils étaient tous les trois en voyage au Maroc et que Brian Jones se trouvait à l'hôpital.

Brian Jones était à l'heure. Ils se sont installés côte à côte sur un banc au pied d'un arbre, non loin du bureau du festival. Lola l'a observé. Ses cheveux étaient aussi bouffants et vigoureux qu'avant ; ils se balançaient avec la même facilité et ne semblaient pas souffrir de l'absence de caresses d'Anita Pallenberg. Il paraissait un peu pâle mais c'était peut-être son teint naturel, rien à voir avec le fait qu'il ne soit pas maquillé pour la scène.

« Ce festival se présente déjà drôlement bien, non ? lui a-t-elle demandé. Vous pensez qu'on va passer un moment extraordinaire ? »

Il l'a regardée fixement, a ouvert la bouche sans que rien en sorte. Lola a attendu.

« Trois jours, a-t-il fini par articuler d'une voix terne. Trois jours.

– Oui, a confirmé Lola, c'est un festival qui dure trois jours. Qu'est-ce qui vous a poussé à faire tout le voyage jusqu'ici ?

– Jimi. Communauté. »

Lola a réfléchi. Voulait-il dire qu'il était venu pour rencontrer Jimi Hendrix et la communauté locale ? Elle avait l'habitude de décoder et d'interpréter des réponses en apparence hermétiques : l'anglais de ses parents demandait toujours un effort de compréhension qui s'apparentait à de la traduction.

« Jimi Hendrix est génial, a-t-elle avancé.

– Meilleur monde, a prononcé lentement Brian Jones.

– Cette communauté est la meilleure au monde ? a tenté Lola, mais comme l'expression de Brian Jones se faisait encore plus perplexe elle a repris : Jimi Hendrix est le meilleur au monde ? » Il a continué à la fixer de son regard vide. *Estime que Jimi H. est le meilleur guitariste au monde*, a-t-elle noté dans son calepin.

« Je pense, a articulé Brian Jones. Je pense », a-t-il répété.

Il pense, a écrit Lola. Elle a attendu la suite.

Elle a levé les yeux. Brian Jones s'affaissait peu à peu sur le côté droit, presque appuyé contre elle maintenant. Elle a tenté de le faire revenir à une position normale par une discrète pression de l'épaule. « Communauté, a-t-il dit. Former une communauté.

– À Monterey ? » Il n'a pas réagi. « Vous voulez dire que les participants à ce festival vont former une communauté ? »

Comme il clignait des yeux, elle s'est dit que c'était certainement ce qu'il entendait par là. Rapidement, elle a griffonné dans le calepin ouvert : *Brian J. pense que les gens venus ici pour passer trois jours ensemble au festival international de Monterey vont former une communauté.*

« Je crois que je comprends, a-t-elle déclaré. Et je pense que vous avez raison. Je pense qu'une communauté va se former, même si elle sera répartie aux quatre coins du monde. » Il n'a pas réagi. Il avait fermé les yeux. Il avait l'air de dormir. Elle l'a observé encore. Il était tellement loin de tout, tellement indifférent à tout ce qui l'entourait. Elle a examiné son visage, maintenant qu'ils étaient si près l'un de l'autre. Sa peau était lisse, d'une perfection qui suggérait en quelque sorte l'innocence.

Même inconscient, Brian Jones dans son ensemble restait impeccable. Ses foulards étaient superposés et noués avec une admirable négligence. Sa cape au col bordé de fourrure gardait tout son romantisme. Chacun de ses nombreux bijoux brillait à la place qu'il leur avait assignée.

Le désordre, d'après ce que Lola avait entendu, régnait en revanche dans sa maison. Il y avait des vêtements dans tous les coins, des piles d'assiettes sales, de la nourriture avariée, des perruques et des déguisements. Au point que Mick Jagger ne supportait plus de lui rendre visite, racontait-on. Lola ne trouvait pas cela surprenant : elle ne pensait pas que Mick Jagger avait une grande tolérance pour la pagaille.

Lola a secoué Brian Jones avec ménagement. Il a rouvert les yeux. « Pensez-vous que le monde est en train de changer, là, maintenant ? Est-ce qu'une révolution sociale est en cours ? Ce à quoi on assiste deviendra-t-il monnaie courante ?

– Monnaie ? a-t-il fait en la regardant intensément. Je… crois… pas. » Tout en disant cela d'un débit très lent, il a tenté de plonger la main dans une des poches de son pantalon en satin.

« Non », a-t-il ajouté, la voix pâteuse.

Brusquement, Lola s'est rendu compte que Brian Jones avait cru qu'elle lui réclamait de la monnaie. Elle a sursauté, horrifiée. « Je ne veux pas de monnaie, a-t-elle bredouillé.

– Change ? a-t-il répété tandis que ses pupilles roulaient vers le haut.

– Je vous demandais si vous pensiez que, euh, en voyant ce qui se passe ici, que le monde pourrait être en train de changer et que… » Elle n'a pas achevé sa phrase.

Brian Jones s'était affalé contre le dossier du banc et se tenait maintenant comme s'il avait sombré dans le coma ou dans le sommeil. Elle l'a secoué légèrement, une nouvelle fois. Il n'a pas bougé. Elle l'a tiré avec précaution vers elle, pour pouvoir le soutenir de son épaule jusqu'à ce que quelqu'un vienne le ramasser. Puisqu'il avait fait tout le voyage depuis l'Angleterre pour se produire ici, elle espérait vraiment qu'il reprendrait vie avant que le concert commence.

Lola était assez déconcertée par l'état de Brian Jones. « Il est défoncé, ont dit les garçons qui étaient arrivés pour l'emporter. – Comment vous pouvez être sûrs que ce n'est pas une crise cardiaque ou un infarctus ? s'est-elle étonnée.

– Il est défoncé », se sont-ils contentés d'affirmer à nouveau. Elle est revenue à pas lents au centre du terrain de foire. Un type affublé d'un chapeau mou jaune lui a adressé un sourire qu'elle lui a rendu. Une fille avec deux cerises passées autour de chaque oreille lui a tendu un bol plein de carottes crues, et elle en a pris une. Il se passait quelque chose. Quelque chose était en train de changer. Il flottait dans l'air une allégresse presque contagieuse.

Devant la scène, des centaines de rangées de chaises pliantes avaient été installées. Un bon nombre de ces sept mille places étaient déjà occupées. Lola, qui avait un pass de presse, pouvait s'asseoir dans les cinq premiers rangs. Se faufilant entre des groupes de spectateurs, elle a choisi une place presque au centre de la rangée.

En regardant à sa gauche, elle a été horrifiée de voir qu'elle s'était installée à seulement deux places de Mama Cass. Elle n'avait absolument rien contre Mama Cass, mais elle ne voulait pas être assise aussi près d'une personne tellement grosse. C'était rare, d'être gros à ce point. Au point d'amener les gens à se retourner et à vous regarder fixement. Lola espérait de tout son cœur qu'elle n'était pas aussi grosse que Mama Cass.

Elle a eu honte de vouloir changer de place. Le fait d'être à côté d'une autre personne corpulente ne la ferait pas apparaître plus grosse ou moins grosse qu'elle ne l'était. Elle a regardé Mama Cass. Elle souriait, et c'était un très beau sourire. Celui de quelqu'un complètement en paix avec soi-même et avec le monde. Il n'y avait pas une seule trace de frustration ou d'irritation dans ce sourire. Il n'allait pas du tout avec son corps, manifestement harassé et submergé par son poids, qui occupait un espace énorme et précédait chacun de ses mouvements.

Lola a été envahie de tristesse, sans vraiment comprendre pourquoi. Mama Cass n'avait pas du tout l'air triste, elle. Elle paraissait même remarquablement heureuse. Elle avait posé la tête sur l'épaule d'un blond très séduisant. Lola s'est dit que Mama Cass devait être plus à l'aise qu'elle avec son corps. Observant les bras découverts de Mama Cass, elle a prié pour que les siens ne soient pas moitié aussi gros.

Jetant encore un coup d'œil au blond, elle s'est rappelée que c'était le nouveau petit ami de Mama Cass, Lee Kiefer. On aurait dit une star de cinéma : il était grand, ses traits étaient bien dessinés et symétriques, il était bronzé, mince et musclé. Ils formaient un couple étrange, d'autant que le visage de Mama Cass avait été remodelé par la graisse, avec des dimensions, des superficies et des mentons supplémentaires.

Lola s'est sentie sur le point de pleurer. Elle s'est sentie triste pour Mama Cass. Et pour elle. Elle a pensé qu'elle devait vraiment se mettre au régime. Elle en avait déjà un nouveau en tête, à base de pêches, d'abricots, de melon et d'œufs. Il lui suffisait de manger une pêche, un abricot, un œuf dur et un demi-cantaloup cinq fois par jour. Mille cinq cents calories quotidiennes, de quoi perdre un kilo par semaine.

On pouvait moduler ce régime. Par exemple, elle était autorisée à consommer deux pêches, deux abricots, deux œufs et un melon entier deux fois par jour, plus une pêche, un abricot, un œuf et une moitié de melon une fois par jour. Cela représentait beaucoup de nourriture pour une quantité de calories relativement faible, et Lola se disait que c'était peut-être la clé d'un régime réussi, en plus du fait que les composants étaient faciles à mémoriser.

Peut-être devait-elle aussi faire de l'exercice. Elle avait essayé, une fois, quand elle avait dix-sept ans. Elle avait tourné en rond sur sa bicyclette dans le minuscule jardin de Renia et Edek, à Saint Kilda. Tous ces tours l'avaient laissée étourdie et affamée.

Elle a capté une odeur de cannabis dans l'air. Des gens se repassaient un joint dans la rangée devant elle. Elle a sorti son calepin pour écrire une note à son intention : *Commencer le régime Pêche-Abricot-Melon-Œuf*. Quelqu'un s'est assis sur la chaise à sa droite. Lola lui a lancé un rapide regard, puis un autre plus appuyé. C'était Janis Joplin. Elle avait cru l'apercevoir de loin, plus tôt. Janis Joplin lui a souri et a dit : « Salut ! » C'était un salut enjoué, presque enfantin. Le ton était notablement en contraste avec son allure, qui n'avait pratiquement rien d'enfantin. Elle avait une peau terne et grêlée, des cheveux fatigués, secs et plein de fourches. Lola a eu de la peine pour elle. Cela devait être difficile de vivre dans une peau aussi abîmée. Mais au moins elle n'était pas grosse, s'est-elle dit.

« Salut, a-t-elle répondu. Je m'appelle Lola Bensky, je suis journaliste, je travaille pour *Rock-Out*, un magazine de Melbourne, en Australie.

– Oh *man*, l'Australie, c'est cool ! » s'est exclamé Janis Joplin.

Lola l'a aimée tout de suite. Il y avait une honnêteté et une intensité palpables qui émanaient d'elle. Elle s'est tournée vers la chanteuse. « Je peux vous poser une question bizarre ?

– Mais oui, a approuvé Janis Joplin. J'adore les questions bizarres.

– Vous pensez que je suis aussi grosse que Mama Cass, celle qui est assise là-bas ? »

Janis s'est penchée en avant pour examiner Mama Cass à la dérobée. Lola a eu l'impression que son examen durait très longtemps. Finalement, elle s'est redressée : « La vache, non ! a-t-elle proclamé tellement fort que Lola a eu peur que Mama Cass ne l'entende. Elle est beaucoup plus grosse !

– Vous êtes sûre ? a murmuré Lola.

– Évidemment que je suis sûre ! J'essaie d'être réaliste, de ne pas me raconter des conneries, alors je ne vois pas pourquoi je t'en raconterais à toi.

– Je suis soulagée. Elle est si grosse, ça me fait flipper…

– Je comprends, l'a rassurée Janis. J'étais grosse, ado, et ça m'a encore plus isolée. Sans compter que j'avais la figure constamment couverte de gros boutons rouges. On me disait souvent, "hé, la truie !" ou "hé, face-de-lune !" Ça m'est arrivé pratiquement du jour au lendemain, quand j'avais quatorze ans. Je n'ai pas eu les nénés qui ont poussé mais je me suis mise à grossir et à avoir de l'acné. Quoique j'étais pas précisément une vedette avant non plus. J'ai toujours été différente des autres. Je lisais, je peignais et je ne haïssais pas les négros. »

Lola s'est dit qu'elle avait eu raison d'aimer tout de suite Janis Joplin. « J'avais une amie d'école qui était super maigre, a-t-elle confié à Janis. On avait quatorze ou quinze ans et on allait souvent à la plage ensemble. Les autres ados, en nous voyant, se mettaient à chanter : "La grosse et la maigre partent à la guerre, la grosse prend une balle et la maigre appelle sa mère". Vous connaissez cette ritournelle, en Amérique ?

– Jamais entendu avant.

– Et je n'étais même pas grosse, à l'époque, a ajouté Lola.

– Et tu te demandes encore si tu es aussi grosse que Mama Cass ? s'est étonnée Janis Joplin.

– Pas vraiment, mais bon, c'est une pensée qui continue à me tracasser.

– Eh bien tu ne l'es pas. Je sais ce que c'est d'être obsédée par un truc de ce genre. Moi, c'est ma peau. Elle est tellement moche.

– Elle n'est pas moche, s'est récriée Lola. Et... tu ne l'es pas non plus. » Elle disait la vérité. Janis Joplin exerçait une attraction qui n'avait rien à voir avec une peau impeccable ou des cheveux irréprochables. C'était quelqu'un qui vous charmait facilement, en grande partie par sa franchise, sa spontanéité et l'intérêt évident qu'elle portait aux autres. Lola s'est dit qu'elle n'était pas le genre de personne pour qui la vie est comme du gâteau à la fraise.

« Toi non plus, a renchéri Janis Joplin.

– Des gens ont dit que je serais très jolie si je perdais des kilos.

– Qu'ils aillent se faire foutre.

– Ma mère est obsédée par mon poids.

– Qu'elle aille se faire foutre aussi.

– Ça ne la dérange pas, ma mère, quand je dis *fuck*, a précisé Lola. Je dis des gros mots devant elle sans arrêt, et ça ne la gêne pas. L'anglais est une langue qu'elle ne maîtrise pas suffisamment pour savoir à quel point ils sont grossiers. » Elle s'est tue un moment. « Ma mère déteste les gens corpulents, tu sais. Elle a été dans un camp de la mort nazi, et là-bas les seuls qui avaient de l'embonpoint étaient certains nazis et les prisonniers qui les aidaient.

– Tu es juive ? a demandé Janis Joplin.

– Très, a répondu Lola.

– Mes deux meilleures amies de lycée, Karleen et Arlene, étaient juives.

– Ah oui ?

– Je vivais pratiquement chez Karleen Bennett, lui a expliqué Janis Joplin. Ses parents m'aimaient bien. Je n'étais pourtant pas très convenable, et d'après ma mère c'est toujours le cas. Elle me dit tout le temps d'être comme les autres. Avant, elle voulait que je mette des jupes, des chemisiers blancs et des chaussettes montantes. Elle attendait de moi que je sois n'importe qui sauf qui j'étais réellement. Et donc, je passais tout le temps que je pouvais chez Karleen. J'allais même à la synagogue avec eux.

– Il y a beaucoup de juifs à Port Arthur ? a demandé Lola, qui savait que Janis Joplin était née dans cette ville du Texas.

– Presque pas. Les gens se méfiaient de tous ceux qui l'était. Moi, je trouve que c'est très cool d'être juif », a affirmé Janis, qui semblait en effet ravie d'apprendre que Lola l'était.

Si Lola n'était pas du tout certaine que le fait d'être juif soit si cool, elle n'avait pas envie de se lancer, en plein festival de Monterey, dans une conversation sur les innombrables catastrophes et tragédies qui avaient affligé les juifs uniquement parce qu'ils l'étaient.

« Alors, tu allais à la synagogue ? a-t-elle repris.

– Oui. Et j'adorais ça. On y allait avec les parents de Karleen et sa grand-mère.

– Je n'avais pas le droit d'y aller, moi, parce que ni mon père ni ma mère ne croient en Dieu. Après ce qu'ils ont vécu… »

Janis Joplin est restée silencieuse un instant, puis : « J'ai toujours détesté les préjugés et la discrimination. Quand j'ai dit ouvertement au lycée que j'étais pour l'intégration raciale, tout le monde a pensé que j'étais devenue cinglée. Dans mon bahut, le lycée Thomas Jefferson de Port Arthur, il suffisait d'être bon en littérature, de lire un livre ou d'aller aux cours de dessin, et tu te faisais dézinguer. Je me suis tellement fait emmerder à cause de ces cours de dessin…

– En primaire, il y avait des garçons qui frappaient les autres élèves, s'est remémorée Lola. J'étais terrorisée la plupart du temps, et ça a duré jusqu'au collège.

– Et qu'est-ce que tes parents ont fait ?

– Rien. Je ne leur ai pas dit. Je ne croyais pas que ça aiderait en quoi que ce soit.

– Ça ne devait pas être facile de parler à une mère qui a vécu tout ça…

– Mon père aussi a été dans un camp de la mort. »

Janis Joplin a eu l'air triste, ce qui a mis Lola mal à l'aise. Elle n'aimait pas le don qu'elle semblait avoir développé de rendre les gens tristes. Mais pouvait-il en être autrement lorsque ses deux parents avaient été envoyés dans un camp de concentration nazi ? Lola se disait souvent qu'elle aurait sûrement un registre d'anecdotes beaucoup plus joyeuses à partager si ses parents avaient été trapézistes ou haltérophiles.

« Quelqu'un qui est journaliste m'a dit t'avoir vue en concert à New York, il paraît que tu étais sensationnelle. » Janis Joplin a battu des mains comme une petite fille, radieuse. « Il a dit ça, vraiment ? C'est cool ! Oui, on a joué à New York en mars. Ça doit être un type sympa.

– C'est *elle*, pas *il*, a corrigé Lola.

– Ah ! Encore mieux ! s'est réjouie Janis.

– Vraiment ?

– Mais oui ! Je trouve que les femmes sont plus honnêtes, en général. Et les hommes, ils continuent à penser que nous sommes toutes censées nous marier, avoir une tripotée de gosses et la fermer. »

Lola s'est efforcée de réfléchir à ce que Janis Joplin venait d'avancer. Elle se demandait si c'était vrai, si c'était réellement ce que les hommes attendaient des femmes. Elle pensait plutôt que c'était ce que les femmes attendaient des femmes. Elle ne voyait pas la plupart des filles qu'elle connaissait se fixer pour but de devenir chirurgiennes du cerveau ou physiciennes nucléaires. Lola elle-même était surtout occupée à essayer de perdre du poids, et quand on devait en perdre autant qu'elle, c'était une occupation qui demandait un temps fou.

Mama Cass a fait passer un grand plateau garni de tranches de pastèque dans la rangée. Elles en ont pris une chacune et lui ont crié « Merci ».

« Chez moi, on ne pouvait pas dire de gros mots, a raconté Janis à Lola. Ma mère se serait mise terriblement en colère. Elle me traitait déjà de roulure alors que je ne disais jamais rien de déplacé. La première fois qu'elle m'a sorti *roulure*, on a dû regarder dans le dictionnaire, Karleen et moi, parce que je n'arrivais pas à croire que ma mère me réserve un terme pareil. » Il y a eu un silence, puis elle a ajouté : « Elle n'avait aucune raison de me dire ça.

– Moi, si je rentrais à la maison après dix heures du soir, mon père me traitait de prostituée. J'en suis venue à me dire que le mot n'était peut-être pas aussi brutal en polonais, et qu'il ne se rendait pas compte à quel point c'était blessant. J'étais tellement naïve, et tellement outrée…

– Moi pareil.

– Ta mère a l'air assez horrible, a dit Lola.

– Elle est très autoritaire. Et froide. Rien de ce que je fais n'est jamais bien. Elle attend toujours de moi que je porte des jupes "décentes" et que je me fasse un chignon.

– Ma mère, ce n'est pas qu'elle soit froide ou distante, c'est juste qu'elle n'est pas là. On peut la voir, mais elle est ailleurs. Elle est absente. Je crois qu'elle préférerait être présente, mais elle en est incapable. Les seuls moments où elle est vraiment là, c'est quand elle me dit que je dois maigrir.

– Eh bien, ça donne plutôt envie de rester grosse, non ?

– Je… j'imagine, a répondu Lola avec une certaine hésitation, découvrant qu'elle n'avait jamais envisagé cet aspect de la chose.

– Tu n'es pas fâchée que j'aie dit que tu étais grosse, au moins ? s'est inquiétée Janis.

– Mais je *suis* grosse ! Des fois, je me dis que je suis trop grosse pour que ma mère puisse m'embrasser. Elle ne m'embrasse jamais. Même me toucher, elle ne le fait presque jamais. D'autres fois, je me dis que ça n'a peut-être rien à voir avec le fait que je sois grosse, que c'est peut-être simplement parce qu'elle a été trop touchée… »

Un saladier plein de carottes crues a circulé dans la rangée. Lola a été soulagée de le voir approcher. C'était une distraction bienvenue pour ne pas poursuivre cette conversation au sujet de Renia. Comme elle avait précédemment refusé la boîte de joints soigneusement roulés qu'on lui avait tendue, et celle de cachets blancs, elle a estimé qu'elle devait accepter les carottes. Elle en a attrapé une. D'un mouvement de la tête, Janis Joplin a dit non aux carottes avant de se pencher pour ramasser son sac, d'en sortir une bouteille de Southern Comfort et de boire une gorgée au goulot. Lola avait dû paraître choquée car elle a ri et expliqué : « Je veille toujours à avoir un sac à main assez grand pour pouvoir y mettre un livre et une bouteille. »

Lola n'avait encore jamais vu quelqu'un boire du whisky au goulot. Elle n'avait pas vu grand monde boire du whisky tout court. Janis a avalé quelques rasades de plus. Lola pensait que ce n'était pas une bonne chose pour elle. Cela devait faire une sacrée quantité de whisky, toutes ces gorgées.

« Est-ce que c'est bon pour toi ? a-t-elle demandé, inquiète.

– Un peu, oui ! a répliqué Janis. Très bon. Tu en veux ?

– Pas vraiment. Je n'aime pas l'alcool. Je préfère le chocolat. » Janis Joplin a ri une nouvelle fois. Elle avait un rire étrange, presque comme un caquètement. Ou un gloussement.

« Tu ne bois pas du tout ?

– Non, pas du tout.

– Tu prends de l'acide ?

– Non.

– Qu'est-ce que tu fais, alors ? a voulu savoir Janis. Qu'est-ce que tu fais quand tu as juste envie de rester dans ton coin à broyer du noir ?

– Je ne sais pas… » Lola s'est dit qu'il lui arrivait très rarement de rester dans son coin à broyer du noir. C'était quelque chose qu'elle ferait pas mal dans le futur, mais elle l'ignorait encore.

« D'habitude, je suis assez occupée, a-t-elle expliqué à Janis Joplin. Je fais mes interviews, j'en organise d'autres, j'écris mes articles, et puis je me programme des régimes.

– Juste ciel ! Tu programmes des régimes ? » La réaction de Janis Joplin l'a laissée stupéfaite. Non pas que Janis se soit étonnée que Lola programme des régimes, mais plutôt qu'elle ait employé une expression pareille, « Juste ciel ! » C'était tellement affecté, et pourtant Janis Joplin n'avait rien d'affecté.

« Oui, a-t-elle confirmé. Je planifie des régimes sans arrêt.

– L'acide, ça pourrait t'aider à maigrir. Moi, ça me donne toujours un vrai coup de fouet.

– Je crois qu'il faut simplement que je mange moins.

– L'acide peut satisfaire beaucoup de tes besoins, tu sais ?

– J'en ai pris une fois, quand j'étais au lycée, et impossible de fermer l'œil trois jours d'affilée. » Lola a essayé de se rappeler si elle avait aussi moins mangé après cette expérience, mais c'était un point que sa mémoire n'avait pas retenu.

« Tu as essayé l'héro ? lui a demandé Janis.

– Non. Toi, tu en prends ?

– Seulement quand j'ai de quoi m'en payer, et ce n'est pas souvent.

– Tu broies souvent du noir ?

– Des fois. Moins depuis que j'ai George.

– Qui est-ce, George ?

– Mon chien. Il est moitié berger allemand, moitié berger écossais. C'était encore un chiot quand je l'ai eu et il s'appelait déjà George, alors je n'ai pas voulu lui embrouiller les idées et j'ai gardé le nom.

– Tu broies du noir à propos de quoi ?

– La sensation de vide et de solitude, la peur de ne pas être à la hauteur, a résumé Janis.

– Pas à la hauteur pour quoi ?

– Pas à la hauteur pour tout. »

Une nouvelle vague de tristesse a envahi Lola. Elle connaissait en partie l'état que Janis Joplin venait de décrire, la solitude dont elle parlait. Mais elle n'aurait pas réellement conscience de sa solitude avant une dizaine d'années. Elle ne savait pas encore qu'elle était seule. Elle savait qu'elle était grosse. Et elle savait qu'elle avait toujours faim.

« Je ressens beaucoup les choses, a continué Janis Joplin, et quand tu es comme ça tu as des passages à vide vraiment horribles. Vraiment graves. Si je n'avais pas ma musique, je me serais peut-être déjà zigouillée. Quand je suis sur scène et que je chante, je me sens bien. Super bien. J'ai été initiée à Otis Redding par un ami et j'ai vu comment Otis va à fond dans la musique. Quand il est passé trois soirs au Fillmore de San Francisco, j'y suis allée à chaque fois. Les trois fois, je suis arrivée en avance pour être sûre de pouvoir bien voir. Tellement en avance qu'ils n'avaient même pas encore ouvert les portes... » Lorsqu'elle parlait d'Otis Redding, le visage de Janis Joplin s'animait des échos de l'exaltation qu'elle avait dû éprouver en le regardant se produire.

« À quoi tu penses quand tu chantes ? lui a demandé Lola.

– Je ne pense pas des masses, quand je chante. J'essaie simplement de ressentir. Être sur scène et chanter, c'est essayer de faire sortir les trucs qu'il y a en toi. Des trucs qui n'ont pas leur place dans une conversation entre gens bien élevés. »

Lola s'est fait la réflexion qu'à peu près toute son existence était composée d'éléments qui n'avaient pas leur place dans une conversation entre gens bien élevés. Ses bas résille et les marques qu'ils lui laissaient sur les cuisses, par exemple, ses régimes, l'image de sa mère obligée de nettoyer le vomi de quelqu'un d'autre ou de subir des choses innommables commises sur elle par des chiens. Elle était contente que George, le chien de Janis Joplin, ne soit un berger qu'à moitié allemand.

Janis a regardé Lola un moment avant de lui confier : « Des fois, je me dis que je devrais me faire un chignon, me maquiller et retourner à Port Arthur...

– C'est vrai ?

– Non. En fait, j'ai essayé il y a juste un an et ça n'a pas du tout marché. »

Une fille brune très grande prenait des photos quelques rangées devant elles. Elle s'est retournée et elle a photographié Janis Joplin, qui lui a souri et l'a suivie du regard un long moment.

– Mec, qu'est-ce qu'elle m'excite ! » a-t-elle déclaré à Lola qui est restée sans voix. Elle ne connaissait personne qui affichât son homosexualité, et pratiquement aucune femme ou fille qui parlât ouvertement de ce qui l'excitait sur le plan sexuel. Les connaissances féminines de Lola parlaient essentiellement d'amour.

Lola a dû avoir l'air surprise, puisque Janis Joplin a encore lâché son drôle de rire : « Je peux être excitée par des filles comme par des mecs. On est excité par une personne, pas par le sexe auquel elle appartient.

– Ça paraît sensé », a convenu Lola, même si elle n'était pas certaine que cela le soit.

Des années après, une amie de Lola allait lui déclarer qu'elle n'aurait jamais pu être journaliste de rock parce que ses « pulsions sexuelles auraient trop compliqué la chose ».

Lola l'avait dévisagée, perplexe, avant de répliquer : « Moi, tout ce qui m'importait, c'était ma machine à écrire portable Olivetti, mon magnétophone et de décrocher la meilleure histoire possible. » À la suite de cet échange, pourtant, elle s'était demandé des heures durant où avait pu passer sa sexualité.

« J'ai des goûts sexuels très variés », a déclaré Janis Joplin. Nouveau choc pour Lola : elle n'avait jamais envisagé que le sexe soit aussi une affaire de goût. Pour elle, le goût était exclusivement lié à la nourriture. Au gâteau au chocolat ou au fromage, au strudel avec graines de pavot, pas aux hommes ou aux femmes.

« Et tes goûts sexuels, c'est quoi ? a poursuivi Janis. T'as déjà peloté des filles ? » Lola ne se sentait pas en mesure d'expliquer à Janis que la seule idée d'avoir des goûts en matière de sexualité la perturbait.

« Pas vraiment. Mais je n'ai pas beaucoup d'expérience... Cela dit, j'ai embrassé des filles quand j'avais treize ou quatorze ans.

– Comme tout le monde », a tranché Janis Joplin.

Lola trouvait que Janis manifestait une grande assurance quand elle parlait de sexualité. Elle abordait le sujet en toute liberté et avec l'air de le maîtriser complètement. Comme si c'était un sujet banal auquel tout le monde pensait. Et finalement, ça l'était peut-être, a-t-elle pensé.

« Je crois que je suis davantage moi-même avec une fille, a continué Janis. C'est sans doute que je me sens plus à l'aise. Mais il y a aussi plein de mecs qui m'excitent. J'adore baiser. » Lola se rappelait avoir lu que la fois où quelqu'un que connaissait Janis lui avait demandé pourquoi elle ne sniffait pas l'héroïne au lieu de se l'injecter, elle avait carrément rétorqué : « Pourquoi te branler si tu peux baiser ? »

« Je suis impatiente de t'entendre chanter, demain, lui a-t-elle dit.

– Ça me rend vachement nerveuse, a déclaré Janis Joplin en tapant le sol du pied. On n'a encore jamais joué devant autant de gens. S'ils me détestent, qu'est-ce que je fais ?

– Monterey n'est pas Port Arthur, a observé Lola.

– Non, c'est sûr. » Un homme dont le torse nu était couvert d'au moins vingt colliers et qui avait une couronne de marguerites dans les cheveux a sauté par-dessus leurs jambes pour rejoindre sa chaise.

« Et ce n'est pas Melbourne non plus », a ajouté Lola. Elles ont éclaté de rire ensemble.

Un grand gaillard aux cheveux longs et raides a appelé Janis Joplin en lui faisant signe. « C'est Sam Andrew, il fait partie du groupe. C'est un super guitariste. » Lola l'avait reconnu ; elle l'avait vu sur les photos du groupe Big Brother and the Holding Company. « J'arrive », a prononcé Janis Joplin pour que Sam Andrew le lise sur ses lèvres. Elle s'est levée.

« Je suis très contente d'avoir passé ce moment avec toi, a-t-elle déclaré à Lola.

– Moi aussi. »

En regardant à la ronde, Lola a aperçu Brian Jones assis en tailleur dans une travée, à même la terre battue. Il était évident qu'il attendait que le concert commence. Comme le terrain était maintenant bondé, elle a supposé qu'il n'avait pas pu trouver un siège, mais il avait l'air à son aise et content. Elle a été soulagée de le voir réveillé. Et vivant.

Le premier groupe à monter sur scène était The Association. Lola n'avait pas aimé leurs précédents succès, *Along Comes Mary* et *Cherish*. Ils ont joué leur dernier hit, *Windy*, qui lui a tapé sur les nerfs. Elle a trouvé que c'était un thème ennuyeux, aux paroles des plus banales. La Windy en question avait paraît-il des yeux d'orage et des ailes qui l'emmenaient dans une autre époque, d'accord, mais tout ça c'était du vent, comme le prénom de la fille l'indiquait. S'il avait été question de maux d'estomac et de flatulences, ça n'aurait pas été moins intéressant.

Lola a surtout observé le public en prenant des notes. La paix et la joie qui se dégageaient de la foule étaient impressionnantes. Lola n'avait encore jamais été témoin d'une jubilation de masse, comme sans doute la plupart des gens. Presque tout le monde avait vu des photographies de groupes en proie à la douleur, à la stupéfaction ou à la terreur, mais elle n'arrivait pas à se rappeler un seul exemple d'image montrant une foule qui irradiait le bonheur. Et ce n'était pas le contentement d'une foule victorieuse après un match de football, parce que ce dernier supposait la défaite du camp adverse. Ce bonheur-ci, a pensé Lola, était le bonheur le plus pur qui soit. Était-elle en train d'assister à une révolution ? Le monde était-il sur le point de changer ? Les gens cesseraient-ils de se fâcher les uns avec les autres ? Serions-nous tous enfin liés, reliés et connectés ?

La nuit tombait quand Eric Burdon and The Animals ont démarré leur concert. Lola les avait déjà entendus et elle appréciait Eric Burdon. Il avait du cran et cela se notait dans sa voix, dans sa façon de chanter et dans sa personne. Eric Burdon était petit, râblé et en rien superficiel. Il venait de balancer le *Paint it Black* des Rolling Stones avec une énergie qui vous rapprochait pour de bon de tout ce noir, de toute cette douleur. Elle a jeté un coup d'œil à Brian Jones. Il applaudissait à tour de bras.

Simon et Garfunkel ont pris la suite. Ils avaient l'air si jeunes et si innocents, s'est dit Lola. Était-ce à cause de leur allure de gentils garçons moins rebelles que les autres, et de la douceur de leur musique ? Ils chantaient un air qui parlait du besoin de rentrer à la maison. Elle a essayé de ne pas penser à ce qui la poussait à rentrer en Australie dans quelques mois, ni à ce que celui qui allait devenir M. Ex-Rockstar pouvait fabriquer.

La soirée a fini autour d'une heure et demie du matin. Un flot de gens s'est dirigé vers le camping installé aux abords du terrain de football américain de l'université de Monterey Peninsula, toute proche. Il y avait des sacs de couchage à perte de vue, et un lourd parfum de ganja dans l'air.

Lola est rentrée à son motel, non loin du site du concert. Un groupe était debout dans l'allée, en majorité des musiciens en train de bavarder, de boire et de fumer. Elle est allée droit à sa chambre. Elle avait déjà eu de la chance d'en trouver une : d'après ce qu'il se disait, tous les hôtels et motels dans un rayon de cinquante kilomètres affichaient complet.

La chambre avait un *king-size*. Lola n'avait jamais dormi dans un lit d'une taille aussi imposante. Examinant l'alignement de boutons sur la tête de lit, elle a découvert qu'elle pouvait le faire vibrer pendant dix minutes pour seulement dix cents. L'Amérique était décidément à part, a-t-elle pensé ; on y trouvait de la glace basse calories, des rayons pour ados potelées dans les grands magasins et des lits massants. Elle a glissé une pièce de monnaie dans la fente avant de s'allonger. Le matelas s'est mis à gronder et à remuer. Elle n'a pas aimé. Elle s'est sentie nauséeuse. Elle a dû se remettre debout et attendre que le lit cesse de vibrer pour s'allonger à nouveau.

Cette nuit-là, elle a rêvé d'une femme qui marchait très lentement et qui n'avait sur le dos que des haillons effilochés en couches superposées, des vêtements tellement déchirés qu'ils étaient comme des bandes de tissu sales et usées. Elle paraissait sous hypnose ou droguée, mais Lola savait qu'elle était égarée, égarée par la faim et la stupeur. Elle avait des cheveux auburn courts, de grands yeux bruns. On voyait qu'elle avait été très jolie. La femme s'arrêtait un instant. Elle tentait de dire quelque chose à Lola mais les mots sortaient hachés et brouillés, au point qu'il était impossible de reconstituer des phrases cohérentes. Puis elle reprenait sa marche. Elle passait devant un enfant squelettique accroupi dans une embrasure de porte. Quand Lola essayait de prendre ce petit garçon dans ses bras, il se désintégrait et se dispersait en fragments aussi ténus que des confettis. La femme continuait à avancer. Lola essayait de la rattraper mais elle n'y arrivait pas ; à chaque fois qu'elle avait l'impression de la rejoindre, l'inconnue était encore quelques pas devant elle.

Lola s'est réveillée baignée de sueur. Elle a regardé autour d'elle. Elle était à Monterey, en Californie, dans un lit *king-size* qui pouvait vibrer pendant dix minutes pour dix cents. Il n'y avait aucune femme aux cheveux courts et aux yeux noirs, aucun garçonnet affreusement maigre. Elle est allée sous la douche. Il fallait qu'elle se débarrasse de ce rêve qui lui collait à la peau.

Des dizaines d'années après, Lola allait presque bondir hors de son siège en revoyant, alors qu'elle regardait un documentaire sur le ghetto de Varsovie, cette même femme à la démarche si lente, de morte-vivante aurait-on dit, et son expression hagarde tandis qu'elle descendait l'une de ces rues sordides et bondées. Et dans le film, elle passait devant un petit garçon aux joues creuses tapi dans une entrée d'immeuble. Pendant plusieurs nuits, elle n'avait pas pu dormir tant elle était tourmentée par une seule question : comment des gens que l'on n'avait jamais vus pouvaient-ils vous apparaître en rêve ?

Lola est restée plus de vingt minutes sous la douche de son motel de Monterey avant de se sentir lavée de ces images. Une fois habillée, elle est retournée directement au site du festival. Mama Cass était de nouveau là, pratiquement à la même place que la veille. Il y avait une chaise libre un tout petit peu plus loin dans sa rangée. Lola lui a dit bonjour en se faufilant devant elle.

Le vrai nom de Mama Cass, Lola le savait, était Ellen Naomi Cohen. On ne pouvait qu'être juif, quand on s'appelait comme ça, et Lola a envisagé de lui dire qu'elle l'était aussi mais elle a renoncé à cette idée : pour les juifs américains, rencontrer un autre juif n'était pas une grande affaire. Ils ne vous traitaient pas d'emblée comme si vous étiez cousins ou amis de longue date. Cela n'avait aucune importance pour eux, alors qu'à Melbourne c'était tout le contraire. On en faisait toute une histoire, en Australie : on vous donnait l'accolade, et si vous aviez moins de trente ans, on vous pinçait la joue, on commentait votre poids, votre apparence, et si vous étiez célibataire, votre valeur sur le marché matrimonial. Quand un juif en rencontrait un autre, une relation s'établissait immédiatement, une connexion que Lola avait parfois trouvée contraignante en Australie, mais qui lui manquait maintenant qu'elle était en Amérique. Finalement, elle a décidé de se présenter, et elle a prononcé le nom de Bensky avec une emphase particulière, mais l'expression amicale de Mama Cass est restée inchangée.

Lola a suivi distraitement la prestation de Canned Heat sur scène. Pas du tout emballée par ce groupe, elle a décidé que les lecteurs de *Rock-Out* se passeraient très bien d'une description de leur performance. Elle attendait que ce soit au tour de Janis Joplin de monter sur scène. Elle espérait de tout cœur que son concert serait réussi, sachant que Janis se sentirait très mal si ce n'était pas le cas.

Les types de Canned Heat ont terminé leur set. Des techniciens de plateau ont déplacé du matériel et puis, brusquement, Janis Joplin est apparue, avec le groupe Big Brother and the Holding Company derrière elle. En jean et haut tout simple, elle avait l'air d'une fille banale mais il lui a suffi de donner le rythme en battant du pied sur les planches pour prendre le contrôle de la scène. Quand elle est arrivée à *Ball and Chain*, on a senti l'ensemble des sept mille spectateurs totalement captivés. La foule écoutait dans une immobilité presque complète.

Elle a entamé la chanson sur un tempo très lent, se représentant assise à sa fenêtre en train de regarder la pluie tomber. Une minute plus tard, pourtant, elle mettait toute son âme dans chaque note, secouait la tête et se balançait sur une jambe, et c'était à moitié du chant, à moitié des pleurs. Les yeux fermés, les traits convulsés, elle a crié : « Dites-moi pourquoi l'amour est comme un boulet et une chaîne ! »

La douleur sur son visage et dans sa voix quand elle a modulé le mot « peine » plus tard dans la chanson faisait presque mal. Lola voyait clairement que Janis Joplin était perdue, perdue dans ses blessures, ses chagrins et ses souffrances. On discernait pratiquement à l'œil nu les plaies et les brûlures de son cœur. Lola ne savait pas dans quel état elle allait sortir de cette plongée dans la détresse.

Elle a regardé Mama Cass. Elle avait la bouche ouverte de stupéfaction admirative. « Waow », soufflait-elle sans arrêt. À la dernière note lancée par Janis Joplin, l'assistance a éclaté en applaudissements enthousiastes. Un sourire timide est apparu sur les lèvres de Janis. Elle semblait heureuse, maintenant. Elle s'est inclinée pour saluer le public, puis elle est sortie de scène d'abord en marchant, avant d'esquisser des pas de danse et de terminer par un bond en l'air. Ce samedi après-midi-là, on avait l'impression que le terrain entier du festival venait d'être illuminé.

Quand Lola l'a croisée plus tard, Janis a couru à elle. « J'ai été bonne ? a-t-elle voulu savoir. J'ai été bonne ?

– Tu as été fantastique », a répondu Lola. Elle était sûre que plein de gens lui avaient déjà dit la même chose, mais malgré sa joie évidente Janis Joplin donnait l'impression de ne pas arriver à croire complètement ce qui s'était passé.

« Ils nous ont demandé de rejouer demain, a-t-elle dit à Lola. C'est pas cool ? » Soudain, elle s'est pris la tête entre les mains. « Oh, Jésus, mais comment je vais m'habiller ? » Visiblement, la question l'angoissait.

Lola aurait voulu être capable de produire miraculeusement quelque merveilleuse tenue que Janis Joplin porterait le lendemain.

Par le passé, elle avait souvent imaginé qu'elle créait de superbes habits pour Renia, des tailleurs merveilleusement coupés, des robes du soir en dentelle à armature métallique. Dans sa tête, elle lui créait toute une garde-robe pour chaque saison, shorts et robes légères pour l'été, tenues habillées pour les réceptions, jupes et ensembles pour ses sorties en ville. En vérité, Lola n'était même pas capable de recoudre un bouton, mais ces rêves de haute couture avaient sur elle un effet aussi apaisant que ses fantasmes d'accidents de voiture. Dans son imagination, Renia s'émerveillait devant tous ces nouveaux vêtements et redevenait la petite dernière de la famille qu'elle avait été, adorée par tous. Avec d'aussi belles créations, Lola avait l'impression de la libérer partiellement de sa tristesse. Et elle se disait que le désir constant de faire oublier leur passé à leurs parents pouvait consumer l'existence des enfants de rescapés.

« J'ai une vieille machine à coudre Singer magnifique que j'ai dénichée dans une brocante, lui a confié Janis.

– Les toutes noires avec le sigle de la marque en doré ?

– Oui. Elles sont superbes, non ? Toi aussi, tu fais de la couture ?

– Non. Mais j'aimerais.

– La première chose que j'ai faite avec cette machine, c'était une robe en velours bleu pour la scène. Et ensuite, une robe taillée dans un couvre-lit en madras. »

Lola a trouvé formidable que Janis Joplin sache se servir d'une machine à coudre. Cette activité domestique semblait à l'opposé de son image d'écorchée vive.

« Il faut que je réfléchisse à ce que je vais me mettre, a-t-elle insisté.

– C'était balèze, ma vieille ! » De sa place, Mama Cass félicitait Janis Joplin. Elle s'est levée de sa chaise et s'est mise à l'applaudir. Janis Joplin a souri, enchantée.

Sur scène, des centaines de spectateurs avaient rejoint Jefferson Airplane et dansaient autour du groupe. La voix puissante de Grace Slick résonnait à travers tout le terrain, et sous les projecteurs, sa robe longue bleu pâle brillait comme une apparition surnaturelle. Ils ont interprété *The Ballad of You and Me and Pooneil.* Marty Balin a repris plusieurs fois le refrain, « Est-ce que la lune sera toujours suspendue dans le ciel quand je vais mourir, quand je vais mourir ? » C'étaient des paroles fortes, prenantes, mais Lola savait que la réponse était oui, que la lune continuait à être suspendue dans le ciel, quoi qu'il arrive sur terre. Le vers suivant de la ballade, « Quand je vais planer, quand je vais clamser », allait se révéler terriblement prophétique.

De penser à la lune obstinément accrochée dans le ciel l'a rendue triste et lui a donné faim. Elle a décidé d'aller manger quelque chose. Elle avait deux pommes et un œuf dur dans son sac mais ça ne l'inspirait pas. Elle s'est acheté un sandwich au pastrami et une orange.

Elle est revenue à sa place juste au moment où Otis Redding, sanglé dans un costume bleu gris qui lui allait comme un gant, est apparu sur scène, chargé à bloc. Le public s'est déchaîné. Otis Redding dansait, bougeait, chantait. Il se déplaçait avec des mouvements brefs et ultra-rapides, des pas et des changements de pied vertigineux. Chaque nerf, chaque pulsation du cœur répondait instantanément. Il a commencé par une version trépidante de *Shake* et sa performance s'est poursuivie sur le même rythme. Son énergie et son intensité emportaient toute l'assistance. Il avait l'air de prendre du bon temps.

Lola a noté l'impression de maturité qu'il dégageait. Il semblait savoir exactement qui il était et ce qu'il faisait. Il n'y avait rien de désordonné ou d'inachevé chez lui. Pas de cheveux longs, pas de moustache, pas de broderies ou de colifichets, pas d'enfantillage. Sa façon d'être tranchait réellement dans le monde du rock où chacun se donnait des airs d'éternel adolescent et de rebelle.

À vingt-cinq ans, Otis Redding était... sérieux. Il prenait son travail au sérieux, et sa vie également. Il avait rencontré sa femme, Zelma, quand il avait dix-huit ans, et ils s'étaient mariés quand il en avait vingt. Ils avaient quatre enfants et habitaient une ferme en briques de deux étages sur cent cinquante hectares à Round Oak, en Géorgie.

Il composait lui-même nombre des chansons qu'il interprétait, il avait sa propre compagnie de disques et il investissait l'argent qu'il gagnait dans l'immobilier et en bourse. Il possédait même un avion, un bimoteur Beechcraft.

Lola était très impressionnée par son sens des affaires. Elle-même avait un peu moins de cent dollars sur son compte en banque et ne savait ni comment, ni où, ni pourquoi on achetait des actions ou des bons du Trésor.

Otis Redding avait de grandes idées. Il estimait que la musique devait être une force unifiante qui rapprocherait races et cultures. Il avait un manager blanc et une formation où Noirs et Blancs se côtoyaient. Son concert de Monterey, devant un public important et majoritairement blanc, était une vraie percée pour un artiste noir.

Il a conclu sa performance par *Try a Little Tenderness*, qu'il a débuté tout doucement, en insufflant une immense tendresse dans chaque syllabe, puis il a accéléré le tempo et l'a fait décoller jusqu'à ce qu'il devienne un tourbillon sur scène et que le public soit en délire.

Le dimanche après-midi, Ravi Shankar s'est préparé à jouer. Il a d'abord ajusté longuement les cordes de son sitar. Avant de commencer, il a expliqué à l'assistance que ce qu'il allait interpréter était très mystique et a demandé que l'on s'abstienne de prendre des photos. Il a aussi remercié par avance le public de ne pas fumer. « Je vous aime tous, a-t-il déclaré, et je vous suis si reconnaissant de votre amour pour moi… »

En Inde, les concerts de musique instrumentale pouvaient durer parfois plus de dix heures. Quatre ou cinq heures était une durée fréquente. À Monterey, Ravi Shankar a joué pendant trois heures devant une assistance fascinée, hypnotisée. Lola, elle, a eu du mal à tenir en place tellement elle s'ennuyait. Trois heures de sitar, cela lui a paru très long. Elle s'agitait sur sa chaise, consultait sa montre et lançait des regards à la ronde. Elle se sentait aussi un peu coupable de ne pas avoir la patience de participer à cet échange d'amour que Ravi Shankar avait évoqué.

Des années après, elle allait être horrifiée en visionnant les chutes du documentaire que D.A. Pennebaker avait consacré au festival de Monterey : au milieu d'une foule complètement immobile et transportée, on l'apercevait distinctement, elle, Lola, en train de regarder à droite et à gauche, de se balancer sur son siège, insensible à la musique de Ravi Shankar.

En revanche, elle a été complètement captivée lorsque Janis Joplin et son groupe sont remontés sur scène dans la soirée. Janis portait une tunique en tricot lamé or et un pantalon pattes d'éléphant assorti, avec des mules ajourées à bout pointu et petit talon. Elle semblait s'être appliqué du fond de teint, ce que Lola a regretté parce que cela ne faisait qu'accentuer les marques d'acné sur son visage. Pour autant, elle savait que quiconque la regarderait chanter ne prêterait aucune attention à sa peau.

Une nouvelle fois, Janis Joplin a entonné *Ball and Chain* sur un rythme très lent, et encore une fois toute son intensité s'est exprimée au bout de deux minutes. Sur scène, elle devenait une autre personne qui n'avait plus rien d'une petite fille, plus de gêne, plus de gaieté facétieuse. Quelqu'un mû par la souffrance, par le désir et par beaucoup d'amour aussi. Le cœur chaviré. Et au milieu de toute cette peine et de tout ce désir, il y avait une sexualité transperçante, qui telle une lame pénétrait et fouaillait chaque syllabe qu'elle chantait. Si Lola était profondément émue par la douleur de Janis Joplin et par sa facilité à s'ouvrir aux autres, son énergie sexuelle la dérangeait. Elle s'est dit que c'était probablement de l'envie, qu'elle lui enviait sa capacité à se connecter aussi intensément avec cette partie d'elle-même. Ça n'avait vraiment rien à voir avec la planification d'un régime.

Pendant que se produisait le « Groupe qui n'a pas de nom » – ainsi qu'ils s'intitulaient –, puis Buffalo Springfield, Lola a noté dans son carnet des réflexions et des recommandations qu'elle s'adressait à elle-même. Il était notamment question d'essayer de penser plus souvent et plus sérieusement à sa sexualité. Au bout de moins d'une demi-page de ces considérations, elle s'est aperçue qu'elle n'était pas du tout sûre de savoir comment mettre ce plan en pratique, ni par où commencer. Et ce n'était pas un sujet sur lequel on pouvait facilement consulter l'avis des autres.

Voir Pete Townshend a ramené Lola sur terre. Elle a cessé de penser à elle ou aux aspects plus charnels, voire carrément libidineux, de Janis Joplin. Rien qu'en l'apercevant sur scène avec les Who, elle a ressenti à nouveau son embarras quand il lui avait hurlé dessus. Les membres du groupe étaient habillés comme des dandys d'un autre siècle. La chemise blanche de Pete Townshend était ornée d'une cascade de ruché, sa veste avait l'air taillée dans un tissu d'ameublement en brocart de satin. Les caractéristiques du dandy étant « une personne exagérément préoccupée par son apparence et par le désir de suivre la mode en tous points », Lola s'est demandé pourquoi Pete Townshend répondait aussi bien à cette définition : probablement à cause de l'arrogance qu'il affichait délibérément.

Roger Daltrey portait une cape dorée à motif floral retenue autour de son cou par une broche et terminée par de longues franges noires. Il faisait penser à un prince capricieux de l'arrière-pays tchécoslovaque. À peine arrivé au milieu du premier thème, Keith Moon, le batteur des Who, semblait déjà pris de démence ; il secouait furieusement la tête au rythme de la musique, la bouche ouverte en un grand O figé, envoyant ses cheveux dans tous les sens. Lola ignorait comment sa tête arrivait encore à tenir avec tous ces hochements, ces saccades et ces soubresauts.

« C'est là que tout s'achève », a annoncé au public John Entwistle, le bassiste, avant que le groupe se lance dans *My Generation*, un hymne rempli de bégaiements, de balbutiements et de répétitions acharnées. « J'espère que j'vais mourir avant d'être vieux », a-t-il beuglé deux cents fois de suite en se mettant à faire tournoyer son microphone au-dessus de sa tête.

Et puis Pete Townshend est passé au stade supérieur : il a entrepris de fracasser sa guitare contre un pied de micro et, trouvant sans doute que ce n'était pas assez, l'a abattue à plusieurs reprises sur le sol. Lola a remarqué dans le public plusieurs garçons qui avaient l'air navré tandis que Townshend cognait sa guitare sur tout ce qu'il voyait autour de lui et que le reste du groupe continuait à jouer. Un technicien visiblement nerveux s'est lancé sur scène pour en retirer un micro et son support. Des morceaux de guitare volaient en tous sens. Roger Daltrey virevoltait sur place et sa cape faisait de même autour de lui. Brusquement, Pete Townshend a quitté le plateau et, comme pris en faute, Daltrey s'est arrêté de faire le derviche tourneur et l'a suivi tel un petit frère obéissant.

Keith Moon a continué à jouer pendant une demi-minute, puis il a envoyé balader toutes les pièces de sa batterie en jetant des coups de pieds. Des volutes de fumée envahissaient la scène, conséquence de la bombe fumigène que Pete Townshend avait allumée avant de partir, et on avait l'impression qu'un ampli avait explosé. Et pourtant, tout ce saccage avait été mené avec un remarquable détachement, une absence totale de fureur, de passion, de révolte, d'émotion et même de signification, s'est dit Lola, qui avait déjà vu les Who auparavant et était restée tout aussi sceptique devant leur numéro.

Elle trouvait que le groupe commettait une erreur en envoyant John Entwistle déclarer au micro : « C'est là que tout s'achève ». Pas grand-chose ne s'achevait là, estimait-elle. Est-ce que la grande conclusion annoncée résidait dans une guitare en miettes et des tambours peut-être cabossés ? Les gens qui avaient vraiment vécu la fin de quelque chose n'y verraient que du théâtre, ou du grand-guignol. Lola pensait que cette annonce qui se voulait solennelle n'était que prétentieuse.

Elle espérait que sa réaction au spectacle des Who n'était pas influencée par le souvenir de la grossièreté de Pete Townshend ; elle ne le croyait pas. Il y avait quelque chose de gênant dans la gratuité et la désinvolture de ce vandalisme. « En Angleterre, ils ont atteint une impasse dans la destruction », avait-elle entendu Brian Jones affirmer à quelqu'un, ce qui était le genre de remarque qu'elle aurait aimé pouvoir citer dans un article.

Lola a décidé qu'elle n'irait pas voir les Grateful Dead. Une petite promenade ne lui ferait pas de mal. Elle avait besoin de se rafraîchir les idées. Elle est allée au stand de la communauté juive et s'est acheté un sandwich de pain de seigle au pastrami. Avant de venir à Monterey, elle n'avait jamais goûté à cette viande de bœuf fumée, bien épicée et découpée en fines lamelles. À New York, tous les *delicatessen* juifs où elle avait été servaient le pastrami chaud, et elle n'en avait jamais vu à Melbourne.

Lola a examiné son sandwich. Il était imposant. Il devait y avoir quinze ou vingt tranches de pastrami dedans. Fines comme du papier, d'accord, mais ça faisait tout de même beaucoup de viande. Elle a calculé que le sandwich contenait plus de cinq cents calories, ce qui équivalait à cinq ou six pommes, ou cinq ou six œufs durs, ou plus de cent grammes de chocolat.

Elle est revenue à temps pour Jimi Hendrix. Brian Jones, qui semblait maintenant tout frais et lucide, l'a présenté comme « le guitariste le plus génial que j'aie jamais entendu ». Jimi Hendrix est arrivé en scène, souriant, visiblement très content d'être là. Il portait un pantalon rouge extrêmement moulant, une chemise jaune vif à jabot et poignets à volants avec par-dessus un gilet à carreaux blancs et noirs. Autour de sa taille, une ceinture en métal ornée d'un médaillon pendu à la boucle et une écharpe multicolore. Cette tenue hétéroclite fonctionnait bien sur Jimi Hendrix, comme toujours. Il avait l'air aussi extravagant que ses habits. Mais son sourire restait large et tranquille.

Avant de se mettre à jouer, il a baissé les yeux sur sa guitare avec une tendresse immense, le genre de tendresse que l'on voit surtout au cinéma. Lola a remarqué qu'il avait un chewing-gum dans la bouche. Comment pouvait-on chanter en mâchant du chewing-gum, Lola n'en avait aucune idée, mais Jimi Hendrix y arrivait. Il a interprété *Wild Thing*, la guitare gémissant à l'unisson de son chant. Il donnait l'impression de ne faire qu'effleurer son instrument, comme si ce dernier était une autre partie du corps qu'il pouvait bouger et manipuler aussi facilement que ses doigts, ses orteils ou sa langue. Entre deux notes, il mastiquait son chewing-gum avec une sensualité palpable, chaque mouvement de mâchoire suggérant une manœuvre sexuelle. « Donne m'en encore », chantait-il en appuyant sur la première syllabe jusqu'à ce que la séduction contenue dans cette injonction en apparence innocente éclate.

« Je crois que je t'aime », murmurait-il tout en grattant sa guitare derrière son dos ou au-dessus de sa tête, et la guitare gémissait, pleurait, se pavanait et chantait. Jimi Hendrix marchait, s'accroupissait, se trémoussait, et il a même exécuté un saut périlleux à l'improviste, tout cela sans cesser de jouer de son instrument. Lola s'est dit qu'il était certainement capable de se laver les dents, de manger, de faire n'importe quoi sans produire une seule fausse note sur sa guitare.

Au milieu de la reprise du thème de *Wild Thing*, il a joué d'une main quelques mesures de *Strangers in the Night* tout en levant l'autre devant son visage, comme s'il se protégeait de quelque chose. De sa propre passion, peut-être ? Ou bien était-ce un bref accès de timidité.

« Ah comme je t'aime ! » chantait-il en frottant sa guitare de façon obscène contre un ampli avant d'aller sur le devant de la scène et de tomber à genoux. Il a posé son instrument par terre et a joué d'une seule main, vibrant et tressautant de tout son corps sur la musique. On entendait presque le public retenir sa respiration.

Pendant que le reste du groupe continuait à jouer, Jimi a levé les deux mains en l'air, a regardé sa guitare au sol et lui a fait signe de venir à lui. Elle n'a pas bougé, mais il a essayé encore. Il communiait avec elle, l'appelait, la convoquait comme si l'instrument pouvait ressentir aussi fortement que lui le lien qui existait entre eux. Est-ce qu'il voulait voir si elle réagissait même quand il ne la caressait pas ? s'est demandé Lola. Enfin, il l'a reprise et en a joué, toujours d'une seule main, tandis que son pelvis et son torse s'agitaient et se balançaient, dans une scène d'amour plus torride et déchaînée que Lola n'en avait jamais vu.

Jimi Hendrix s'est relevé. Il tenait à la main un petit bidon d'essence à briquet. Il s'est mis à en asperger sa guitare. Le liquide sortait en fines giclées, comme si Jimi était en train d'uriner ou d'éjaculer. Il s'est remis à genoux et a embrassé l'instrument avec dévotion. Il a gratté une allumette et l'a jetée sur la guitare, qui s'est embrasée. Jimi, toujours agenouillé, les mains en coupe, a encouragé les flammes à monter.

On aurait cru assister à un rite religieux. L'apogée d'une cérémonie d'adoration complexe qui avait recours au feu pour assurer le retour à la poussière.

Jimi Hendrix a vidé les dernières gouttes du bidon sur la guitare. Puis il l'a attrapée par le manche et l'a abattue sauvagement sur les planches, encore et encore, jusqu'à la mettre en morceaux. Après un moment de stupeur, le public s'est lancé dans des applaudissements enfiévrés.

Il y a eu une pause que Lola a jugée trop courte avant que The Mamas and The Papas montent sur scène. Avec leurs voix claires et leurs mélodies entraînantes, ils exprimaient une simplicité très californienne. En présentant l'un de leurs grands succès, *California Dreaming*, Mama Cass a annoncé en riant : « On va chanter cette chanson parce qu'on l'aime beaucoup et parce que c'est grâce à elle qu'on est riches ! »

Mama Cass paraissait à l'aise sur scène. Sa voix était puissante, alerte, comme si elle n'avait pas à se frayer un chemin à travers la graisse. Peut-être que les cordes vocales ne sont pas affectées par le poids excessif du corps qui les contient, s'est dit Lola. Elle portait une robe à taille très haute et à manches courtes très larges qui avait demandé des mètres et des mètres de tissu. Lola souffrait rien qu'en regardant tout le tissu qu'il avait fallu pour couvrir son anatomie.

La voix de Mama Cass jaillissait librement, montait haut et flottait dans les airs. La chanteuse se balançait de droite à gauche sur la musique. Trop volumineuses pour se mouvoir toutes ensemble, les différentes parties de son corps avaient quelques secondes de retard par rapport au tempo. Lola n'était pas loin de pleurer. C'était triste de voir toute cette masse que Mama Cass devait pousser et tirer à chaque mouvement.

Michelle Phillips, elle, se mouvait sans effort. À un moment, elle a couvé d'un regard d'adoration Denny Doherty qui chantait quelques mesures en solo. Michelle avait été amoureuse de Denny ; Mama Cass l'était encore, et depuis longtemps. Denny flirtait avec Mama Cass, mais d'après ce que Lola avait entendu dire, il n'avait pas l'intention d'aller plus loin que le flirt.

Denny et Michelle avaient eu une liaison. Michelle avait tenté de dire à son mari, John Phillips, qu'elle trouvait Denny très séduisant, mais John avait jugé ridicule la seule idée qu'il puisse y avoir quoi que ce soit entre elle et Denny.

Quand elle avait appris que Michelle et Denny étaient sortis ensemble, Mama Cass avait pleuré. C'est Denny qui le lui avait révélé. Et il l'avait dit aussi à John. En conséquence, John et Michelle s'étaient séparés pendant un temps, John avait déménagé pour partager un logement avec Denny, qui lui avait plus ou moins demandé pardon. Ensuite, John et Michelle s'étaient brièvement réconciliés, mais cela n'avait pas duré. Michelle avait été expulsée du groupe. C'était John qui avait rédigé la lettre lui annonçant qu'ils ne voulaient plus d'elle, puis Denny et Mama Cass avaient ajouté leur signature à la sienne. Trois mois plus tard, ils avaient prié Michelle de revenir.

John et Michelle s'étaient remis ensemble, également. Ils l'étaient toujours aujourd'hui où les accents de *California Dreaming*, de *Monday Monday* et de *Dream A Little Dream* résonnaient sur tout le terrain de foire de Monterey, où les gens avaient convergé pour aimer, être heureux, être libres et se parer de fleurs.

Lola a pris un avion pour Los Angeles à l'aéroport de Monterey. Elle avait des interviews prévues avec The Mamas and the Papas, ainsi qu'avec Sonny et Cher, et elle espérait aussi interviewer les Byrds. L'avion était tout petit. C'était un trajet court, mais elle n'aimait pas les petits avions. Ils lui donnaient l'impression d'être en fer-blanc, telles des marmites de soupe populaire expédiées dans la troposphère.

Elle en avait déjà pris un de la même taille une fois, à Melbourne. Avant d'être autorisés à embarquer, tous les passagers avaient été contraints de monter sur un pèse-valises pour que l'équipage vérifie leur poids. Elle avait été horrifiée à l'idée de devoir se livrer à cet examen devant les autres, et encore plus horrifiée à l'idée qu'on la juge trop lourde pour être acceptée à bord.

« Je n'ai pas de bagage, avait-elle assuré au responsable de la pesée dans l'espoir de paraître plus légère. Et je vous en prie, ne me dites pas combien je pèse, a-t-elle ajouté.

– L'avion n'est pas plein », s'était-il contenté de répondre. Lola en avait conclu que s'il avait été complet elle aurait sans doute été dans l'impossibilité d'embarquer. À son grand soulagement, toutefois, personne n'a dû justifier son poids avant de prendre ce vol Monterey-Los Angeles.

Dans ce très petit avion, les seuls autres passagers étaient Eric Burdon et les Animals, ainsi que Ravi Shankar. Ce dernier s'est montré taciturne, et guère amical envers Lola, au point qu'elle s'est demandé s'il avait pu sentir qu'elle avait été agitée et impatientée pendant son concert. Il avait l'air tellement mystique, en effet, probablement le genre de personne capable de connaître des choses sans les avoir effectivement visualisées. Le genre à avoir un sixième sens, comme on dit. Mais Lola a tranché qu'elle ne croyait pas vraiment au sixième sens et que Ravi Shankar était simplement fatigué, ou qu'il avait envie de rester seul. Elle a rajusté ses lunettes de soleil sur son nez, une nouvelle paire qu'elle avait achetée à Monterey. Elle trouvait que porter des lunettes de soleil la rendait plus intéressante, et elle les a gardées même si la cabine était peu éclairée.

L'appareil n'avait pas encore atteint son altitude de croisière qu'Eric Burdon dormait déjà à poings fermés. Lola en a conclu qu'il n'était pas de ceux que les petits avions rendaient nerveux. Elle était assise à côté de John Weider, le guitariste leader et violoniste des Animals. Il avait l'âge de Lola et avait appartenu à divers groupes depuis sa prime jeunesse, jouant par exemple avec Steve Marriott and The Moments avant que celui-ci ne parte fonder les Small Faces avec la moitié de la formation. « Je n'aime pas les avions trop petits, a-t-elle glissé à John Weider. Ils me fichent la trouille.

– Tu es juive ? a demandé John Weider, et Lola a eu un rire bref avant de répondre :

– Tu crois que je suis juive parce que je suis nerveuse ?

– Peut-être.

– Je suis très juive, a-t-elle confirmé.

– Moi aussi, je suis juif.

– C'est ce que je pensais. À cause du violon.

– J'ai étudié le violon classique pendant neuf ans, de sept à seize ans, a-t-il expliqué. J'ai aussi appris la guitare et la basse. »

John Weider avait une grosse couronne de cheveux coiffée à l'afro. Lola s'est dit que ses frisettes semblaient naturelles, bien qu'il vienne d'Angleterre où un nombre grandissant de garçons se faisaient faire des permanentes. Elle avait remarqué que les juifs ont tendance à avoir les cheveux bouclés ; Mama Cass, Linda Eastman et Lillian Roxon étaient visiblement des exceptions à la règle.

Elle s'apprêtait à lui demander si ses parents appréciaient qu'il ait rejoint le monde du rock, lorsque l'avion a brutalement été dévié sur la droite. Elle s'est agrippée à son siège. Personne d'autre ne semblait s'inquiéter, autour d'elle : Ravi Shankar gardait l'expression placide qu'il avait quand il jouait du sitar, Eric Burdon dormait toujours. Lola, qui avait l'impression que l'appareil butait contre des poches d'air solide, se sentait proche de la nausée. Elle espérait que ses lunettes de soleil dissimulaient son état.

« Merci de vérifier que vos ceintures sont bien attachées, a dit le commandant de bord. Ces turbulences seront terminées dans deux minutes et nous nous poserons à Los Angeles peu après. » Lola a encore regardé Ravi Shankar. Il paraissait avoir un peu verdi, maintenant. Elle lui a souri, et cette fois il a souri en retour.

Elle s'est demandé s'il lui restait assez de temps pour demander à John Weider ce que pensaient ses parents du fait qu'il joue dans un groupe de rock. Elle a jeté un coup d'œil par le hublot. Ils étaient sur le point d'atterrir.

7

Mama Cass tenait dans sa main une grosse pomme granny-smith d'un vert vif et toute brillante. Lola, qui était venue interviewer The Mamas and the Papas, s'est demandée pourquoi elle se déplaçait avec une pomme. Mama Cass avait-elle l'intention, comme Lola elle-même, de commencer un régime ? Elle venait d'arriver dans sa nouvelle Aston Martin jaune à la villa de Bel Air, à Los Angeles, que John et Michelle Phillips partageaient. Denny Doherty n'était pas encore là. Peut-être s'attardait-il chez lui, à Laurel Canyon, dans sa maison qui avait jadis appartenu à l'actrice Mary Astor.

Spectaculaire, celle de John et Michelle sur Bel Air Road avait eu pour propriétaire Jeanette MacDonald, vedette de maintes comédies musicales hollywoodiennes avec Nelson Eddy et Maurice Chevalier. Elle s'élevait au milieu d'un hectare de jardins soigneusement entretenus. Il y avait des arbres, des buissons, des fleurs, une vigne, une roseraie et une fontaine. Un chemin conduisait de la maison à la piscine aux formes arrondies, près de laquelle on trouvait une réplique du bâtiment principal en plus petit : une maison d'invités avec salon, cheminée, chambre à coucher, salle de bains et cuisine. Plus loin, c'étaient les écuries que le mari de Jeanette MacDonald avait fait construire pour y abriter leurs chevaux. Dans le garage convenant à cette somptueuse demeure, John et Michelle avaient une Rolls-Royce Torpédo de 1932, une limousine Rolls-Royce de la même année et une Rolls-Royce Silver Door Coupé de 1957.

Lola jugeait la maison et la collection de voitures un peu exagérées, mais c'était aussi ce qu'elle pensait de Los Angeles en général. La ville était immense et incroyablement disséminée. Au supermarché, les boîtes de corn-flakes et les briques de lait étaient d'une taille gigantesque. On voyait des ados de seize ans au volant d'énormes voitures. Et les policiers n'étaient pas du tout aussi gentils que ceux de New York. Leurs armes et leurs expressions lui paraissaient menaçantes.

Lola, qui avait loué une Volkswagen d'occasion, avait été arrêtée par l'un d'entre eux deux jours plus tôt sur Wilshire Boulevard alors qu'elle tentait de s'y retrouver dans des rues sans plaque et incroyablement semblables. Il lui avait demandé ses papiers. « En Australie, on n'est pas obligé d'avoir sa carte d'identité sur soi, avait-elle objecté.

– Vous n'êtes plus en Australie, mademoiselle, avait-il rétorqué. Je pourrais vous coffrer sur le champ. »

Lola n'avait pas envie de terminer une deuxième fois dans un poste de police. Quand elle avait été arrêtée pour vol à l'étalage à l'âge de dix ans, cela n'avait pas été une partie de plaisir, et elle ne croyait pas que Renia et Edek réagiraient mieux cette fois.

« À partir de maintenant, je vous promets que j'aurai toujours mon passeport sur moi, *Officer* », avait-elle soufflé. Elle avait appris à s'adresser aux policiers de manière aussi formelle qu'Edek, qui était un conducteur impulsif et se faisait continuellement coincer pour excès de vitesse. « *I'm sorry, Officer* » était toujours la première chose qu'il disait. Et il lui arrivait souvent de répéter la formule plusieurs fois. Présenter ses excuses aux représentants de la loi n'est jamais superflu, affirmait-il.

C'est qu'Edek avait eu lui aussi quelques démêlés avec les forces de l'ordre. Plus précisément avec la police militaire américaine au camp de Feldafing, non loin de Munich, là où après la guerre Edek et Renia continuaient à dormir dans un baraquement et à échafauder des plans pour quitter l'Allemagne. Edek s'était risqué, à très petite échelle, sur le terrain du marché noir, gardant des rations de café et de cigarettes que lui avait données la Croix-Rouge pour les vendre et pouvoir ainsi acheter un peu de beurre à Renia. Il avait réussi à lui en trouver une livre quand un soldat américain l'avait contrôlé.

« Je devrais t'arrêter pour avoir plus de beurre que tu n'es autorisé à en avoir, selon ton carnet de rationnement, avait déclaré le soldat.

– *I'm very sorry, Officer* », avait répondu Edek dans son anglais sommaire.

Il pesait encore à peine soixante kilos. L'Américain lui avait lancé un clin d'œil :

« Je te laisse partir si tu le manges, ce beurre.

– Quoi, maintenant ?

– Oui, maintenant.

– *Yes, Officer.* » Il avait avalé la livre de beurre sous les yeux du soldat, et il avait souffert de diarrhée et de douleurs abdominales pendant une semaine.

« Je suis vraiment désolée, *Officer*, a donc dit Lola. Et merci de m'avoir expliqué la situation.

– Oui… N'oubliez pas que c'est l'Amérique, ici. »

Lola était repartie au pas. Elle se rendait à l'hôtel Ambassador, où elle avait pris une chambre. Si elle avait choisi cet établissement de cinq cents chambres dans le catalogue d'hébergement qu'elle avait consulté à l'aéroport, c'était uniquement parce que le prix de la chambre était élevé et qu'elle présumait, selon son expérience qu'elle reconnaissait limitée, qu'on ne lui demanderait pas de payer une avance, contrairement aux hôtels moins chers. Car Lola n'avait pas d'argent. Plus exactement, elle n'arrivait pas à localiser l'argent qu'elle avait. Trouver la banque à laquelle *Rock-Out* avait viré son salaire était déjà difficile à Londres et à New York, mais à Los Angeles c'était tout bonnement impossible. Ici, on pouvait tourner en voiture dans la ville pendant un an sans parvenir à repérer la bonne succursale bancaire.

La première fois qu'elle avait vu l'Ambassador, Lola avait été épatée par sa taille. Il s'étendait sur neuf hectares et demi au numéro 3400 de Wilshire Boulevard. Son night-club, le Cocoanut Grove, recevait des artistes tels que Frank Sinatra, Barbra Streisand, Judy Garland, Louis Armstrong, Nat King Cole, Bing Crosby, Lena Horne, Little Richard, Liberace et Liza Minnelli. Marilyn Monroe avait débuté sa carrière en posant pour l'agence de mannequins dont les bureaux se trouvaient juste à côté de la piscine de l'hôtel.

Diana Ross et les Supremes avaient leur chambre au même étage que celle de Lola. Ils passaient au Cocoanut Grove. Lola avait un problème avec l'orthographe de ce « Cocoanut ». Ça aurait dû être « cocoa » ou « coconut », pas « cocoanut ». Elle avait appris que l'établissement appartenait à la famille Schine, qui semblait être un nom de famille juif, et elle se demandait s'il s'agissait d'émigrés juifs qui ne maîtrisaient pas encore totalement l'orthographe. Mais c'était avant qu'elle ne découvre que G. David Schine, le directeur de l'hôtel, était le fils de J. Myer Schine, une famille très influente dans les secteurs de l'hôtellerie, des salles de cinéma et de l'immobilier. Si les Schine avaient aussi bien réussi dans la vie, s'était-elle dit, ils ne pouvaient qu'avoir une bonne connaissance de l'orthographe.

Plus tôt ce jour-là, Lola avait croisé Diana Ross dans le couloir en sortant de sa chambre. En plus de sa beauté sidérante, celle-ci était très svelte et légère. On aurait dit que ses pieds, dans leurs escarpins à talons aiguille, touchaient à peine le sol quand elle marchait. Elle se mouvait avec la délicatesse et la grâce d'une antilope. À côté d'elle, Lola se sentait comme un éléphant.

À son grand soulagement, personne ne lui avait demandé un dépôt de garantie à l'hôtel. Le personnel s'était montré vraiment aimable, une amabilité qui ne lui semblait pas complètement désintéressée. Au Horwood de New York, en revanche, les employés s'étaient toujours distingués par leur mine maussade et leurs manières cassantes.

Lola allait quitter l'Ambassador le jour suivant. Elle avait enfin trouvé la banque où son salaire avait été viré et elle avait loué un petit studio directement sur Sunset Boulevard, en face du club Whisky a Go Go.

John Phillips paraissait un peu inquiet que son comparse Papa Denny Doherty ne soit toujours pas arrivé. John était né John Edmund Andrew Phillips, un nom qui faisait penser à Lola qu'il aurait pu appartenir à la famille royale d'Angleterre. Il y avait en effet quelque chose de légèrement aristocratique dans son maintien. C'était peut-être à cause de son âge : à trente-et-un ans, John Phillips en avait onze de plus que Lola et neuf de plus que Michelle. À son arrivée, il avait fait faire à Lola le tour de la propriété. Il était charmant mais elle se méfiait de son charme, justement. Elle le trouvait assez condescendant avec Michelle. On lui avait raconté qu'en apprenant que Michelle avait une liaison avec Denny, il s'était borné à dire : « Déconne pas avec mon ténor ».

Le ténor de John n'allait visiblement pas venir, a-t-elle fini par conclure, et Lola a pensé que ce n'était peut-être pas une mauvaise chose, compte tenu des relations sentimentales complexes qu'avaient entretenues ou entretenaient encore Denny et Mama Cass, Michelle et Denny, Michelle et John. Même si elle savait que Michelle était maintenant enceinte de John, elle supposait que ces émotions peut-être encore à vif risquaient de compliquer la situation. Elle savait que Denny avait essayé d'oublier Michelle dans la boisson. Mais peut-être que dans ce coin du monde, ce genre de préoccupations relevait de la routine quotidienne : on était à Los Angeles après tout, et toutes ces stars du cinéma ou de la musique faisaient des trucs carrément fous que les chroniqueurs de la presse à scandale rapportaient avec délectation, pour le plus grand bonheur des lecteurs.

John Phillips a disparu un moment, laissant Lola avec Michelle et Mama Cass. Celle-ci portait une robe en coton Liberty qui s'évasait en dessous de la poitrine et lui arrivait juste au-dessus des genoux. Lola a remarqué que ses jambes n'étaient pas si grosses : ses mollets et ses chevilles avaient une taille presque normale. Mama Cass, qui n'avait pas lâché sa granny-smith, l'a enfin posée sur la table devant elle. Elles étaient installées dans ce que Lola présumait être le jardin d'hiver de la maison, ou une partie de l'immense cuisine. Lola s'est demandée si Michelle ne se sentait pas mal à l'aise d'être en compagnie de deux grosses femmes. Il semblait que non. Elle avait donné un baiser chaleureux à Mama Cass à son arrivée. Lola ne s'était pas attendue à ce que Michelle Phillips soit aussi gentille. Elle lui avait servi à boire, s'était assurée qu'elle avait assez de place sur la table pour son magnétophone et son carnet de notes.

« Vous vous entendez bien, toutes les deux ? a commencé Lola.

– Absolument, a assuré Michelle. On a toujours été proches, ou presque toujours.

– Michelle est quelqu'un de généreux, a dit Mama Cass. Avec le look qu'elle a, elle pourrait être une vraie garce, ce qui n'empêcherait personne de tomber amoureux d'elle. Mais ce n'est pas une garce. Elle est très belle, elle a bon cœur et c'est une amie fidèle.

– On est tous beaux, chacun à sa manière, a objecté Michelle.

– Bidon, l'a contrée Mama Cass. Si tu es grosse, tu ne peux pas être belle. On ne voit pas ta beauté.

– Peut-être que c'est un atout, a avancé Lola. Ça oblige à faire plus d'efforts.

– Être grosse n'est jamais un atout ! » Mama Cass avait sans doute raison, s'est dit Lola. Être gros n'était probablement pas un avantage. Et ça prenait énormément de temps : elle était certaine que Michelle Phillips n'avait jamais consacré une minute à planifier un régime.

« Cass est d'une intelligence rare, a affirmé Michelle. Elle avait un QI de 165 quand elle n'était encore qu'une enfant.

– Pour blaguer, on dit qu'elle est le corps et moi le cerveau, l'a informée Mama Cass.

– Elle *est* le cerveau, a confirmé Michelle. Sur scène, c'est elle qui se charge d'introduire les chansons, parce qu'elle le fait tellement bien. Et elle est si drôle ! Moi, je ne le sens pas, de parler pendant les concerts. C'est pas mon truc. Que Cass parle sur scène et John à la presse, ça me convient tout à fait. Il est très bon pour ça. »

Lola était entièrement d'accord : John était très bon pour ça. Il lui avait dressé un récapitulatif précis de tous leurs succès et de leurs albums. Il lui avait aussi expliqué ce qui faisait que leur groupe était unique, et comment il avait appris à Mama Cass à ne pas beugler dans le micro mais à « fondre, fondre, fondre » sa voix avec celle de Michelle.

Michelle Phillips paraissait effectivement bien dans sa peau. Elle se tenait assise ou se déplaçait avec l'aisance de quelqu'un qui connaît et apprécie ses bras, sa poitrine, son pelvis et ses pieds. Quand elle avait rencontré John Phillips, il était marié et avait deux enfants. Pour épouser Michelle qui avait alors dix-huit ans, il avait divorcé. Lola s'émerveillait que Michelle ait l'air aussi radieuse et en paix avec elle-même après une enfance difficile où elle avait perdu sa mère, puis connu quatre belles-mères successives et déménagé une demi-douzaine de fois.

Mama Cass a mordu dans sa granny-smith. Lola continuait de s'étonner qu'elle soit venue avec sa propre pomme, et pourtant elle comprenait la nécessité de veiller à toujours avoir sous la main les aliments spécifiques au régime que l'on suivait. Peut-être aussi que Michelle et John n'avaient pas beaucoup de fruits chez eux. Elle n'en voyait aucun autour d'elle. Renia, elle, avait toujours des fruits à la maison. Même du temps où ils étaient très pauvres, il y avait toujours un bol de pommes, d'oranges, de mandarines et de bananes sur la table, et un autre de cerises quand c'était la saison. Pour Renia, les fruits étaient un symbole de prospérité : si on avait de quoi s'en acheter, c'était forcément qu'on ne risquait pas de mourir de faim.

Des symboles de prospérité, John et Michelle en avaient également, bien à eux : les Rolls-Royce, la vaisselle en porcelaine de Limoges, les verres vénitiens et la drogue. Une boîte sans couvercle remplie de divers comprimés était placée dans le living, comme si c'était un bol de pistaches ou de bonbons dans lequel les invités étaient libres de piocher. John en avait même proposé à Lola, sans dire de quoi il s'agissait. Elle avait pensé qu'on était peut-être censé connaître les addictions particulières de chacun, et donc savoir d'emblée ce qu'on vous offrait.

« Non, merci, avait-elle répondu à John Phillips. Je déçois déjà suffisamment mes parents parce que je suis grosse et que je ne suis pas avocate, alors je crois que si je me mettais à prendre de la drogue, ça pourrait les tuer.

– C'est trop mignon, avait-il glissé sans que Lola puisse décider ce qu'il trouvait mignon, décevoir ses parents ou risquer de les tuer.

– D'ailleurs, je n'aime pas perdre le contrôle, avait-elle ajouté.

– Ce n'est pas une question de perdre le contrôle mais au contraire de l'étendre », avait objecté John Phillips.

Après avoir mordu dans sa pomme, Mama Cass a regardé Lola : « Je fais un régime, a-t-elle déclaré.

– J'aimerais bien que les gens s'arrêtent un peu moins sur le poids de Cass, a remarqué Michelle. Il n'y a pas un article sur nous où son tour de taille ne soit pas mentionné.

– Quand on me décrit, on ne dit pas que je suis intelligente, ce qui est un fait, on dit que je suis grosse, a constaté Mama Cass. Et tout le monde parle de la beauté de Michelle, en plus.

– C'est peut-être en partie parce que vous êtes des femmes, a suggéré Lola. Un type peut être maigre comme un clou, ou tout petit, ou gros, ou couvert d'acné, et visiblement ça n'a pas d'importance. On n'en parle jamais.

– C'est vrai et ça ne changera probablement jamais, a approuvé Mama Cass.

– J'aimerais que les gens s'intéressent plutôt à sa voix, a continué Michelle.

– Peut-être qu'ils s'y intéresseront quand j'aurai perdu du poids, a envisagé Mama Cass. Maintenant que je suis mère, j'ai décidé de maigrir. »

Quelques mois avant le festival de Monterey, Mama Cass avait donné le jour à une petite fille. Personne d'autre qu'elle ne savait qui était le père. « J'ai été toute surprise de me découvrir enceinte, a-t-elle raconté. On m'avait dit qu'avec mon poids, mes chances de concevoir étaient très… minces. » Elle a ri de bon cœur. « C'était la seule chose de mince chez moi, mes chances d'avoir un enfant. Alors, quand le toubib m'a dit qu'il était peu probable que je tombe une deuxième fois enceinte, j'ai immédiatement su que j'allais garder ce bébé. »

Lola n'arrivait pas à comprendre comment l'embonpoint d'une femme pouvait affecter sa fertilité. Il suffisait que le sperme remonte par l'une des trompes de Fallope et féconde un ovule, et qu'ensuite celui-ci se loge dans l'utérus. Ni les trompes ni l'utérus de Mama Cass n'étaient le siège principal de sa graisse, supposait-elle. Pourtant, c'était une idée qui paraissait à la fois tenace et répandue.

« Ma mère m'a répété pendant des années que les filles grosses ne tombent pas facilement enceintes, a noté Lola.

– Tu veux dire que ta mère voulait que tu te fasses mettre en cloque ? s'est enquise Michelle, la mine soudain inquiète.

– Non, pas du tout. Elle était sûre et certaine que je n'aurais jamais de vie sexuelle. En général, avant de soutenir que les grosses avaient du mal à tomber enceintes, elle disait qu'elles ne trouvaient pas de petit ami et que personne ne voulait les épouser.

– C'est sans doute vrai, à moins que la grosse en question ne soit riche et célèbre, a commenté Mama Cass. Et alors, tu as un petit ami ?

– Si on veut… mais je crois qu'il préférerait sortir avec une fille plus mince.

– Jette-le, a lancé Mama Cass.

– Je ne suis pas assez riche ou célèbre pour ça. » Alors que sa réponse se voulait drôle, après coup elle n'a plus du tout paru amusante.

Michelle a quitté la pièce et Lola s'est demandé si la conversation n'avait pas trop tourné autour des grosses.

« Comment tu t'es sentie, pendant ta grossesse ? » a demandé Lola à Mama Cass. Elle n'était pas sûre de vouloir une réponse. Avait-elle envie de savoir à quoi ressemblaient les neuf mois de gestation pour quelqu'un de gros ? En tout cas, elle ne croyait pas avoir posé la question pour le bénéfice des lecteurs de *Rock-Out*.

« Je me suis sentie génialement bien, a répondu Mama Cass. Au cours de ma grossesse, j'ai pris cinq fois de l'acide. »

Lola était certaine qu'elle ne donnerait pas cette information à ses lecteurs.

« J'ai poursuivi ma vie de toujours. Travailler, enregistrer, sortir, recevoir plein d'amis à la maison…

– Tu as vraiment pris de l'acide cinq fois ?

– Mais oui, cinq fois. Je ne pense pas avoir fait de mal à ma fille d'aucune façon. Je crois qu'on sait d'instinct ce qu'on peut se permettre ou pas, quand on est enceinte. Moi, j'ai juste continué à faire comme avant. »

Avait-elle aussi continué à fumer des joints et à sniffer de la coke ? C'était probable, s'est dit Lola, tant Mama Cass insistait sur le fait qu'elle n'avait en rien changé ses habitudes.

« Et c'est une petite fille en pleine santé que j'ai eue, a conclu cette dernière.

– Je sais, a confirmé Lola. On m'a dit qu'elle est magnifique. »

Mama Cass a rectifié sa position sur sa chaise, puis : « Est-ce que ça te perturbe, d'être grosse ? Quoique tu ne le sois pas autant que moi, c'est clair…

– Je suis très grosse.

– Pas autant que moi, a insisté Mama Cass.

– Tu viens d'avoir un bébé. » Elle n'en revenait pas d'être en train d'argumenter avec Mama Cass sur qui était la plus grosse des deux.

« C'est très gentil de ta part mais j'étais déjà grosse comme ça avant d'être enceinte, a répondu Mama Cass avant de lui demander une nouvelle fois : Ça te perturbe d'être comme ça ?

– Il faut croire, a convenu Lola. Je suis sans arrêt en train de planifier un régime, d'en démarrer un ou d'en abandonner un. Que je sois grosse rend ma mère folle. Elle me cherche toujours de nouveaux traitements, elle brandit toutes sortes de menaces et elle enrôle ses amies pour qu'elles me fassent elles aussi la leçon.

– Être grosse te met forcément à part. Tu as conscience de ne pas être comme les autres.

– Ça t'isole, c'est un fait.

– Pareil avec la célébrité. Quand tu deviens célèbre, tu ne peux plus vraiment connaître les gens tels qu'ils sont. Ils veulent tous que tu les apprécies, que tu recherches leur amitié, donc ils ne te montrent que le meilleur d'eux-mêmes, et tu ne les vois plus jamais sous leur vrai jour. »

Renia soulignait toujours que l'on ne connaît jamais qui que ce soit dans son entière réalité. « Tu ne peux jamais savoir ce dont les gens sont capables », disait-elle. Si Lola voyait bien que Renia le savait, elle, ce dont les gens pouvaient être capables, elle-même ne le saurait jamais. Et c'était une chose qu'elle aurait souhaité éradiquer de la mémoire de Renia. L'éradiquer à jamais. Et elle trouvait très déprimant que ses souhaits ne se réalisent pas.

« La célébrité m'épargne au moins les moqueries de parfaits inconnus, a poursuivi Mama Cass. Au temps où j'étais serveuse, les gens me balançaient des trucs dans le style : “Hé, Bouboule, t’as oublié notre commande ou tu l’as bouffée ?”

– Ça paraît drôle maintenant, mais je suis sûre que ça ne l’était pas du tout, alors.

– Jusqu’à la naissance de ma sœur quand j’avais sept ans, j’étais maigre et je m’alimentais très peu. Après avoir été enfant unique toutes ces premières années, je crois que j’ai eu du mal à partager l’attention de mes parents. Je crois que je me suis dit que je leur ferais plaisir en mangeant normalement, et je ne me suis plus arrêtée. À dix-sept ans, je pesais quatre-vingt-deux kilos. En plus ma grand-mère, qui avait connu la pauvreté en Pologne, adorait gaver tout le monde. Mais personne d’autre n’est devenu gros.

– Mes parents viennent de Pologne aussi, a indiqué Lola. De Lodz.

– Tu es née là-bas ?

– Non, dit Lola. Je suis née en Allemagne. Mais je ne suis pas allemande, s’est-elle empressée d’ajouter. Je suis née après la guerre.

– Tes parents ont été déportés ?

– Oui. Tous les deux, à Auschwitz.

– Je suis désolée, dit Mama Cass.

– Moi aussi.

– Pendant la guerre, a repris Mama Cass, mes parents ont hebergé des réfugiés venus de Pologne, d’Allemagne et de Russie.

– Ils avaient dû quitter leur pays juste avant qu’il devienne impossible de s’en échapper, a commenté Lola.

– Exactement. Et la plupart n’ont jamais revu leur famille. En les écoutant, j’ai glané pas mal de mots en polonais, allemand et russe. »

Lola s’est demandé si elle avait également appris un peu de yiddish. C’était une langue qui la réconfortait, d’une certaine manière, parce qu’elle venait d’une époque où Renia avait sans doute été heureuse, où elle avait encore ses parents et ses frères et sœurs, où elle continuait à penser qu’elle serait un jour pédiatre.

Lola avait ses mots favoris en yiddish et elle se les répétait parfois à voix haute quand elle était seule. Par exemple *fardraiyt* et *farblondzhet*, qui tous deux signifiaient déboussolé, troublé ou même déséquilibré. Et *faflekt*, sale, et *narish*, tout simplement, bête. Si on les disait tous ensemble l'un après l'autre, le résultat était fabuleux : *Fardraiyt, faflekt un narish*, déboussolé, sale et bête, un enchaînement qui la faisait toujours rire. Elle a préféré ne pas interroger Mama Cass sur ses connaissances en yiddish : une trop grande partie de la conversation avait déjà été consacrée au fait d'être grosse ou d'être juive.

« Mon grand-père, le père de ma mère, était tailleur et chantre dans sa synagogue en Pologne, a continué Mama Cass.

– Donc il savait chanter, lui aussi.

– Il avait une très belle voix. Tout le monde avait le sens de la musique dans ma famille. On chantait et on harmonisait ensemble. Le père de mon père, qui venait de Russie, apprenait à chacun de nous sa partie de chant, et ensuite il nous dirigeait en chœur. Je me rappelle avoir chanté comme ça quand j'avais trois ou quatre ans. »

C'était là une image de vie familiale complètement idyllique, pour Lola. Si elle leur avait proposé de chanter tous les trois ensemble, Renia et Edek auraient pensé qu'elle avait perdu la raison. Elle a essayé d'imaginer la scène, mais elle n'arrivait même pas à se les représenter tous les trois dans une même pièce… alors, entonner une chanson en chœur… Renia ne pouvait jamais rester au même endroit et elle était sans cesse en mouvement, en train de cuisiner, de récurer, d'astiquer, de laver. Quant à Edek, s'il n'était pas au travail ou au volant de sa voiture, on le trouvait immanquablement dans son fauteuil, plongé dans l'un de ses romans policiers à l'intrigue bien sanguinolente. Oui, chanter aurait paru de la folie pure à l'un et l'autre.

« Est-ce que tu t'es plainte, quand ta sœur est née ? a demandé Lola à Mama Cass.

– Non ! Je n'en aurais même pas eu l'idée. On ne parlait pas de nos émotions, chez nous. On était très unis. Mes parents étaient des socialistes convaincus et on parlait beaucoup politique, mais de sentiments, jamais. C'était quelque chose qu'on devait garder pour soi. »

Lola s'est dit que malgré tous les chœurs d'harmonie, la vie quotidienne de la famille Cohen n'avait peut-être pas été aussi idéale qu'elle l'avait cru. « Est-ce que tes parents se sont fâchés quand tu leur as annoncé que tu voulais te lancer dans le show-business ?

– Ils n'ont pas sauté de joie mais ils savaient que je raffolais des comédies musicales de Broadway et ils m'ont laissée quitter Baltimore, où j'ai grandi, pour aller à New York. Là, j'ai failli décrocher le rôle de Miss Marplestein dans la comédie *I Can Get it for You Wholesale*, et puis ils ont finalement choisi Barbra Streisand, qui était alors aussi inconnue que moi. Le problème, c'est que j'étais trop grosse. Cela dit, Barbra Streisand n'a pas été un choix conventionnel, étant donné qu'elle ne répondait pas exactement aux critères de beauté féminine traditionnels. Moi, j'aurais été un choix encore moins conventionnel.

– Waow, a fait Lola.

– Ça m'énerve encore aujourd'hui, cette histoire, a avoué Mama Cass.

– Mais tes parents ont dû être impressionnés que tu aies failli décrocher le rôle ?

– Pas vraiment. Je travaillais au vestiaire d'une salle de Broadway et ils se disaient que je ne gagnerais jamais un centime. Mon père était l'avant-dernier d'une famille de onze enfants, plusieurs de ses frères étaient devenus médecins mais lui, il rêvait d'être chanteur d'opéra. Comme ça n'a pas marché, il s'est lancé plusieurs fois comme traiteur, une série de tentatives qui ont échoué à chaque fois. Il a fait faillite à dix reprises. Et il n'a pas vécu assez longtemps pour voir comme j'allais être riche. Il est mort à quarante deux ans, à la suite d'un accident de voiture.

– C'est très triste, a dit Lola.

– Oui. Mon père était quelqu'un de charmant et de très ouvert. Il savait que je voulais devenir célèbre. Il ne m'a jamais, jamais dit que c'était impossible.

– Tu as toujours voulu ça ?

– Oh oui ! » Mama Cass a hoché la tête plusieurs fois, et c'était comme si ses rêves d'adolescente revenaient illuminer son visage. « Tout ce que je voulais, c'était porter des robes du soir à couper le souffle et me retrouver sur une scène.

– Moi, je voulais être mince, a reconnu Lola, plutôt confuse d'avouer une ambition aussi limitée.

– Et moi, je disais à tout le monde que je serais un jour la plus célèbre grosse de tous les temps, a proclamé Mama Cass. Et c'est arrivé ! »

Lola n'a pu qu'abonder dans son sens. Elle ne voyait pas une seule autre personne de sexe féminin et affligée d'un tel excès de poids qui soit aussi connue et admirée qu'elle.

« Bref, je suis célèbre et je suis grosse, a résumé Mama Cass. Après la naissance de ma fille, je faisais cent trente-six kilos. Toi, tu pèses combien ?

– Je ne sais pas. Je n'ai pas le courage de monter sur une balance. Je mesure le poids que je prends ou que je perds à la façon dont je me sens dans mes vêtements, s'ils sont plus ou moins serrés. En ce moment, je ne peux pas dire que je sois à l'aise dedans.

– C'est compliqué d'être gros, a constaté Mama Cass. John, par exemple, trouvait que j'étais trop difforme pour appartenir au groupe. Eux, tous les trois, ils étaient minces comme tout et voilà que je débarque ! J'ai tout de gros, même les doigts... » Elle s'est interrompue un instant. « Et puis, il a entendu ma voix. » Lola a relevé une tonalité étrange dans cette dernière remarque.

Mama Cass a continué : « On est tous les deux Vierge, John et moi. Ça pourrait expliquer une partie du problème…

– Moi aussi, je suis Vierge. Enfin, ce n'est pas que je croie à l'astrologie.

– Moi non plus, je ne pense pas que le problème vienne de là. Quand tu es gros, les gens se croient tout permis avec toi. Sauf si tu es riche et célèbre, évidemment.

– Je connais ça. À New York, quelqu'un m'a arrêtée dans la rue pour me demander pourquoi j'étais grosse. »

Mama Cass a éclaté de rire. « C'est un des aspects de New York que j'aime beaucoup : les gens sont tellement plus directs… Ils disent ce qu'ils pensent sur tout. Sur ta manière de t'habiller, sur tes cheveux, sur tes positions politiques. John aussi, il est très franc. Il me dit que je devrais créer mon propre label et l'appeler Fat Records. Avec des annonces publicitaires du genre : *Gros succès assuré pour le nouveau titre de Fat, un poids lourd.* Je sais que c'est marrant mais en fait, non, c'est pas vraiment drôle. Aussi, il n'arrête pas de dire que j'ai les yeux très rapprochés l'un de l'autre.

– Tes yeux ne sont pas plus rapprochés que chez n'importe qui d'autre, a objecté Lola.

– La vérité, c'est que je me fiche pas mal de ce qu'il dit. Je suis habituée… » Mama Cass avait l'air un peu fatiguée. Comme si finalement tous ces sarcasmes et ces blagues l'atteignaient.

« Quelle sorte de régime tu suis ? a voulu savoir Lola.

– Ça ne fait pas longtemps que j'ai commencé. Je jeûne quatre jours par semaine, généralement du lundi au jeudi. Je bois de l'eau et c'est tout. Les trois jours restants, je mange un petit bol de fromage blanc le matin, et un steak avec une salade verte ou une pomme au dîner.

– C'est vraiment sévère, comme régime.

– Je prévois d'ajouter plus de nourriture, au fur et à mesure, mais je veux absolument m'en tenir à mille calories par jour.

– Oh, je pourrais parler de calories avec toi pendant des semaines. Sur ce sujet, je suis une encyclopédie ambulante. C'est assez navrant.

– J'en ai assez d'être grosse, a déclaré Mama Cass. J'en ai assez que mes amies me disent que tous les types avec qui je sors sont seulement intéressés par mon succès ou mon argent. » Elle paraissait décidément fatiguée. « La plupart des gens qui aiment me fréquenter et apprécient ma compagnie semblent aussi persuadés que je suis trop grosse pour qu'on tombe amoureux de moi.

– Je suis sûre que ce n'est pas le cas. »

À Monterey, Lola n'avait vu que l'aspect gai, ouvert, généreux, enthousiaste et fonceur de Mama Cass. Lola se sentait coupable : elle s'est dit qu'elle avait sans doute réveillé la tristesse de Mama Cass.

Il y avait une petite cour à l'entrée de l'immeuble où Lola louait son studio. Une dizaine de personnes s'y étaient assises et fumaient des joints. Elle avait l'impression qu'à Los Angeles tout le monde fumait de l'herbe. Enfin, non, peut-être pas tout le monde : les employés des neuf banques où elle était passée à la recherche de son salaire n'étaient pas du style à fumer des joints. Mais ici, sur Sunset Strip, la marijuana alourdissait l'air. Lola est montée à son studio pour écrire une carte postale à Renia.

Une phrase des paroles de *My Generation*, le thème des Who, tournait en boucle dans sa tête : « Pourvu que je sois mort avant d'être vieux ». Elle n'arrivait pas à s'en débarrasser. Elle a essayé de fredonner *Humpty Dumpty*, un air exaspérant qui s'était aussi attardé dans son cerveau pendant des jours, mais qu'elle jugeait préférable à « Pourvu que je sois mort… » Ça n'a pas marché.

Lola en avait soupé, de la mort. Elle avait grandi avec des morts qui tournoyaient dans sa tête, alors elle ne voulait pas que les paroles de Pete Townshend se joignent à la sarabande. Et si Dieu existait et qu'il prenait cette phrase au sérieux ? Lola n'avait pas envie de mourir. Surtout pas avant d'être vieille.

Après la guerre, Renia avait désiré mourir. Elle avait tenté de se supprimer. Elle a marché jusqu'au milieu d'un pont, quelque part en Allemagne, et a voulu sauter. Elle ne savait pas nager, elle était certaine de couler rapidement. Ses parents, ses frères et sœurs étaient tous morts, donc se noyer ne paraissait pas une mauvaise idée. Mais elle n'avait pas pu sauter, avait-elle raconté à Lola : il lui était impossible de mourir avant d'avoir découvert si Edek était encore en vie ou pas.

Lola était sûre que Renia avait souvent souhaité mourir. « Pourquoi est-ce que j'ai vécu ? disait-elle souvent quand Lola était petite. Pourquoi est-ce que j'ai vécu et qu'ils sont morts ?

– Je ne sais pas, osait parfois avancer Lola, et Renia répondait à chaque fois :

– Moi non plus, je ne sais pas. »

Il était clair que Renia se reprochait d'avoir survécu alors que toute sa famille avait succombé. « Tu devrais être fière qu'ils ne t'aient pas tuée, toi aussi », avait dit un jour Lola à sa mère, alors qu'elle avait treize ou quatorze ans. Renia avait explosé.

« Fière ? avait presque hurlé Renia. Fière de voir ma sœur et mon père être assassinés devant moi ? Il n'y a pas de quoi être fier ! Je devrais être fière de quoi ? D'avoir eu le privilège de voir des milliers de corps incinérés dans des fosses géantes, dehors, parce que les fours crématoires étaient trop plein de gens pour en brûler plus ? Fière d'avoir vu des enfants assis par terre avec la gangrène qui leur mangeait les bras, les jambes, les doigts, les orteils, une gangrène provoquée par des médecins pour mener leurs expériences insensées ? Fière que les Américains et les Anglais n'aient jamais daigné bombarder les voies ferrées qui desservaient Auschwitz ? Surtout avant que les Hongrois arrivent. Ils étaient en bon état, eux, pas des squelettes comme nous. Ils auraient pu s'en tirer. Toutes ces mères splendides et ces beaux enfants qui marchaient vers la chambre à gaz… Parce que tout le monde s'en fichait. C'est quelque chose dont il faudrait être "fier" ?

– Tu devrais être fière de ne pas être morte, avait répété Lola à voix basse.

– Il n'y a aucune raison d'être fière de ça », avait rétorqué Renia.

Il était clair que Renia considérait qu'elle devait expier le fait de ne pas être morte. Et elle n'allait jamais se libérer de cette expiation, qui serait aussi étouffante que n'importe quelle prison. Renia mangeait – généralement des restes et des fonds de casserole – toute seule, assise en faisant face à l'évier. Elle s'alimentait le dos tourné à la table, après qu'Edek et Lola avaient terminé leur repas.

Renia riait peu. Elle éprouvait rarement de la joie. La peur et la honte, au contraire, l'envahissaient souvent. Lola avait l'impression qu'elle ne voulait pas que ses morts, sa mère, son père ou ses frères et sœurs puissent penser qu'elle ait pu une seule fois être heureuse d'avoir été celle dont la vie avait été épargnée.

Ce n'était pas qu'elle avait l'air malheureuse, se disait Lola. Elle semblait simplement seule, absente, un peu hors de portée. Elle avait certes paru attristée quand sa fille avait pris l'avion pour l'Europe, et Lola en avait été très surprise. D'habitude, Lola ne lui inspirait que de l'énervement, lié à ce que sa fille mangeait ou ne mangeait pas.

Lola s'est assise sur le lit de son studio de Sunset Boulevard et a entrepris de rédiger une carte postale pour Renia. Elle avait trouvé une vue du gigantesque panneau Hollywood perché au sommet du mont Lee, le point le plus élevé de Los Angeles. Le mot faisait cent quarante mètres de long et il était formé de lettres de quatorze mètres de haut. Elles étaient illuminées la nuit par des milliers d'ampoules. Chaque jour, un grand nombre d'entre elles devaient être remplacées par le gardien qui habitait une maison cachée derrière l'un des *L*. Elle s'était dit que Renia trouverait cette image intéressante. Sa mère allait souvent voir des films de Hollywood, même si, en général, elle manquait le début et la fin puisqu'elle refusait de mettre ses lunettes tant que la salle n'était pas plongée dans l'obscurité complète, et qu'elle les retirait bien avant que les lumières se rallument.

Lola avait renoncé à comprendre pourquoi Renia agissait ainsi alors que ses lunettes, à la monture en forme d'amandes et aux branches incrustées de faux petits rubis, étaient très belles. Mais Renia ne voulait pas que quiconque la voie porter des lunettes. Elle appartenait à la vieille école dont l'adage était : « Les hommes ne font pas d'avances aux femmes à lunettes ». Or Renia était sans cesse courtisée. Elle était le glamour personnifié. Et cette aura qu'elle avait, ajoutée aux regards admiratifs qu'elle attirait, lui procurait un certain plaisir.

Sur sa carte postale, Lola lui a décrit les adolescents de seize ans au volant de voitures géantes, Cadillac, Pontiac et Chevrolet, et la taille impressionnante des boîtes de corn-flakes et des briques de lait. Elle allait aussi mentionner les gigantesques seaux de crème glacée, mais elle s'est reprise pour écrire à la place : « J'ai un tout petit frigo dans ma chambre, à peine de quoi garder un peu de lait et quelques pommes. » Lola espérait que cette remarque apaiserait Renia et l'empêcherait d'imaginer sa fille avalant des quantités industrielles de lait ou s'empiffrant de corn-flakes.

Assise dans son salon, Cher portait une combinaison pantalon qui semblait avoir été cousue sur elle. Aucun espace flottant entre elle et le tissu qui épousait chaque contour d'un corps dépourvu de plis, de bosses ou de renflements. Tout en elle était lisse et dense, même sa chevelure, si chatoyante que Lola imaginait chaque cheveu briller de son propre éclat. Les bras de Cher et ce que Lola voyait de ses jambes étaient parfaitement toniques et lisses. Lola se demandait comment on pouvait avoir une anatomie aussi exempte de marques, de cicatrices, d'éraflures.

Cher avait l'air contente de voir Lola. Et Sonny également : « Hé, salut ! on s'est vus à Londres, pas vrai ? lui a-t-il lancé.

– Oui », a confirmé Lola. Elle a lancé un regard à la ronde. La demeure de Sonny et Cher paraissait immense. « C'est une belle maison », a-t-elle dit en espérant que Sonny lui propose d'en faire le tour. Mais il ne l'a pas fait. Lola n'osait pas leur demander si l'un ou l'autre se souvenait des faux-cils ornés de strass que Cher lui avait empruntés. C'était peu probable. Entre-temps, des dizaines de paires de faux-cils devaient être passées entre les mains de Cher, ou avoir été collées à ses paupières. Elle a résolu de ne pas parler des siens, qui brusquement lui semblaient complètement futiles. Récupérer ses faux-cils ornés de strass ne l'aiderait certainement pas à perdre du poids ni à écrire de meilleurs articles.

« Cette combinaison pantalon vous va à ravir, a-t-elle déclaré à Cher.

– Merci.

– Notre garde-robe, c'est notre principal poste de dépenses, l'a informée Sonny. On dépense environ deux mille dollars par mois en vêtements. » Lola en a été choquée. C'était énormément d'argent pour des fringues, à peu près la moitié d'un revenu annuel moyen.

« Les vêtements que vous avez vus à Londres sont remisés, a poursuivi Sonny. On s'en fait faire de nouveaux sans arrêt. » Il faisait allusion aux sept valises et aux nombreuses housses bourrées d'habits qu'il lui avait montrées lors de leur première rencontre. « Nous avons une couturière qui travaille pour nous à temps complet. C'est Cher qui dessine nos tenues. Les siennes et les miennes.

– Comment réussissez-vous à avoir toutes ces idées ? a demandé Lola à Cher.

– Elle est bourrée de talent, a répondu Sonny à sa place. Elle a une idée, elle la dessine, et trois minutes après il lui en vient une autre. J'aimerais être capable d'écrire des chansons aussi facilement. »

Avec un sourire modeste, Cher a pris la main de Sonny. Il l'a enlacée d'un bras.

« Vous avez aimé Londres ? a demandé Lola à Cher.

– J'ai acheté cette bague à Cher quand on y était. » Lola s'est rappelé l'avoir vue à Londres. Elle était énorme, au point de paraître fausse. « C'est une bague de diamants et saphirs de vingt carats, a précisé Sonny. Je la lui ai offerte pour ses vingt ans. »

« Nous devons beaucoup de notre succès à Londres, a-t-il dit. On n'avançait plus. Notre façon de nous habiller et notre style étaient juste trop bizarres pour les Américains. Les Rolling Stones nous ont dit que si on voulait percer, on devait aller en Angleterre et c'est ce qu'on a fait. Quand on a voulu prendre une chambre au Hilton de Londres, on nous a raconté qu'on n'avait pas de réservation, mais j'ai compris que c'était à cause de notre allure. Je n'ai pas été content. Il y a eu un peu de chahut à la réception. Deux photographes étaient là, ils ont pris des photos et le même jour, un peu plus tard, on faisait la une du *Daily Telegraph*.

– Et on est devenus célèbres d'un coup, a commenté Cher.

– Des milliers de personnes sont venues à notre dédicace de disques, a repris Sonny. Et puis *I Got You Babe* est sorti et on a remplacé les Beatles en tête des hit-parades.

– Ça s'est passé tellement vite, a noté Cher.

– À notre retour de ce voyage à Londres, la nouvelle s'était répandue et toutes les portes se sont ouvertes pour nous ici, en Amérique.

– Après avoir dû faire attention au moindre dollar, presque du jour au lendemain on a été capables d'acheter tout ce qu'on voulait. J'ai eu du mal à m'habituer. Je voulais toujours plus, au cas où on serait de nouveau à cours d'argent.

– Qu'est-ce que vous faites quand vous ne travaillez pas ? Elle n'avait posé la question ni à l'un ni à l'autre en particulier.

– On aime bien la randonnée en montagne ou se balader avec nos motos, a indiqué Sonny.

– J'ai une peur bleue des motos, a confié Lola. J'avais dans les huit ans quand un motard a perdu le contrôle de son engin et a percuté notre maison. Il était dans un état affreux. »

Un silence est tombé. Lola a regretté d'avoir raconté cette histoire. Ce n'était pas quelque chose de très encourageant à dire.

« Le pauvre, a dit Cher. Il s'en est tiré ?

– Ça m'étonnerait », a répondu Lola, et une fois encore elle a pesté contre elle-même dans son for intérieur. Il aurait fallu dire que oui.

Sonny a froncé les sourcils. Peut-être que cela n'avait rien à voir avec Lola ni avec le motard qui s'était écrasé contre la maison des Bensky. Lola avait entendu dire que Sonny trompait Cher, que sa plus récente infidélité impliquait sa nouvelle secrétaire et que Cher les avait surpris tous les deux en pleine action. C'était peut-être la raison pour laquelle il fronçait les sourcils.

Lola a demandé à Cher s'ils avaient beaucoup d'amis à Los Angeles, et une fois encore c'est Sonny qui a répondu : « Nous ne nous impliquons pas intimement avec d'autres stars de la pop. » Lola s'est retenue de lui demander si c'était parce qu'il préférait s'impliquer intimement avec ses secrétaires. Il y avait quelque chose chez Sonny qui commençait à l'agacer. « Nous ne sommes proches que de cinq ou six personnes, principalement des associés », a-t-il ajouté. Elle a trouvé qu'il avait tendance à s'exprimer de manière plutôt brumeuse. *Pas de relations sociales avec stars, fréquentent seulement une poignée de gens, surtout pour le business*, a-t-elle griffonné dans son calepin.

« On ne sort pas beaucoup, a observé Sonny. Nous apprécions énormément être ensemble. Je pense qu'il est essentiel au bonheur de chacun de faire ce qui lui plaît et dans notre cas, c'est de nous avoir l'un pour l'autre. »

Le téléphone a sonné. Sonny l'a saisi avant de quitter la pièce.

« J'ai le plus grand respect pour Sonny, a dit Cher. Il me tranquillise.

– Tranquillise à propos de quoi ?

– D'être en scène. Je serais incapable de me produire en public, sans lui.

– Qu'est-ce qui vous fait peur ?

– Sur scène, j'ai une sensation d'enfermement, d'emprisonnement. Je me sens prise au piège. Et ensuite, je panique en pensant à ce qui arriverait si je devais quitter la scène en plein milieu du spectacle. Mais avec Sonny à côté de moi, ça va. »

Lola a été surprise par les propos de Cher. Elle pensait qu'avec son style, son beau visage et son corps d'une sveltesse idéale, Cher se sentirait adulée par le monde entier, et non effrayée ou prise au piège. « Vous avez toujours ressenti cette frayeur au moment de chanter ? a-t-elle voulu savoir.

– Oui. J'étais terrorisée même pour chanter en back-up sur le disque de quelqu'un d'autre. Je m'appuie sur Sonny pour tout, vraiment.

– Vous êtes avec lui depuis que vous avez seize ans, n'est-ce pas ?

– Oui.

– Il a douze ans de plus que vous. Est-ce que la différence d'âge compte, pour vous ?

– J'aime cette différence, a affirmé Cher. Avec Sonny je me sens en sécurité, protégée.

– Le succès que vous avez rencontré vous a-t-il aidé à surmonter votre appréhension de la scène ?

– Je pense que oui. Mais c'est Sonny, réellement, qui m'a permis d'affronter tout ça. » Lola était légèrement fatiguée d'entendre combien Sonny était merveilleux et si protecteur. Elle lui trouvait un côté trop mielleux, trop opportuniste et trop machiste.

« J'ai aussi peur de l'avion, a confié Cher. Quand j'étais plus jeune, Sonny devait me parler et me calmer pendant des heures avant le décollage. Je suis mieux, maintenant. J'avale des somnifères et je suis K.-O. jusqu'à l'arrivée.

– Vous n'avez pas l'air de quelqu'un qui serait terrifié par quoi que ce soit, dit Lola. Vous êtes d'une beauté si parfaite…

– Merci. C'est très gentil.

– Et cette maison est fabuleuse.

– N'est-ce pas ? J'ai de la chance d'avoir cette vie. Nous avons une dame qui vient et fait la cuisine les jours de semaine. Je ne suis pas vraiment du genre maîtresse de maison. Comme elle n'est pas là le week-end, c'est moi qui dois préparer les repas et faire les lits. Sonny appelle ça "mon devoir de femme". » Lola s'est félicitée de ne pas avoir soulevé la question des faux-cils ornés de strass. Il y avait quelque chose chez Cher qui lui faisait de la peine.

« Je pense qu'on se ressemble un peu », dit Cher en regardant Lola. Sonny est revenu dans le salon. Il a tourné autour de Cher, comme inquiet de ce qu'elle avait pu dire pendant son absence. « Tu ne trouves pas qu'on se ressemble, Son ? a-t-elle demandé en gardant les yeux sur Lola.

– On me l'a déjà dit, a indiqué Lola, mais à chaque fois je réponds que mon tour de taille fait deux fois le vôtre.

– Je vois la ressemblance, a insisté Cher. Et toi, Son ?

– Non, a-t-il rétorqué avec une expression déconcertée. Je n'en vois aucune.

– Pas de problème, a dit Lola à Cher. Pas de souci à vous faire, vous ne me ressemblez en rien.

– Ça, c'est sûr », a asséné Sonny.

Lola était installée à l'une des tables les plus proches de la scène du Whisky a Go Go. Elle trouvait que le DJ qui passait des disques entre les sets des groupes invités avait mis la sono beaucoup trop fort.

Plaquant ses mains sur ses oreilles, elle a regardé les danseuses professionnelles qui s'agitaient dans des cages suspendues au plafond. Elle ne voyait pas comment on pouvait danser dans une cage, et encore moins dans une cage suspendue en l'air. Cette situation ne semblait pourtant pas gêner les deux filles très court vêtues. Si elle n'avait pas été grosse, aurait-elle été capable de dévoiler ainsi son corps en public ? Elle n'en était pas certaine. Elle était tellement habituée à cacher le sien qu'elle n'arrivait pas à imaginer en avoir un qu'elle aimerait exposer à ce point.

Les danseuses avaient l'air de s'ennuyer sérieusement. Apparemment plus improvisée que chorégraphiée, leur danse ne semblait pas exiger une grande précision ou un savoir-faire considérable. Pour l'essentiel, c'était un enchaînement de mouvements simplissimes et répétitifs des bras, des jambes et parfois de la tête. Et néanmoins, le numéro de ces deux filles dansant dans le vide avait quelque chose d'hypnotisant. Lola a supposé que cela s'apparentait à l'effet produit sur les spectateurs par les trapézistes ou les funambules virtuoses.

Lola était en avance. Le Whisky a Go Go n'était pas encore plein mais il le serait bientôt, elle le savait. Elle était venue voir Sam et Dave, les chanteurs à succès de *Soul Man*, *Soothe Me* et *Hold on I'm Comin'*. Elle avait l'espoir d'obtenir un court interview, au moins de l'un des deux. Elle avait appris qu'ils venaient de rentrer d'une tournée en Europe avec Otis Redding.

Lola était restée déconcertée par sa rencontre avec Sonny et Cher. Elle avait décrit dans son article leur maison superbement décorée ; elle avait parlé des dons de Cher en matière de mode et de ses pantalons pattes d'éléphant qui étaient désormais copiés à travers toute la planète. Cela étant, quelque chose la tracassait. Elle se demandait si cela n'avait pas gêné Cher que Sonny ait répondu à presque toutes les questions, y compris à celles qui ne lui étaient pas adressées. Elle se demandait aussi si Cher se moquait qu'il saute d'autres femmes.

Alors qu'elle émergeait de ces méditations à propos de Cher, elle s'est soudain rendu compte que Jimi Hendrix était en train de lui faire signe. Il parlait avec quelqu'un de l'autre côté de la scène. Elle avait appris que Jimi Hendrix, qui restait encore pratiquement inconnu à Los Angeles, serait lui aussi au club ce soir-là.

Bien que n'ayant que quelques années d'existence, le Whisky a Go Go avait la réputation d'être l'endroit où se produisaient aussi bien les groupes qui étaient sur le point d'être découverts que les stars dont la célébrité était déjà assurée. Les Doors avaient été le groupe attitré de la boîte jusqu'au soir où Jim Morrison, sans doute défoncé au speed et à l'alcool, s'était lancé dans une version de *The End* à moitié improvisée, délirante et interminable. Au bout de trente-cinq minutes, il a lâché qu'il voulait baiser sa mère toute la nuit. Il était allé trop loin. La direction du Whisky, qui n'avait aucune envie que la police ferme le club, avait arrêté le concert et mis les Doors à la porte.

Si son nom ne disait encore presque rien au public de Los Angeles, les connaisseurs du monde du rock local portaient Jimi Hendrix aux nues depuis son passage à Monterey. Lola avait entendu dire qu'il était hébergé à Laurel Canyon, dans la propriété de Peter Tork, que Lola avait rencontré en interviewant le groupe des Monkees. Peter Tork, dont la voix de basse contrastait avec sa frêle apparence et sa petite taille, était réservé et d'une intelligence discrète. Chez lui, Jimi était en bonne compagnie puisqu'il côtoyait entre autres Brian Wilson, Judy Collins, Joni Mitchell, Mama Cass, David Crosby, Stephen Stills, Graham Nash, Mike Bloomfield et Carole King.

Jimi Hendrix est venu à la table de Lola : « Salut, je n'ai même pas été surpris en te voyant ! »

Elle a eu un petit rire avant d'affirmer : « Je ne te suis pas, ce n'est pas du harcèlement, promis.

– Je sais bien que tu n'es pas venue à L.A. pour examiner mes bigoudis, a plaisanté Jimi.

– Non. Je suis ici pour faire quelques interviews.

– Tu es toujours très sérieuse, non ?

– Je ne sais pas. Je ne me sens pas très sérieuse. » Elle s'est dit que programmer des régimes n'était pas une occupation ou un passe-temps très sérieux. Et elle ne se montrait pas sérieuse du tout quand il s'agissait de les commencer.

« Tu es une nana sérieuse, a insisté Jimi Hendrix. Où tu dormais, à Monterey ? Je ne t'ai pas revue après le premier jour.

– J'étais dans un motel pas loin du festival.

– Tu es aussi une nana bien organisée, hein ?

– Je crois que je suis organisée. » Elle a ri encore et, regardant Jimi dans les yeux : « Ça m'étonnerait que tu aies sillonné tout Monterey à ma recherche.

– Non, j'ai simplement remarqué que je ne te croisais plus.

– Tu avais amplement de quoi t'occuper, là-bas. Tu as fait sensation.

– C'était cool, a-t-il acquiescé.

– Je pense que c'était plus que cool.

– Je vais m'asseoir avec toi cinq minutes, si tu n'y vois pas d'inconvénient. Après, il faut que j'aille me préparer. On passe en premier, avant Sam et Dave.

– J'ai entendu dire qu'ils sont très bons.

– On les surnomme Double Dynamite. Ils sont très, très bons.

– Même de la double dynamite risque d'avoir du mal à te succéder sur scène.

– Peut-être que tu es si sérieuse parce que ton père et ta mère sont passés par les camps de la mort, a estimé Jimi Hendrix.

– Tu te souviens de ça ?

– Ce n'est pas quelque chose qu'on entend tous les jours. Bien sûr que je m'en souviens.

– Je crois que je suis organisée parce que la vie de mes parents a été tellement… chaotique. Dans les camps de concentration, le règlement changeait constamment. Tout était imprévisible. Ma mère disait qu'on ne savait jamais à quoi s'attendre. » En fait, Renia ne l'avait pas dit clairement à Lola. C'était une phrase qu'elle avait l'habitude de se murmurer à elle-même.

Et de la même façon, elle marmonnait. : « À chaque minute il y avait une autre sélection, un autre appel, un autre kapo qui venait te contrôler si tu restais trente secondes de plus aux toilettes, même si tu avais la diarrhée ou si tu vomissais. » À quatre ans seulement, Lola savait déjà que les sélections envoyaient les juifs en chambre à gaz. Elle ignorait ce qu'était le gaz, mais elle comprenait que ce n'était pas bon. Quand elle était rentrée à l'école et qu'elle avait découvert qu'on procédait chaque matin à l'appel, sa première réaction avait été de s'enfuir pour se cacher.

« Je peux comprendre pourquoi tu veux absolument éviter tout ce qui est imprévisible, a noté Jimi Hendrix.

– En tout cas, je sais pourquoi je réserve mes chambres de motel très à l'avance et pourquoi je m'assure de toujours avoir une cassette de magnétophone en plus.

– Moi, j'aime bien laisser aller les choses, a reconnu Jimi. J'aime bien tirer sur le bambou.

– Moi, je ne tire sur rien du tout.

– J'ai cru comprendre, ouais. Et c'est sans doute une bonne chose. Pas mal de trucs qu'on achète dans la rue sont mauvais comme tout.

– Mais tu les prends quand même, non ?

– Comme tout le monde… »

Jimi fixait une femme assise à une table de l'autre côté de la pièce. Elle avait de longs cheveux noirs bouclés et emmêlés et portait une robe longue noire.

« Elle a une dégaine à pratiquer le vaudou.

– Le vaudou ?

– Ouais, le vaudou. Il y a des gens qui sont capables de jeter des sorts. Ils te mettent quelque chose dans ton assiette, ou un cheveu dans ta chaussure. Des trucs vaudou. Il y a une femme qui a essayé de m'envoûter, une fois, mais elle devait pas y avoir mis tout son cœur parce que j'ai seulement passé deux ou trois jours à l'hôpital.

– Tu as été hospitalisé parce qu'une femme t'a jeté un sort ?

– Ouais. C'était il y a longtemps.

– Je ne crois pas au vaudou, a décrété Lola.

– Tu devrais. C'est très puissant. Tu dois faire attention. Les êtres humains meurent trop facilement. »

Il y a eu un long silence. Lola ne savait que trop bien à quel point les êtres humains peuvent mourir facilement. C'était une chose dont elle avait eu conscience probablement toute sa vie. Des dizaines d'années plus tard, elle allait s'apercevoir qu'il n'était pas si facile de vivre.

« J'ai presque failli mourir de peur hier soir, a-t-elle raconté à Jimi Hendrix. Je conduisais quand un policier avec un revolver et un air menaçant m'a fait m'arrêter au bord de la route. Il a dit qu'il avait le droit de m'amener au poste parce que je circulais sans pièce d'identité. En Australie, les policiers ne portent pas d'armes, alors me retrouver aussi près d'une arme et d'un flic à l'expression patibulaire, ça m'a fait un choc, je dois dire.

– Tu devrais essayer d'être Black en Amérique, *man*, a commenté Jimi. Pour n'importe quoi, on t'arrête, on te tabasse et on te met en taule.

– Ça doit être effrayant…

– Et comment, *man*. »

Lola a ressenti le besoin de changer de sujet. Apparemment, elle avait une fâcheuse disposition à instiller la morosité ou la mélancolie dans le moindre échange qu'elle avait avec les gens. Elle s'est dit que même Mickey virerait tout maussade après lui avoir parlé.

« Tu dois être content, pour Monterey, a-t-elle dit à Jimi Hendrix. Tout le monde dit que ça a été ta grande percée en Amérique.

– Je suis content, mais je serais très content si ça pouvait avoir pour effet qu'on consacre plus d'argent à la réalisation de nos enregistrements. Je voudrais réussir à mettre dans la musique ce que je vois et ce que je ressens. Je veux gagner de l'argent pour que la musique gagne en qualité. Je sais bien que l'argent peut servir à plein d'autres choses ; je comprends l'importance de l'argent, mais je veux en avoir suffisamment pour ne pas être obligé de faire des disques à toute allure, juste parce que je n'ai pas les moyens d'enregistrer correctement. »

Il a paru réfléchir un instant. « Tu peux toujours améliorer ce que tu fais. Des fois, je finis d'enregistrer un truc et des tas de nouvelles idées me viennent, et alors je voudrais retourner en studio et le refaire différemment. Et bien, avec de l'argent c'est possible. Je déteste les sonorités plates. Ce que je cherche, c'est un son qui a une vraie profondeur, qui reflète la dimension de tes pensées et de tes émotions.

– À mon avis, tu auras bientôt tout l'argent qu'il te faut pour enregistrer tes disques comme tu le souhaites, a affirmé Lola.

– C'est gentil de me dire ça.

– Mon père, lui, m'aurait répondu : *De ta bouche à l'oreille de Dieu.* C'est une vieille expression yiddish.

– J'aime beaucoup. *De ta bouche à l'oreille de Dieu.* Il a dévisagé Lola. Tu penses encore beaucoup aux camps, non ?

– Ah bon ?

– Oui, je crois, a dit Jimi Hendrix. Moi aussi, j'y penserais beaucoup si j'étais dans ton cas », a-t-il ajouté. Lola a réfléchi à ce qu'il venait de dire. Elle n'avait pas l'impression de penser tant que ça aux camps de la mort. Elle passait bien plus de temps à planifier des régimes.

« Il paraît que tu vis chez Peter Tork.

– Exact, a confirmé Jimi Hendrix. C'est une maison qui a mille ou deux mille chambres, un petit chien jaune très mignon et des balcons d'où on peut voir Seattle et Piccadilly Circus. » Du coin de l'œil, Lola a aperçu Noel Redding qui faisait signe à Jimi. « Faut que j'y aille, a annoncé celui-ci. C'était super de te parler. »

Le Whisky a Go Go était bondé maintenant, et beaucoup de gens célèbres se trouvaient dans la foule. Mama Cass s'était assise à côté de Jim Morrison, qui paraissait aussi grognon qu'à New York. The Jimi Hendrix Experience a commencé à jouer. Lola a regardé autour d'elle. Il exerçait le même effet sur le public qu'à Monterey. Les gens avaient l'air à la fois stupéfaits et électrisés.

Alors qu'elle écoutait *Purple Haze*, Lola s'est laissée aller à la rêverie. Elle circulait à Laurel Canyon quand elle a remarqué une voiture arrêtée contre un arbre à un angle inhabituel, comme si elle était sortie de la route et avait percuté le tronc. Le pare-brise était fendu et quelqu'un était effondré sur le volant. Elle paniquait, parce que se trouvant à Los Angeles dans une Volkswagen louée et non à Melbourne avec sa Valiant rose d'occasion, elle n'avait pas de trousse de premiers secours. Ni pansements, ni antiseptiques, ni gants jetables, ni pinces, ni thermomètre, ni compresses stérilisées. Il y avait heureusement dans la boîte à gants une torche électrique dont elle avait changé les piles récemment. Elle a garé sa Volkswagen bien en retrait de la route, se rappelant que la règle numéro un sur les lieux d'un accident était de ne pas exposer son propre véhicule à une collision.

Après avoir couru jusqu'à la voiture accidentée, elle a senti son cœur s'arrêter : le conducteur reposant contre le volant n'était autre que Jimi Hendrix, le visage couvert de contusions et de plaies. La portière s'était bloquée. Elle la forçait en se servant d'une pierre pointue en guise de pied-de-biche. Jimi Hendrix respirait encore. Elle écoutait sa respiration, guettant des gargouillis qui auraient pu signaler la présence de sang et de sécrétions dans son nez et sa bouche. Soudain, un homme s'est approché de l'épave. « Appelez une ambulance, s'il vous plaît ! lui a crié Lola.

– C'est déjà fait, a-t-il répondu. Sortons-le de là.

– Ne le touchez pas ! a-t-elle lancé, affolée. C'est trop risqué de déplacer quelqu'un qui est blessé à la tête, au cas où il aurait le cou fracturé. » Jimi Hendrix ayant poussé un grognement, elle lui a dit d'une voix apaisante : « Tout va bien. Reste où tu es. Une ambulance arrive.

– Il faut qu'on le sorte de la voiture et qu'on l'étende par terre, insistait l'inconnu.

– S'il a une fracture à la colonne vertébrale et qu'on le bouge, on prend le risque de le rendre paraplégique pour toujours.

– Vous êtes sûre de savoir ce que vous faites ?

– Certaine, oui. »

Elle s'est penchée à nouveau sur Jimi Hendrix. « Tout va bien se passer, Jimi, murmurait-elle. Ne t'en fais pas.

– Ça ne me plaît pas du tout de le laisser affalé sur son volant comme ça, objectait l'homme qui avait appelé l'ambulance.

– S'il était inconscient et qu'il commençait à s'étouffer dans son sang, il faudrait tenter de le sortir et de l'allonger sur le côté, pour que ses voies respiratoires se libèrent, expliquait-elle, mais il ne s'étrangle pas et il n'est pas évanoui, il est seulement en état de choc. Les secours ne devraient pas tarder, maintenant.

– J'ai tout vu, affirmait l'inconnu. Il a donné un coup de volant pour éviter un petit chien jaune et il est parti droit dans l'arbre. »

Quelques minutes plus tard, l'ambulancier l'a félicitée :

« Vous avez parfaitement réagi, mademoiselle. Il ne fallait pas prendre le risque de le bouger. Ça aurait pu être dangereux. »

Ouvrant les yeux et plongeant son regard dans celui de Lola, Jimi Hendrix a murmuré : « Merci.

– L'ambulance est là, lui a-t-elle annoncé. Tout va bien aller, mais s'il te plaît, n'essaie plus d'éviter les chiens, c'est trop dangereux… »

Lola est revenue de ce drame potentiellement fatal à Laurel Canyon au moment où Jimi Hendrix et son groupe entamaient leur dernier morceau. Bien que baigné de sueur, Jimi semblait parfaitement indemne. Elle ne savait pas ce qu'il lui avait pris de partir dans ce fantasme de secourisme. Il n'avait visiblement pas besoin d'aide. Il semblait parfaitement capable de se débrouiller tout seul.

Comme Lola avait réussi à obtenir l'accord de Sam et Dave pour une courte interview, elle est allée les retrouver en coulisses. Ils l'attendaient. « Nous avons cinq minutes, pas plus », l'a prévenue un assistant. Elle a installé son magnétophone sur la table de la loge.

« Vous revenez juste d'une tournée européenne avec Otis Redding qui a rencontré un vif succès, a-t-elle commencé ; est-ce qu'il y a une différence entre se produire en Europe et en Amérique ?

– Le public est super là-bas comme ici, a répondu Dave Prater, mais la grande différence, c'est qu'en Europe et à Londres il n'y a pas de restaurants pour gens de couleur ni d'hôtels pour gens de couleur, ni d'entrées d'immeubles pour gens de couleur, ni de distributeurs d'eau pour gens de couleur. À l'hôtel, on était traités exactement comme les autres clients. Après l'Amérique, où il reste encore beaucoup de ségrégation, on se serait crus sur une autre planète.

– Oui, a confirmé Sam, c'était vraiment autre chose… »

Lola a été choquée d'apprendre que les hôtels, les restaurants ou les distributeurs d'eau réservés aux Blancs existaient toujours. « Vous trouvez que l'Amérique reste largement un pays pour les Blancs, donc ?

– Bien sûr que oui, a dit Dave. Beaucoup de gens apprécient notre musique mais ne nous aiment pas.

– Il te reste deux minutes, a lancé l'assistant.

– Comment avez-vous trouvé le public en Europe ?

– Vraiment super, a affirmé Sam. Au Hammersmith Odeon de Londres, le public tapait tellement des pieds au balcon que je me suis dit que le truc allait s'effondrer. Ils captaient notre âme, ils captaient la soul. La musique soul, c'est de la musique ajoutée à ton âme. Tu chantes les paroles, mais c'est ton âme que tu mets dedans.

– Merci beaucoup », a dit Lola à Sam and Dave.

Elle est revenue à sa place. Les gens parlaient encore de Jimi Hendrix. Elle espérait que Sam et Dave n'auraient pas trop de mal à lui succéder sur scène. Elle a remarqué une fille qui lui a rappelé Linda Eastman, l'amie de Lillian Roxon, mais ce n'était pas elle. La veille au soir, Lola avait appelé Lillian d'une cabine publique située dans la cour de sa résidence.

« Je préfère vraiment New York à L.A., avait déclaré Lola à Lillian.

– Moi aussi, avait répondu Lillian. Il n'y a pas deux villes au monde comme New York. »

À cet instant, Lola a réalisé que cela n'avait pas été très malin de sa part de parler de New York : maintenant, Lillian allait sûrement insister à nouveau pour qu'elle s'installe à New York au lieu de repartir en Australie.

« Tu comptes toujours retourner en Australie ? lui avait demandé Lillian.

– Oui, je pense…

– Ne fais pas ça, je t'en prie. Tu ne vas pas retourner là-bas uniquement pour ce *schmock*.

– Ce n'est pas un *schmock*. » Un « *schmock* », c'était un imbécile, un crétin fini. Littéralement, ce mot yiddish abondamment utilisé de manière figurative signifiait pénis et pouvait aussi être traduit par abruti, comme dans « espèce d'abruti ! ».

« Mais si, c'est un abruti, avait martelé Lillian. Il saute quelqu'un d'autre, ça fait de lui un *schmock*, point final. Tu peux venir t'installer chez moi. Je suis certaine que ça va marcher pour toi, ici. Tous ces gens que tu interviewes seront bientôt mondialement connus… Ils sauront déjà qui tu es, ils auront confiance en toi et tu seras bien placée pour avoir des interviews passionnantes d'artistes célébrissimes. Et d'ailleurs, qu'est-ce que tu comptes faire, à Melbourne ?

– Je ne sais pas, avait reconnu Lola. Je continuerai à travailler pour *Rock-Out*.

– Je te parie que tu vas te marier et avoir trois gosses ! Mais tu es bien trop jeune pour ça. Je te présenterai à deux ou trois rédacteurs en chef. Tu t'en tireras super bien. Allez, viens à New York. S'il te plaît !

– Je ne suis pas sûre de pouvoir…

– Mais pourquoi ?

– Je ne sais pas vraiment. » Elle aurait aimé savoir pourquoi elle rentrait en Australie. Il lui semblait que c'était ce qu'elle devait faire. Peut-être avait-elle peur de ne jamais pouvoir trouver un autre amoureux, de ne jamais se marier, de rester seule toute sa vie. En tout cas, après avoir terminé sa conversation téléphonique avec Lillian, Lola s'en voulait.

Sam et Dave allaient commencer. Une escouade de saxos et une formation presque entièrement noire, à part le guitariste et le bassiste blancs, s'apprêtaient à les accompagner. Ils sont arrivés sur scène en courant et dès les premières notes la musique a pratiquement fait décoller les gens de leur siège. Lola comprenait maintenant pour quelle raison Sam Moore et Dave Prater avaient été surnommés Double Dynamite.

Ils dansaient, se balançaient et chantaient en parfaite synchronie, le tout à une cadence époustouflante. Leur présence et leur musique créaient une euphorie similaire à celle du gospel. C'était une musique qui vous aurait donné envie d'aller à l'église. Envie de croire. Envie de prier. Elle était capable de vous envoyer dans les nuages.

« Tenez le coup, j'arrive, tenez le coup, j'arrive », chantaient-ils, et il y avait l'énergie extasiée de la prédication dans leur voix, leurs mouvements et leur maintien. Leurs voix se séparaient, puis se retrouvaient ; ils bougeaient en rythme côte à côte, puis tournaient l'un autour de l'autre comme s'ils étaient des parties d'un même tout. Leurs âmes, leurs cordes vocales, leurs bras et leurs jambes paraissaient en complet accord.

C'était donc la musique qui les unissait ainsi, les faisait fusionner, parce que descendus de scène Sam et Dave ne s'adressaient pas la parole. Pas un mot échangé, depuis très longtemps, et il devait en être ainsi pendant encore de nombreuses, nombreuses années.

8

« Souhaiteriez-vous une croquette de homard américain et crevette d'eau froide en panure panko japonaise ? s'est informé le serveur en présentant à Lola Bensky un plateau de croquettes de crustacés.

– Crevette d'eau froide ? s'est-elle étonnée. Toutes les crevettes vivent dans l'eau froide, non ? Autrement elles blanchiraient, dans l'eau chaude. »

Le serveur a retenu un soupir. « Comme pour les langoustes et les crabes, il y a des crevettes d'eau froide et des crevettes d'eau chaude, a-t-il expliqué. Les crustacés d'eau froide viennent de l'Atlantique ou de l'océan Arctique, ceux d'eau chaude viennent du Pacifique ou de l'océan Indien. »

Lola était épatée. D'abord, elle ignorait qu'il existait des océans d'eau froide et d'autres d'eau chaude et, à soixante-trois ans accomplis, elle trouvait que c'était une information qu'elle aurait dû intégrer à un moment ou un autre de sa vie. Ensuite, ce serveur connaissait certainement son affaire. Dix ans plus tôt, peu de professionnels de la restauration auraient été en mesure de vous dire grand-chose sur un plat et ses ingrédients, alors que maintenant ils vous indiquaient la provenance, l'histoire et les mérites de la moindre variété d'herbe ou d'épice. Et ils n'étaient pas les seuls : tout le monde semblait s'être transformé en expert gastronomique. C'était l'ère de la bouffe. Manger était le grand sujet de conversation et de dissertation.

Quinze ans auparavant, les gens parlaient de leur psychanalyste ; cinq ans plus tard, de la nouvelle start-up apparue sur le marché de l'Internet ; et puis la nourriture s'était imposée. Des termes culinaires saupoudraient chaque phrase, termes souvent empruntés au français comme « sous vide », « au jus », « *deglaze* » (déglacé), « confit »… On ne pouvait plus dire simplement déjeuner ou dîner : il fallait dire salade de poulet au jus ou carré d'agneau sous vide ou échine de porc déglacée au vin blanc.

Lola se demandait ce qui s'était passé pour que l'attention générale, autrefois captivée par les conséquences psychologiques de trois séances d'analyse manquées, soit aujourd'hui si focalisée sur la meilleure méthode de cuisson d'une volaille. Un fin connaisseur en gastronomie était désormais plus recherché dans les dîners mondains qu'un chirurgien du cerveau. Ou peut-être que non, pas à New York : ici, tout le monde aimait compter quelque spécialiste médical parmi ses connaissances.

Le serveur a présenté une nouvelle fois son plateau à Lola, qui a pris la dernière croquette de homard américain et crevette d'eau froide en panure panko japonaise avant de lui dire : « Vous êtes calé, question crevettes. »

Lola assistait à une réception dans l'Upper East Side, un évènement destiné à collecter des fonds pour la New York Public Library, le New York City Ballet ou quelque autre institution culturelle new-yorkaise, elle ne se rappelait plus. Le dîner avait lieu chez Phyllis-Elissa et Elwood Earlwood, collectionneurs d'art réputés et propriétaires de plusieurs toiles de M. Quelqu'un-d'autre.

On n'appelait jamais Phyllis-Elissa simplement Phyllis mais toujours Phyllis-Elissa. Lola, qui éprouvait une méfiance aussi irrationnelle qu'enracinée envers les riches, aimait pourtant bien Phyllis-Elissa. Elle était chaleureuse, à l'aise et directe. Et elle était grosse, en plus. Pas énormément grosse mais grosse quand même. Dans le milieu des super-riches, une grosse femme était une rareté. Les grosses étaient sous-représentées dans cette petite portion de la population. Il y avait certes pas mal d'hommes très riches et gros, mais très peu de femmes très riches et grosses.

Phyllis-Elissa ne paraissait pas se soucier de son poids. Elle ne cherchait pas à se cacher dans des vêtements flottants, et les siens avaient souvent l'air trop petits pour elle. Ce soir-là, elle portait une robe de créateur des années 1940, noire et incrustée de perles. Sa poitrine tentait de s'échapper par les espaces laissés entre les boutons en quartz à facettes, la cellulite sur ses cuisses et ses hanches luttait contre le crêpe de chine. Lola admirait Phyllis-Elissa de ne pas avoir recours à une gaine ou à un autre artifice pour galber sa silhouette.

Elle trouvait très beau l'appartement de Phyllis-Elissa et Elwood Earlwood sur la Cinquième Avenue. On se serait cru transporté dans les années 1920. Et c'était immense : l'un des salons, qui donnait directement sur l'avenue, faisait seize mètres de long. Pourtant, malgré ses proportions et la présence sur les murs de trois Picasso, deux Dalí, plusieurs de Kooning et quelques Rothko, la pièce était accueillante et confortable. La bibliothèque, malgré ses larges fauteuils et canapés, et son impressionnante série d'eaux-fortes de Matisse, dégageait une atmosphère intime. Il y avait aussi six ou sept salles de bain. Lola, qui buvait de l'eau minérale en quantité ce soir-là, en avait déjà utilisé trois.

Elle a estimé à cinquante ou soixante le nombre d'invités. Ils étaient minces, dans leur immense majorité. Beaucoup avaient l'allure de danseurs ou d'anciens danseurs, de sorte que le dîner était finalement peut-être bien donné au profit d'une compagnie de ballet. Lola elle-même avait minci, bien qu'elle ait répugné à le dire aussi ouvertement de crainte que la graisse ne revienne d'un coup s'agglutiner sur elle. Cela faisait au moins vingt ans qu'elle n'était plus grosse.

Pourtant Lola se sentait encore grosse. Elle ne pouvait pas s'en empêcher. Ce devait être une sensation rassurante pour elle, car autrement pourquoi s'y raccrochait-elle de cette façon ? Pourquoi ressentirait-elle toujours le poids de ses anciens kilos ? Si elle en prenait deux ou trois, elle paniquait, elle avait l'impression d'être énorme. Au fond, peut-être que cette panique l'apaisait, lui permettait de s'immerger pendant des jours dans l'univers familier de l'anxiété.

À soixante-trois ans, Lola rêvait toujours d'être vraiment mince. Elle était quelquefois parvenue à cet état, réussissant à maigrir au point de constater qu'elle était réellement fine, mais elle n'était jamais arrivée à garder durablement cette silhouette. Inévitablement, elle se remettait à manger plus qu'elle n'aurait dû. Une seule crème glacée basses calories de trop, une seule pomme supplémentaire, un seul tube de fromage fondu à 20 % de matières grasses et elle ajoutait trois ou quatre cents calories à son régime quotidien, et donc quelques centimètres à son tour de taille.

Néanmoins, elle était heureuse d'avoir soixante-trois ans et de se tenir debout parmi les invités, un verre à la main, en train de bavarder comme chacun. Elle arrivait à parler sans avoir à s'asseoir, maintenant. Des heures entières, si elle voulait. Elle était capable, non sans un certain degré d'appréhension, de prendre le métro. Et de s'asseoir n'importe où dans une salle de cinéma ou de théâtre, sauf peut-être au balcon si celui-ci était trop fortement incliné.

Lola avait conscience de conserver des angoisses contre lesquelles elle luttait, mais à part cela elle jugeait qu'elle allait plutôt bien. Elle se sentait chanceuse d'être aussi amoureuse de M. Quelqu'un-d'autre et d'avoir des enfants avec qui elle s'entendait bien. Quand ils avaient le temps. Tous trois étaient maintenant des adultes, tous trois avaient choisi des compagnons qui les adoraient et avec lesquels ils ne s'ennuyaient jamais.

Au mariage de Madame Beauté, puis à celui de son fils ensuite, Lola avait été hissée dans les airs. Sur une chaise. Elle avait ri comme une gamine quand quatre hommes l'avaient soulevée et transportée autour de la salle tandis que l'orchestre jouait *Hozen Kalleh Mazeltov*. À ce moment, Lola avait ressenti exactement les mêmes émotions qu'au temps où elle chevauchait l'éléphant du zoo de Melbourne : elle avait eu l'impression de dominer le monde entier. Elle aurait voulu que Renia soit là. Pour voir comme Madame Beauté était belle, pour voir Lola sur le faîte du monde.

Elle a parlé avec un chorégraphe que Phyllis-Elissa venait de lui présenter. C'était la première fois qu'elle rencontrait quelqu'un qui faisait ce métier.

« Vous devez certainement bien connaître le corps humain et son fonctionnement, pour être chorégraphe », lui a-t-elle dit. Contrairement à un écrivain, raisonnait-elle, un chorégraphe ne pouvait ignorer son corps quand il réfléchissait à la charge qu'il voulait donner à tel ou tel mouvement, exagéré, surexcité ou surmené.

« Oui, c'est vrai, a-t-il confirmé, et ce jusqu'à la façon dont chaque doigt bouge, se plie, se tend, abduction, adduction… » En parlant, il a fait accomplir à son index les quatre mouvements qu'il mentionnait. Très impressionnée, Lola a demandé :

« Savez-vous que mis à part les organes génitaux, c'est au bout des doigts que nous avons le plus de récepteurs du toucher et de thermo-récepteurs ? Cela veut dire qu'ils sont particulièrement sensibles à la température, aux vibrations, aux pressions, au taux d'humidité et aux textures.

– Non, je ne savais pas », a répondu le chorégraphe, et il a ri. Lola a été soulagée de l'entendre s'esclaffer. Elle ne comprenait pas ce qui avait pu la pousser à évoquer les organes génitaux devant un parfait inconnu. Elle a supposé que cela venait d'un zèle exagéré à entretenir cette conversation sur l'anatomie.

« Vous avez toujours été mince ? » s'est enquis le chorégraphe à brûle-pourpoint.

Lola a bredouillé et elle a renversé un peu de son eau gazeuse sur sa robe. Elle s'est efforcée de maîtriser sa voix pour répondre fermement : « Non. Et d'ailleurs, je ne suis pas mince.

– Vous l'êtes, à mes yeux.

– Vous vous trompez », a-t-elle insisté en tapotant ses hanches et ses cuisses afin d'y attirer l'attention du chorégraphe.

Elle avait rougi. Qu'on la dise mince l'énervait. Dans le temps, elle ne perdait jamais son calme quand on la disait grosse. Mais à cette époque-là, rien ne la troublait. Et ce pendant des années. Jusqu'au jour où presque tout a commencé à la rendre nerveuse.

Un murmure discret et néanmoins audible a parcouru la pièce. Lola a regardé vers l'entrée du salon. Un nouvel invité venait d'arriver. Elle a été très surprise en découvrant qu'il s'agissait de Mick Jagger. L'excitation était notable dans l'assistance : même dans une réunion de blasés new-yorkais, l'arrivée de Mick Jagger était un événement.

Lola a été contente de le voir. Mick Jagger paraissait en forme. Il portait une veste chatoyante de couleur prune, un pantalon moulant en tissu écossais à carreaux brun, bordeaux et gris, des chaussettes vert fluo et des chaussures de sport noires. Il avait complètement l'air de Mick Jagger. Passé quarante ans, la plupart des gens ne sont que le pâle reflet de ce qu'ils ont été mais Mick Jagger, lui, était toujours Mick Jagger. Ses cheveux n'avaient pas trop changé. Lola n'a pas eu l'impression qu'il en avait beaucoup perdu. Il était toujours aussi mince. Il semblait prospère et heureux. Il était avec L'Wren Scott, l'ancienne top model devenue une brillante créatrice de mode. Bien qu'ils aient été ensemble depuis dix ans, Mick Jagger parlait d'elle comme de quelqu'un avec qui il sortait de temps en temps, d'après ce que Lola avait lu dans le *New York Times*.

L'Wren Scott était impressionnante. Avec son mètre quatre-vingt-sept pieds nus, elle dominait largement Mick Jagger et la plupart des personnes présentes. Elle était entièrement vêtue de noir, robe longue, collants et ballerines, et ses cheveux qui lui arrivaient presque à la taille étaient tout aussi foncés. Son visage, bien que d'une pâleur extrême, respirait la santé.

Mick Jagger était fréquemment photographié aux premiers rangs des défilés de mode de L'Wren Scott, toujours avec l'air d'être très fier d'elle. Lola s'était fait la réflexion qu'il avait sans doute toujours été solidaire et admiratif des femmes qui avaient compté pour lui. Elle avait lu qu'au temps où Marianne Faithful apprenait le texte de *Trois Sœurs*, la pièce de Tchekhov, il l'avait aidée en tenant le rôle des autres sœurs. Il avait aussi conseillé Jerry Hall dans le choix des photographes avec lesquels travailler quand elle était mannequin.

Elle s'est dit que si Mick Jagger et L'Wren Scott étaient là ce soir, c'est que l'un ou l'autre, ou les deux, devaient s'intéresser au ballet, à la bibliothèque ou à la cause pour laquelle ce dîner avait été organisé. Elle a regretté de ne pas se souvenir de quelle cause il s'agissait.

Phyllis-Elissa est venue vers elle. « Je voudrais vous présenter Mick Jagger, lui a-t-elle déclaré en la prenant par la main pour la conduire à l'endroit où il se tenait debout. Mick, j'aimerais vous présenter Lola Bensky, un merveilleux écrivain, l'auteur du fantastique best-seller international *Shlomo à SoHo*.

– Bonjour, a fait Mick Jagger en serrant la main de Lola. Content de vous connaître.

– *Shlomo à SoHo* a fait sensation en Europe, a affirmé Phyllis-Elissa.

– En Europe, c'est beaucoup dire, l'a corrigée Lola. Seulement en Allemagne, en Autriche et en Suisse.

– C'est l'Europe », a asséné Phyllis-Elissa.

Les New-Yorkais avaient tendance à multiplier les superlatifs quand ils procédaient aux présentations, a noté Lola en son for intérieur, comme si la valeur exceptionnelle de leur invité ou ami ajoutait à leur propre prestige. Avec ses Picasso et ses Matisse, Phyllis-Elissa n'avait pas vraiment besoin de briller plus, et surtout pas grâce à Lola ou à Shlomo. « L'Allemagne, l'Autriche et la Suisse, c'est définitivement l'Europe, a commenté Mick Jagger.

– C'est une partie de l'Europe, a indiqué Lola, qui aurait aimé avoir eu un ton plus aimable, ou en tout cas moins pédant.

– Lola habite un loft fabuleux à SoHo avec son mari peintre, dont vous pouvez voir le travail chez nous, a déclaré Phyllis-Elissa à Mick Jagger.

– Ce n'est pas vraiment un loft fabuleux, c'est un loft agréable, a tempéré Lola. Nous avons eu de la chance, nous l'avons acheté il y a plus de vingt ans. » Pourquoi dépréciait-elle son appartement, s'est-elle demandé. Pour ne pas passer pour riche ? Elle avait lu que la fortune de Mick Jagger était estimée à plus de trois cents millions de dollars, alors pourquoi avait-elle honte d'être propriétaire d'un loft à SoHo, acheté à une époque où ce quartier n'était pas couru ?

Mick Jagger a dévisagé Lola et son front s'est légèrement plissé. Elle a supposé que c'était probablement parce qu'il n'avait jamais entendu parler de *Shlomo à SoHo* et qu'il se demandait qui pouvait être ce Shlomo.

« Vous êtes australienne ? lui a-t-il soudain demandé.

– Oui, mais je vis ici depuis plus de vingt ans.

– Elle est très connue en Australie également », a assuré Phyllis-Elissa. Lola s'est dit que Phyllis-Elissa était encore pire qu'Edek. Le père de Lola vivait à New York depuis plus de dix ans et racontait à tous ceux qu'il croisait que sa fille était un célèbre écrivain, et si la personne ne réagissait pas lorsqu'il citait le nom de Lola, il la jugeait aussitôt complètement stupide.

À quatre-vingt-treize ans, Edek continuait à vivre tout seul, dans un appartement du Lower East Side. Il adorait son logement, et New York, et les hot dogs, et le chocolat chaud new-yorkais. Il était heureux. Plus heureux que Lola ne l'avait jamais connu. Il était presque toujours de bonne humeur, et quand elle lui demandait comment il allait, il répondait à chaque fois : « Comme un coq dans la pâte ».

Lola et Edek se retrouvaient deux ou trois fois par semaine au Caffé Dante de MacDougal Street. Lola prenait une camomille avec du citron, Edek deux boules de glace italienne au chocolat et deux tasses de chocolat chaud.

Elle ne comprenait pas d'où lui était venu tout ce calme. Il s'était brusquement apaisé autour de ses quatre-vingt-cinq ans. Elle était contente qu'il ait vécu assez longtemps pour connaître la paix. Et le bonheur. Elle ignorait si Renia se serait elle aussi apaisée si elle avait atteint cet âge. Elle n'y croyait pas trop. Elle n'arrivait pas à imaginer Renia à quatre-vingt-cinq ans. Elle ne pouvait pas l'imaginer sans ses talons hauts, ses cuisses fermes, ses soutiens-gorge sans bretelles et ses cils passés au mascara, et elle ne pouvait certainement pas l'imaginer calme. Une Renia calme aurait été une autre personne. Elle n'aurait plus été Renia.

« Vous avez grandi en Australie, pas vrai ? a insisté Mick Jagger.

– J'y ai vécu de deux à quarante-deux ans.

– Hé, vous êtes en train de révéler votre âge ! s'est exclamée Phyllis-Elissa.

– J'ai soixante-trois ans, a annoncé Lola.

– Je suis encore plus vieux que ça, a commenté Mick Jagger.

– Vous avez une allure fabuleuse », a assuré Phyllis-Elissa à Mick Jagger.

Mick Jagger semblait encore tracassé. Il devait continuer à se poser des questions à propos de Shlomo, a-t-elle décidé. Il était impossible qu'il l'ait reconnue, ou qu'il se soit souvenu de leur rencontre. Non seulement il avait fait la connaissance de milliers de personnes au cours de sa vie, mais en plus Lola était bien plus mince et trois fois plus âgée que quand elle l'avait interviewé à Londres. Phyllis-Elissa a pris Mick Jagger par le bras. « Il faut absolument que vous lisiez *Shlomo à SoHo* », l'a entendue dire Lola alors qu'elle entraînait Mick Jagger plus loin.

Le téléphone portable de Lola a sonné. Elle l'a sorti de son sac. C'était un texto d'Edek. « J'achetais lunettes soleil pour toi. Elles sont très bien. Pap. » Elle a frémi à l'idée de voir les lunettes en question. S'il les avait achetées, c'est qu'elles étaient excessivement bon marché. Deux paires pour un dollar, par exemple. Edek adorait les bonnes affaires.

Moins d'une minute plus tard, un nouveau texto de lui s'est affiché. « J'achetais aussi paire pour moi. » Edek savait envoyer des textos, utiliser Skype, joindre des fichiers à ses e-mails, imprimer des photos et utiliser Internet. Parfois, cela la rendait folle, notamment quand il lui réexpédiait un spam détaillant la manière de devenir millionnaire en quatre clics, ou qu'il la harcelait de messages pour s'enquérir des ventes de ses livres.

Avec toutes ses possibilités et ses promesses, Internet emballait Edek autant que les magiciens, les hypnotiseurs, les comiques et les strip-teaseuses du Tivoli de Melbourne dans le passé. Qu'il puisse faire des fautes d'orthographe et être cependant compris par son ordinateur le mettait aux anges. Récemment, il avait déclaré à Lola sur un ton extasié qu'il tenait Skype pour un miracle pur et simple. Elle se demandait bien avec qui il pouvait skyper ; elle était simplement contente que ce ne soit pas avec elle.

Trois ans auparavant, Lola avait emmené Edek dans son deuxième voyage de promotion en Allemagne. Sur place, dès qu'ils avaient été séparés pendant plus d'une demi-heure, il l'avait bombardée de textos envoyés de son portable américain. La plupart du temps pour lui donner des informations telles que « Wurst très délicieux ici ». Il lui avait envoyé des messages depuis sa chambre d'hôtel, qui jouxtait celle de Lola, ou bien depuis la réception, pour lui demander si elle allait descendre prendre le petit déjeuner.

La facture pour tous ces textos internationaux s'était révélée exorbitante, et pourtant Lola avait été heureuse de les recevoir. Qu'Edek retourne en Allemagne l'avait longtemps inquiétée : la dernière fois qu'il avait été dans ce pays, il y avait plus de cinquante ans, il était une ombre ravagée sortie d'un camp de la mort, tentant de retrouver un semblant de vie dans un camp de personnes déplacées.

Le premier jour de la tournée de lancement du livre de Lola, Edek avait été atteint d'une gastrite. Il n'avait jamais eu de gastrite, ni été malade. Il avait une santé de fer. Il pouvait engloutir un petit déjeuner de corn-flakes, de maquereau fumé et de saucisses sans éprouver le moindre embarras digestif. Ou deux parts de cheesecake suivies d'une tranche de gâteau au chocolat et d'un cappuccino. Elle a fini par comprendre que ce qui donnait ses maux d'estomac à Edek était d'entendre parler allemand autour de lui. « Au *lager*, dès que tu entendais de l'allemand, tu essayais de te rendre invisible », avait-il raconté à Lola.

Avant de quitter New York, elle lui avait pourtant bien expliqué que tout avait changé, en Allemagne. Que les gens qui parlaient allemand n'étaient pas les mêmes Allemands que jadis. Pendant son premier voyage de promotion là-bas, elle s'était aperçue qu'il existait un lien entre elle et les Allemands nés après la guerre, un lien constitué par un petit bout d'histoire partagée. Oui, les enfants des victimes et ceux des coupables partageaient ce legs. Ils avaient tellement de choses en commun, ayant grandi avec un passé aussi omniprésent qu'incompréhensible. Un passé qui ne semblait souvent avoir aucun sens, parce qu'il était en grande partie dissimulé, ou à demi formulé, ou suggéré par de vagues allusions. Un passé qui était fait d'articles, de particules, de pronoms sortis de la bouche des adultes en dépit de leur volonté, de bribes de phrases étranglées, brouillées, disséminées.

Les enfants des coupables avaient grandi sans savoir mais en se doutant à moitié et en imaginant à moitié, moitié honteux et moitié terrifiés. En fait, ils éprouvaient la même peur et la même culpabilité que les enfants des victimes. En parlant avec de nombreux Allemands de son âge ou plus jeunes, Lola avait reconnu leur accablement. Et leur honte.

Et puis Edek s'était calmé et son estomac avait cessé de le tourmenter. Il s'était mis à bavarder en allemand avec les chauffeurs de taxi et le concierge de l'hôtel, et à informer ses voisins durant la discussion qui suivait la lecture que Lola était sa fille et qu'elle gagnait très bien sa vie avec ses livres, même si elle n'y connaissait rien en détectives privés.

En cherchant du regard M. Quelqu'un-d'autre, Lola a vu qu'il venait d'être présenté à Mick Jagger. Elle s'est demandé ce qu'il allait penser de la star. C'était difficile de ne pas aimer Mick Jagger : tout dans son attitude était agréable. Il semblait très équilibré, jamais sur le point d'exploser, toujours maître de lui-même. Il donnait l'impression de tenir fermement entre ses mains chaque aspect de sa vie, ainsi que la formidable machine qu'étaient les Rolling Stones. Lola avait entendu dire qu'il surveillait les finances du groupe dans leurs plus infimes détails et supervisait chaque aspect de leurs tournées, depuis l'éclairage jusqu'aux décors en passant par la vitesse avec laquelle le rideau devait tomber et toucher le sol.

Lola se sentait étonnamment heureuse de voir Mick Jagger en aussi grande forme. Il paraissait en excellente condition physique. Il devait manger tout ce qu'il voulait, lui, ou peut-être continuait-il à éviter la viande, le lait et l'excès d'amidon comme les pommes de terre. Son métabolisme était probablement programmé pour qu'il reste mince. Elle s'est demandé si elle avait raison de penser que les juifs avaient une propension à être gros ? Apparemment, il n'y avait pas des masses de coureurs de marathon juifs et filiformes.

Lola savait que Mick Jagger faisait constamment de l'exercice. Il fallait qu'il soit en forme pour les tournées que les Rolling Stones continuaient à assurer. Et ils remplissaient toujours les stades et les salles du monde entier. Ces tournées rapportaient beaucoup d'argent. Elle avait entendu dire que même quand il n'était pas sur la route, il passait quarante minutes au gymnase tous les deux jours. Lola aussi faisait de l'exercice : six matins par semaine, elle soufflait et souffrait pendant une heure et sept minutes sur un tapis de course réglé à six kilomètres à l'heure avec une pente de neuf pour cent. Elle ne savait pas très bien pourquoi elle avait choisi de courir une heure et sept minutes mais elle s'y conformait strictement, une heure et sept minutes tous les jours sauf un.

Elle était tellement rigoureuse qu'elle ne serait pas descendue du tapis roulant dix secondes avant la fin du temps réglementaire. Elle ne le quittait pas, même si elle venait d'avoir une bonne idée concernant Shlomo, Harry ou une réplique piquante de Pimp. Elle essayait de mémoriser ses idées d'intrigue ou de dialogue en les répétant sans cesse dans sa tête jusqu'à ce qu'une heure et sept minutes se soient écoulées.

Lola avait commencé à faire de l'exercice quand elle était venue vivre à New York. Elle avait acheté un Nordic Track – un appareil qui simulait la contrainte d'une randonnée en ski de fond –, et dans son loft de SoHo, elle skiait et piétinait avec *Dancing In the Street* pour fond musical. Vingt passages de *Dancing In the Street* représentaient environ une heure. Il allait lui falloir des années avant de découvrir qu'elle préférait skier en silence.

M. Quelqu'un-d'autre conversait maintenant avec L'Wren Scott. À côté d'elle, tout le monde paraissait petit. M. Quelqu'un-d'autre, malgré son mètre quatre-vingt, faisait presque pot-à-tabac devant la sculpturale Miss Scott. Lola s'est demandé ce que Renia aurait pensé d'avoir une fille approchant le mètre quatre-vingt-dix. Elle trouvait Lola trop grande, alors qu'elle mesurait douze centimètres de moins. Quand Lola était au lycée, la mode était d'être petite, ou en tout cas d'avoir une taille moyenne. Maintenant, tout le monde voulait être immense. Les femmes que la nature n'avait pas gratifiées d'une taille de géante déambulaient sur des talons de vingt centimètres. Lola admirait L'Wren Scott. Elle n'était pas voûtée comme la majorité des grandes femmes. Elle avait un maintien parfait et elle était très gracieuse.

La position debout commençait à fatiguer Lola. Elle avait besoin de s'asseoir. Elle avait passé toute la journée avec Pimp et Shlomo. Elle travaillait à son nouveau livre, le troisième de la série. Quand elle avait laissé Pimp, celle-ci était en train de hurler au téléphone : « Petrushka, Petrushka ! Pas Patricia, pas Leticia, pas Pamela, Petrushka ! » Shlomo s'était couvert les oreilles avec les mains. Depuis qu'il s'était initié au yoga, il ne supportait plus le bruit, et Pimp en faisait beaucoup. « Petrushka Inge Maria Pagenstecker ! » avait-elle beuglé dans le combiné, puis elle avait épelé son nom de famille en insistant sur chaque lettre, P-A-G-E-N-S-T-E-C-K-E-R. « Si vous pouvez dire Häagen-Dazs, vous pouvez dire Pagenstecker ! » avait-elle tonné. Lola trouvait que Pimp avait semé la confusion, là : Häagen Dazs n'avait rien à voir avec Pagenstecker.

« Est-ce que tu peux arrêter crier ? avait supplié Shlomo.

– Depuis que tu fais du yoga, tu te crois supérieur à nous, comme un rabbin ou un prêtre ! avait répliqué Pimp. Eh bien, tu ne l'es pas. Tu n'es qu'un détective privé qui passe trop de temps debout sur la tête.

– C'est très bon pour cœur de faire le poirier. Ça lui permet se reposer. Le cœur, il doit se battre contre l'attraction terrestre toute la journée.

– Tu crois en Dieu, non, Shlomo ? Si Dieu pensait que le cœur ne pouvait pas faire face à l'attraction terrestre, on marcherait tous sur les mains, la tête en bas ! »

La récente passion que Shlomo avait développée pour le yoga exaspérait Pimp. Elle ne l'avait pas du tout vu venir : un juif orthodoxe corpulent et débraillé n'était pas le genre d'individu que l'on s'attendait à voir se transformer en fanatique de yoga. Il allait au cours trois fois par semaine. Avant de commencer, il avait demandé aux femmes de son groupe si elles voulaient bien s'habiller avec pudeur, sans décolletés profonds ni shorts trop courts. Les huit élèves de sexe féminin avaient toutes accepté.

Shlomo était devenu très populaire auprès de ses camarades du cours de yoga. L'une des habituées était devenue cliente de l'Agence de détectives ultra-privés. Elle soupçonnait son mari, pilote de ligne, d'avoir une autre épouse et une autre famille quelque part en Amérique.

« Il y a trop de choses qui ne s'expliquent pas dans nos vies, avait-elle confié à Shlomo, et jusqu'ici j'ai eu trop peur de découvrir ce qu'elles pourraient signifier.

– Je m'en charge, avait déclaré Shlomo. Notre agence, elle est très privée et très ultra. » C'est ainsi qu'il s'était exprimé, bien que Pimp lui ait expliqué plus d'une fois que le préfixe « ultra » ne pouvait pas s'utiliser de cette façon.

À leur bureau de l'East Village, Harry avait lancé les recherches préliminaires concernant le pilote de ligne. Il avait déjà appris l'existence d'une autre femme à Houston, qui avait trois enfants, et d'une femme à La Nouvelle-Orléans, qui était enceinte de six mois.

« Je crois que ton amie va avoir besoin de plus de yoga quand nous aurons touché le fond de cette enquête, avait-il déclaré à Shlomo. Et il y a encore plein d'éléments qui manquent. Par exemple, comment il peut mener une vie pareille avec un salaire de pilote ? »

Shlomo avait décidé de ne rien dire à son amie jusqu'à ce qu'ils récoltent de nouveaux détails. Ils pourraient alors tous se retrouver au bureau en présence de Pimp. Curieusement, Pimp était très douée pour annoncer avec tact les mauvaises nouvelles aux clients. Le malheur des autres l'adoucissait, elle cessait de hurler et se montrait à la fois claire et réconfortante.

Shlomo était convaincu que le yoga allait aider son amie, la femme du pilote, quels que soient les résultats de l'enquête. Le yoga l'avait bien aidé, lui ; il n'aurait pas été capable de dire en quoi, mais c'était incontestable. Chaque soir, à la maison, il pratiquait. Il faisait le poirier avec sa kippa solidement maintenue en place par quatre épingles à cheveux, et aussi des demi-chandelles et des triangles. Il trouvait que ces postures lui permettaient d'être plus à l'écoute de son intuition. Toutefois, celle-ci ne s'était pas développée au point de prévoir le temps qu'il ferait. Il continuait à scruter les bulletins météo, à analyser la température de la plage et de l'océan. Il avait connaissance de facteurs plutôt bizarres, comme le fait qu'en règle générale l'eau était plus froide de dix ou quinze degrés que la terre alentour.

Lola aurait aimé libérer Shlomo de son obsession pour les marées et le climat, mais elle n'y parvenait pas. La femme de Shlomo l'encourageait et le soutenait dans cette direction. Elle lui téléphonait, souvent au mauvais moment, juste pour le prévenir d'une dégradation du temps imminente. Ce matin-là, elle l'avait appelé au sujet d'une tempête en cours dans le Nevada, mais Shlomo avait été contraint de raccrocher, Harry ayant à lui parler d'urgence.

« On a avancé dans l'enquête sur le mari de ta copine du yoga, lui avait-il dit. J'ai retrouvé dix comptes en banque qu'il a ouverts dans plusieurs États différents. Tous à son nom, et tous bien garnis.

– Il trame quelque chose, avait constaté Shlomo.

– Si sa femme veut en savoir plus, il va falloir que tu le files, avait déclaré Pimp à Shlomo.

– Quoi, le filer à travers toute l'Amérique ?

– Oui. Il y a des hôtels cachère partout, tu n'auras aucun problème. Et n'essaie même pas d'objecter que tu vas manquer des cours de yoga ! »

Au milieu de ces péripéties, Lola avait reçu un coup de fil de Patricia Pritchard :

« Désolée de te déranger, mais il faut vraiment qu'on arrête le titre du prochain livre. Nous voulons l'inclure dans la liste de nos parutions d'automne.

– Je crois que je vais l'appeler *Petrushka Inge Maria Pagenstecker*, avait répondu Lola. Ça, ou alors *Les Postures de Shlomo*.

– Euh, je pense que *Les postures de Shlomo*, c'est mieux, avait avancé Patricia Pritchard.

– Moi, je pense que je préfère *Petrushka Inge Maria Pagenstecker*, avait insisté Lola.

– Bon, voyons ce que les gens trouvent le mieux ici, avait proposé Patricia. Je te rappelle.

– Je voulais te demander quelque chose, dit Lola, sur la page d'information éditoriale au début des deux livres précédents il y a une ligne avec la date de naissance de l'auteur, un tiret et un blanc. Il me paraît sinistre, ce blanc. C'est le vide de la date de la mort. On dirait qu'il est là à attendre d'être rempli. C'est obligatoire, de mettre cette ligne ?

– Je vais me renseigner. Je crois que ça ne devrait pas être un problème.

– Merci. »

Lola avait encore un peu travaillé avant de devoir s'arrêter pour se préparer à aller au dîner offert par Phyllis-Elissa et Elwood Earlwood. Elle avait abandonné Pimp à son bureau avec une migraine carabinée, et Shlomo sur le point de prendre un vol en direction du Wyoming, une natte de yoga dans sa valise.

Les invités allaient bientôt prendre place autour de la table. Phyllis-Elissa et Elwood priaient chacun de trouver sa place. Lola espérait qu'elle ne serait pas assise trop loin de M. Quelqu'un-d'autre. Il lui arrivait de se sentir complètement perdue dans une foule d'inconnus ; quand elle était avec son mari, il lui était plus facile de se rappeler qui elle était.

Lola a regardé Mick Jagger. Il était plongé dans une conversation animée avec L'Wren Scott. Le courant passait bien entre eux. Ils donnaient l'impression de s'apprécier mutuellement. L'Wren Scott avait visiblement une forte personnalité. Si elle était connue, ce n'était pas parce qu'elle était la petite amie de Mick Jagger mais une célèbre et talentueuse créatrice de mode dont les vêtements étaient admirés pour leur finition impeccable, la sensualité de leurs lignes et la somptuosité de leurs tissus. Madonna, Michelle Obama, Angelina Jolie et Carla Bruni-Sarkozy étaient toutes apparues en public portant des créations de L'Wren Scott.

Lola se sentait étrangement rassérénée de les voir aussi absorbés dans leur conversation. Mick Jagger semblait heureux et elle trouvait cela rassurant. Rassurant aussi qu'il soit toujours en vie. Tant d'autres étaient morts.

Trois ans et trois mois après s'être produit au festival de Monterey, Jimi Hendrix mourait. Il avait vingt-sept ans. Quinze jours après le festival, il avait déclaré dans une interview à un journal danois qu'il n'était pas certain d'être encore là pour son vingt-huitième anniversaire. Sa mort était survenue trois ans après que Lola l'avait vu pour la dernière fois, au Whisky a Go Go de Los Angeles. Comment quelqu'un d'aussi passionné et passionnant, d'aussi amusé et amusant, d'aussi attentif aux autres, s'était-il épuisé et stressé au point d'en mourir ? Qu'est-ce qui avait changé, dans sa vie ? À peu près tout, s'était dit Lola : il était parvenu au sommet de la gloire, mais celle-ci s'était accompagnée de problèmes de gestion qu'il n'était pas fait pour assumer. Jimi Hendrix était sans doute trop confiant et trop honnête. Au fur et à mesure que le stress et l'anxiété augmentaient, il était devenu négligent. Avec la drogue, avec son existence. Il mélangeait la came et l'alcool sans se soucier des conséquences. Sur scène et ailleurs, il paraissait souvent tenir à peine debout. Lola se demandait ce qui avait pu arriver à ce jeune homme pondéré au sourire si paisible. Trop de choses. La veille de sa mort, il n'avait pas réussi à s'endormir et il avait pris neuf des somnifères de sa petite amie, soit six fois la dose recommandée pour quelqu'un de sa taille. Et il avait absorbé des amphétamines dans la journée. Quand on avait découvert son corps, Jimi était tout habillé et couvert de vomi. Le médecin légiste avait conclu qu'il était mort asphyxié par ses vomissements.

Après l'autopsie, le salon funéraire où le corps avait été transporté lui avait retiré ses vêtements maculés de vomi et lui avait passé une chemise en flanelle informe avant de l'expédier par avion à Seattle. Lola était sûre que Jimi aurait été consterné de se voir ainsi, lui qui mettait toujours tant de soin à s'habiller et à se déguiser.

Janis Joplin était morte, elle aussi. Deux semaines et deux jours après Jimi Hendrix. Elle avait vingt-sept ans. On l'avait trouvée sans vie au Landmark Motor Hotel de Los Angeles, où elle était descendue pendant qu'elle enregistrait son nouveau disque dans un studio tout proche. Seule dans sa chambre après une séance d'enregistrement, elle s'était injecté de l'héroïne. Sous la peau au lieu de chercher une veine, d'après ce qu'avaient raconté les journaux ensuite. Cela lui avait laissé le temps d'aller changer un billet de cinq dollars à la réception du motel pour s'acheter un paquet de cigarettes.

De retour dans sa chambre, elle s'était assise sur le lit, son paquet de cigarettes à côté d'elle et puis, brusquement, elle était tombée en avant et sa tête avait heurté le bord de la table de nuit. Pendant dix-huit heures, son corps était resté ainsi, coincé entre le lit et la table de nuit. Elle était déjà froide quand on l'avait découverte, vêtue d'un court chemisier et d'une petite culotte. Ses lèvres étaient ensanglantées et elle avait le nez cassé. Elle serrait toujours dans sa main les quatre dollars cinquante de monnaie. Sa Porsche à la peinture psychédélique attendait sur le parking.

Quelques jours avant de mourir, Janis Joplin avait modifié son testament. Elle en avait changé quelques points. Il y avait plus d'argent impliqué, maintenant, et elle se sentait mieux disposée envers ses parents. Elle leur laissait la moitié de son héritage, et un quart chacun à son frère et à sa sœur. Elle avait aussi réservé deux mille cinq cents dollars pour l'organisation de sa propre veillée funéraire si elle venait à décéder. Lola trouvait étrange qu'une fille de vingt-sept ans pense à organiser une fête après sa mort. Décider qui devait hériter de ses biens et planifier sa veillée funéraire étaient deux choses différentes. Préparer un enterrement rendait l'éventualité de la mort plus imminente, voire plus attendue. Trois jours après avoir indiqué comment financer ses obsèques, Janis Joplin avait quitté ce monde.

Brian Jones était mort, lui aussi. Il était mort à peine un an avant Jimi Hendrix et Janis Joplin. On l'avait retrouvé au fond de sa piscine. Le rapport du médecin légiste indiquait qu'il s'agissait d'un décès par noyade associée à une grave déficience du foie causée par la stéatose hépatique et l'ingestion excessive d'alcool et de stupéfiants. Brian Jones avait vingt-sept ans. Un mois auparavant, il avait annoncé qu'il se séparait des Rolling Stones ; en réalité, les autres membres lui avaient demandé de quitter le groupe.

Deux ans jour pour jour après que Brian Jones avait été retiré de sa piscine, Jim Morrison était retrouvé mort à Paris. Il avait vingt-sept ans. Alcoolique et drogué depuis longtemps, il avait perdu la vie dans l'appartement de la rue Beautreillis, rive droite, qu'il louait avec sa petite amie Pamela Courson. Aucune autopsie n'avait été pratiquée puisque, selon la loi française, celle-ci n'était jugée nécessaire qu'en cas de présomption d'acte criminel. Plus tard, Pamela Courson allait confier à des amis que Morrison avait succombé à une overdose d'héroïne. Après une journée entière à boire, il avait cru qu'il sniffait de la cocaïne. Selon elle, il avait vomi du sang en début de soirée, ensuite il avait voulu prendre un bain. Comme il avait l'air d'avoir récupéré, elle était allée se coucher. À son réveil, des heures plus tard, Jim Morrison était mort. Elle-même devait mourir d'une overdose d'héroïne trois ans après. Elle avait alors vingt-sept ans.

Dans son testament rédigé deux ans et demi avant son décès, Jim Morrison avait laissé tous ses biens et revenus à Pamela Courson. Après la mort de la jeune femme, les parents de Jim et ceux de Pamela allaient se disputer l'héritage devant les tribunaux. Les premiers contestaient le testament de leur fils, qui était pourtant clair : tout devait revenir à Pamela, et pour cette raison les seconds allaient finir par recevoir l'héritage. Lola pensait que Jim Morrison avait décidément réussi à effacer totalement de sa vie ses parents, son frère et sa sœur.

Après deux semaines de concerts au Palladium de Londres, presque tous à guichets fermés, et à la fin desquels elle avait reçu les ovations du public, Mama Cass était au septième ciel. Après le dernier spectacle, elle avait rejoint la fête du trente-deuxième anniversaire de Mick Jagger. Elle était restée toute la nuit à bavarder avec divers invités avant de regagner, tard le lendemain matin, l'appartement qu'elle louait à Mayfair, sur Curzon Street. Son propriétaire était le chanteur-compositeur Harry Nilsson, qui avait prié Keith Moon, son occupant habituel, de libérer les lieux pour quelques semaines. Une fois rentrée, Mama Cass avait téléphoné à Michelle Phillips pour lui raconter à quel point elle était heureuse.

Après avoir raccroché, elle s'était rendue à une autre fête organisée en son honneur, puis elle était rentrée se coucher. Le lendemain après-midi, l'un des membres de son équipe allait la découvrir dans son lit, nue et déjà froide. Elle avait trente-deux ans. Le médecin qui l'avait examinée avait pensé qu'elle s'était étranglée en mangeant un sandwich au jambon qu'il avait remarqué près du lit. Il avait simplement négligé le fait que, de toute évidence, le sandwich n'avait pas été touché. L'autopsie qui allait suivre conclurait que Cass Elliot était décédée d'une dégénérescence graisseuse du myocarde due à l'obésité. Arrêt cardiaque, en d'autres termes.

Pour autant, la rumeur selon laquelle elle s'était étouffée avec un sandwich au jambon avait continué à circuler, et les gens y croyaient encore. C'était une image tellement repoussante, celle d'une obèse s'étranglant en mangeant, qu'elle satisfaisait les préjugés et encourageait une interprétation moralisatrice : une grosse goinfre s'empiffrant jusqu'à être terrassée par sa gloutonnerie. Mama Cass aurait été profondément humiliée en entendant ces racontars.

Keith Moon, le batteur des Who dont la virtuosité presque démente faisait l'admiration de tous et dont les excès autodestructeurs étaient bien connus, était revenu habiter Curzon Street. Quatre ans après, on retrouverait son cadavre dans ce même appartement.

Et le pauvre Otis Redding était mort, lui aussi. Il était mort moins de six mois après son concert triomphal au festival de Monterey. Son bimoteur Beechcraft s'était abîmé dans le lac Monona, au Wisconsin. Otis et quatre membres de son groupe d'accompagnateurs, les Bar-Kays, avaient péri. Il avait vingt-six ans.

Toute cette vitalité, cette énergie, cette intelligence, ce talent et cette lucidité avaient disparu. On n'avait retrouvé son corps que le lendemain, en explorant les profondeurs du lac, et personne n'avait pu établir les causes de l'accident. Otis Redding avait été porté en terre dans son ranch de Round Oak, en Géorgie. Un mois plus tard, *Sittin' on the Dock of the Bay*, qu'il avait enregistré quatre jours avant sa mort, était en tête des hit-parades dès sa sortie. Cela aurait été le premier grand succès commercial d'Otis.

Lillian Roxon était morte, elle aussi. Lillian, qui ne fumait pas, ne se droguait pas et buvait rarement de l'alcool avait été emportée par une crise d'asthme. Elle avait quarante-six ans. Lillian, qui s'était tellement souciée des autres, était morte seule, sans personne pour s'occuper d'elle. Lillian, qui avait eu la manie du téléphone, n'avait appelé personne. Lola espérait que cela signifiait qu'elle avait succombé rapidement.

Elle venait de publier *The Rock Encyclopedia*, la première encyclopédie au monde consacrée au rock, et elle était l'une des stars de la vie culturelle et musicale new-yorkaise. Des amis communs avaient dit qu'elle leur avait paru très fatiguée au cours de son dernier voyage en Australie, dix mois avant son décès. Pendant cette visite, Lola ne l'avait pas vue. Elle avait l'impression que Lillian ne lui avait pas pardonné d'être rentrée en Australie et d'avoir épousé M. Ex-Rockstar. Elle la considérait sans doute comme une autre fille qui avait fait un choix inconsidéré en allant se perdre dans le territoire des bonnes-épouses-bonnes-mères. Et Lillian avait eu raison : ce territoire-là avait des frontières très définies et des issues peu discernables.

Lillian Roxon avait également perdu de vue Linda McCartney. Après s'être mariée avec Paul McCartney et être partie vivre à Londres, Linda avait apparemment laissé tomber toutes ses meilleures amies de New York. Lillian en avait été très affectée. D'après ce que Lola avait entendu dire, pourtant, Linda avait été terriblement peinée en apprenant la mort de Lillian, car elle espérait encore reconstruire leur amitié. Lola elle-même avait pleuré quand elle avait appris la nouvelle. Elle aussi avait l'intention de revoir Lillian un jour et de lui demander pardon de ne pas avoir écouté ses conseils, des conseils auxquels elle avait repensé pendant des années après les avoir ignorés.

Linda McCartney était morte aussi, vingt-cinq ans après la disparition de Lillian, à cinquante-six ans, dans le ranch de Tucson, en Arizona, qu'elle possédait avec Paul. On avait rapporté à Lola qu'elle montait encore les chevaux qu'elle aimait tant un ou deux jours avant son décès. Lola espérait que s'il y avait un au-delà, Linda et Lillian se tiendraient maintenant compagnie, se téléphoneraient tous les jours et iraient ensemble dans les bars, le soir.

Et Sonny Bono, mort lui aussi. Il était rentré dans un arbre en skiant au Heavenly Ski Resort de Lake Tahoe, en Californie. Sa veuve, Mary Bono, avait prié Cher de prononcer l'éloge funèbre à son enterrement. Son discours avait été très touchant, bouleversant même. En larmes, Cher avait dit que si certaines personnes ne trouvaient pas Sonny très intelligent, il l'avait été suffisamment pour faire d'une fille introvertie de seize ans et d'un petit Italien avec une vilaine voix le couple le plus adulé de leur génération.

« Sonny était petit, avait-elle poursuivi, mais il dépassait tout le monde de plusieurs têtes. Il avait sa vision de l'avenir et savait exactement comment y parvenir. » L'épitaphe sur la tombe de Sonny Bono disait : *« And the Beat Goes On »*.

Le *beat* n'avait pas trop bien continué pour John Phillips, des Mamas and The Papas. Sa toxicomanie ne cessait de s'aggraver. Il allait lui-même raconter que pendant deux ans de suite il s'était shooté à la cocaïne et à l'héroïne tous les quarts d'heure, sur scène. En 1973, Mick Jagger avait voulu l'aider à enregistrer un autre disque à Londres mais le projet avait capoté parce que John Phillips usait et abusait de la drogue. La came et l'alcool allaient finir par détruire son foie, et en 1992 il avait dû s'en faire transplanter un autre. À peine quelques mois après l'opération, il avait été photographié dans un bar de Palm Springs en train de boire de l'alcool. Son commentaire : « J'essayais juste de dresser mon nouveau foie. » Il était mort neuf ans après, à soixante-cinq ans.

La liste des morts était sans fin. Lola s'efforçait de ne pas penser à eux, à Janis Joplin, à Jimi Hendrix, à Jim Morrison, à Brian Jones ou à Mama Cass. Elle avait essayé de ne pas penser à Renia et à Edek morts. Ni aux autres disparus. Elle avait grandi avec les morts et maintenant elle cherchait à s'écarter d'eux. À les rejeter. Elle se sentait collée à eux, engluée à eux, et elle voulait s'en décoller, elle voulait se débarrasser de son passé et de celui de ses parents. Seulement, on ne peut pas jeter son passé comme un manteau de l'année précédente ou une paire de chaussures qui ne vous va plus. Ni comme un amant ou un ami déloyal. Lola découvrait que le passé faisait aussi intrinsèquement partie d'un individu que le fait d'être grand ou petit. Impossible d'effacer sa taille ou son passé par un effort de volonté. Celui de Lola serait toujours rempli de cadavres, de baraquements, de peur, de maladies et de la barbarie des hommes ordinaires.

Réfléchissant à son ravissement et à son soulagement, elle s'est dit qu'ils venaient en grande partie de ce que Mick Jagger et Cher avaient non seulement survécu mais aussi prospéré, et que ces sentiments provenaient de sa propre ambivalence vis-à-vis de la survie et de son attirance pour les morts. Une ambivalence passagère, qui avait fait surface quand elle avait atteint les quarante ans mais qui, deux décennies plus tard, s'était largement dissipée.

Tous les convives étaient maintenant assis. Lola se trouvait à huit places de Mick Jagger. Elle a dû se lever pour voir où était M. Quelqu'un-d'autre. Il faisait face à Phyllis-Elissa Earlwood. D'après le menu, les assiettes que les serveurs apportaient contenaient une salade de tourteau relevée d'un chutney de pêche aux épices. Ensuite, il y aurait un magret de canard de Long Island braisé, accompagné de haricots noirs avec émulsion de cumin et cardamome.

L'invité à la gauche de Lola s'est présenté : Irwin Keller, vétérinaire nutritionniste et spécialiste en thérapie comportementale.

« Ça signifie que vous vous occupez de l'équilibre alimentaire et émotionnel des animaux ?

– Oui, on peut le résumer comme ça.

– Je ne savais pas que les animaux avaient besoin de conseils nutritionnels, a avoué Lola. Ne mangent-ils pas naturellement ce qui est bon pour eux, ou bien souffrent-ils de déficiences en vitamines, comme nous ?

– Certains, oui, a-t-il répliqué très sérieusement.

– Ah, mais je plaisantais… Je croyais être drôle.

– Il n'y a rien de drôle là-dedans, a riposté Irwin Keller. Prenez les poissons, par exemple… » Il a jeté un coup d'œil à sa salade de tourteau. « En élevage industriel, la plupart des espèces exigent un régime riche en protéines.

– Vous voulez dire qu'ils mangent d'autres poissons ?

– Ils sont nourris à la chair de poisson, effectivement. Mais ici, nous avons un problème : la majorité des espèces ne font pas la synthèse de l'acide ascorbique, autrement dit de la vitamine C, et donc vous devez leur apporter des suppléments vitaminés. Moins courante chez les poissons, la carence en vitamine A peut entraîner un problème de croissance, ainsi qu'une atrophie rétinienne.

– Ça paraît terrible, a soupiré Lola en essayant d'imaginer un poisson avec des yeux atrophiés. Et ça ne serait sans doute pas beau à voir sur un étal de poissonnier. » Elle a tenté de manger un peu de son tourteau sans penser à ce dont il avait été nourri, avant d'interroger Irwin Keller : « Est-ce que les animaux souffrent de troubles alimentaires ?

– C'est possible, oui. Un cheval avec une carence en thiamine risque de souffrir d'anorexie. »

L'idée d'une cure d'amaigrissement fondée sur une carence en thiamine a effleuré l'esprit de Lola. Elle aurait aimé consulter Irwin Keller sur ce point mais il venait de se lancer dans une dissertation sur les moutons. À la fin de son laïus, elle avait appris que trente pour cent de ces ovidés étaient homosexuels, et que quatorze pour cent des chiens étaient affligés d'angoisse de la séparation. Elle savait aussi que les chiens avaient des phobies, et que la maturité sociale chez les poulets fermiers était atteinte à l'âge d'un an environ, même s'ils étaient généralement envoyés à l'abattoir bien avant. Ce qui revenait à dire que le monde occidental s'alimentait largement de poulets socialement immatures.

La salade de tourteau avait laissé place au magret de canard de Long Island. Lola a presque poussé un soupir de soulagement quand sa voisine de droite lui a tapoté le bras :

« Frances Withers, enchantée. On ne vous a jamais dit que vous ressembliez à Cher ?

– C'est déjà arrivé, a répondu Lola.

– Elle est encore très belle, a observé Frances Withers.

– Je trouve aussi », a convenu Lola.

L'appartement de Phyllis-Elissa et Elwood Earlwood ne semblait pas être le genre d'endroit où l'on parlait de Cher. Lola était contente d'avoir l'occasion de l'évoquer.

« Ses cheveux ne sont pas aussi bouclés que les vôtres, a noté Frances Withers en examinant la tête de Lola.

– Je pense que Cher est fabuleuse », est intervenu Irwin Keller, qui avait dû écouter. Lola était étonnée qu'il ait pu prêter attention à l'apparence de Cher, lui qui semblait passer son temps à étudier l'acide ascorbique, les poulets, les cochons, les moutons et les poissons.

Bien qu'elles aient le même âge, Cher inspirait à Lola une fierté presque maternelle. Elle était ravie que Cher ait autant de succès, qu'elle soit devenue une femme indépendante et accomplie. Et la célébrité ne lui avait pas tourné la tête : sa modestie, sa générosité et son intelligence transparaissaient dans toutes ses interviews. En plus, elle avait un sens de l'humour formidable. « Le problème de certaines femmes, avait-elle dit un jour, c'est qu'elles s'emballent pour rien du tout et finissent par l'épouser. »

Lola était heureuse que Cher s'en soit aussi bien tirée. Elle était fascinée par son opiniâtreté. Cher n'avait pas eu un parcours toujours facile. La fille qu'elle avait eue avec Sonny Bono, Chastity Bono, avait revendiqué son homosexualité à l'adolescence, et si elle avait d'abord réagi avec les mêmes appréhensions et les mêmes doutes que n'importe quelle mère, elle s'était adaptée à la situation, jusqu'à devenir une fervente supportrice des droits des gays et des lesbiennes.

Dès le lycée, Chastity Bono avait été de plus en plus convaincue qu'elle était destinée à être un homme et non une femme. À l'approche de ses quarante ans, elle avait franchi le pas et avait choisi de changer de sexe.

Et Lola était contente que Cher n'ait pas prétendu qu'il était facile d'avoir une fille devenue un homme. Elle semblait abasourdie par le processus conduisant à accepter que sa fille soit désormais un fils.

Dans les interviews, Chaz Bono rappelait beaucoup à Lola la jeune Cher qu'elle avait connue. Il était capable de retirer de la joie des choses les plus anodines. Il paraissait authentique et aucunement aigri par le combat qu'il avait eu à livrer pour surmonter la disparité entre son corps et sa personnalité. C'était le genre d'enfant dont une mère ne pouvait qu'être fière, et Lola était certaine que Cher, qui à son ravissement continuait à porter des faux-cils, était fière de Chaz.

Lola a pris plus de dessert qu'elle n'en avait eu l'intention. Le fondant au chocolat, avec son cœur onctueux, était l'un de ses gâteaux préférés. Elle a regardé son assiette. Elle n'avait pas laissé une miette ni une goutte de chocolat. Elle s'est demandé si Mick Jagger avait mangé son fondant, mais il était impossible de vérifier car son voisin de table s'était penché en avant et lui cachait son assiette.

Elle ignorait toujours pourquoi ce dîner avait été organisé. Elle craignait qu'en posant la question à quelqu'un elle paraisse non seulement idiote mais impolie. Elle a cherché à croiser le regard de M. Quelqu'un-d'autre mais il était occupé à bavarder avec deux ou trois personnes et il ne l'a pas remarquée.

Lola voulait rentrer chez elle. Rentrer et prendre des notes pour un dialogue entre Pimp et Shlomo. Trois jours de suite, ce dernier avait perdu la piste du suspect qu'il filait, à cause de ses multiples arrêts aux toilettes. C'était un dossier important pour l'agence, une affaire de fraude à grande échelle, et Pimp ne pouvait tout simplement pas expliquer à la société qui payait ses services que son détective privé avait été incapable de pincer le coupable parce qu'il avait tout le temps besoin de pisser.

Elle a relevé les yeux. Mick Jagger était en train de la regarder. Elle s'est détournée un instant avant de lui jeter un coup d'œil. Il la regardait toujours. Avec une expression légèrement interrogatrice.

Lola lui a souri. Il a fait de même. Elle a hésité à se lever et à aller le saluer. Elle ne savait pas vraiment quoi lui dire. « Salut, je suis la grosse journaliste australienne qui vous avait interviewé quand elle avait dix-neuf ans et vous vingt-trois. » Ou : « Salut, je suis Lola Bensky, j'ai contesté votre emploi du mot *propager* et c'est vous qui aviez raison. C'était il y a très longtemps. Je vous ai aussi parlé de l'avalanche de choux au ghetto de Lodz, en Pologne, et de la diarrhée générale qui en a résulté. »

Non, elle n'allait pas lui dire ça. Quoi d'autre ? « Salut, je vous ai rencontré il y a des années et des années. Je vous ai raconté comment ils développaient des virus à Auschwitz, choléra, typhus, pneumonie, pour les injecter aux prisonniers, et comment ils cultivaient des bactéries et divers microbes sur des cultures de chair humaine, parce qu'elle avait bien moins de valeur que celle d'une vache ou d'un cochon. Et vous, vous m'avez préparé une tasse de thé. »

Lola sentait que Mick Jagger continuait à la regarder. Elle lui a souri. Il a souri à son tour, avec un petit signe de la tête.

Achevé d'imprimer sur les presses de
la Nouvelle Imprimerie Laballery
à Clamecy le 18 novembre 2014.
Dépôt légal : mai 2014.
Numéro d'imprimeur : 411191
ISBN 979-10-91416-06-1
Imprimé en France

Réalisation de la couverture : MAOGANI
Composition : INGED, L'Ingénierie Éditoriale
Relecture-Correction : Olivier Godéfroy